ソードアート・オンラインIF

公式小説アンソロジー

[原作・監修]川原 礫　[著]川原 礫 他　[イラスト]abec 他

第一章 時雨沢恵一×黒星紅白

SAO ～if ピトフーイが、SAO事件に巻き込まれていたら～

第二章 香坂マト×あるみっく

もしキリトとアスナがゾンビゲームで遊んだら

第三章 佐島 勤×石田可奈

ドリームゲーム――くろすおーばー――

第四章 周藤 蓮×星河シワス
デスゲーム脱落編

第五章 渡瀬草一郎×ぎん太
名探偵コヨミ／まだらのねこ

第六章 高野小鹿×rin
at the Children's Steps

第七章　牧野圭祐×かれい

この呪いをどう解いたらいいの　―シリカと幽霊少女《ゴーストガール》―

第八章 Y.A×長浜めぐみ

もしアスナがレストランを開いた場合の、キリトの立ち位置的なお話

第九章 川原 礫×abec

ソードアート・オンライン If You Can Smile

「これは、
ソードアート・オンライン IFであり、
本編ではない」

Sword Art Online IF

Keiichi Sigsawa×Kouhaku Kuroboshi
Mato Kousaka×ALmic
Tsutomu Sato×Kana Ishida
Ren Sudo×Shiwasu Hoshikawa
Soitiro Watase×Ginta
Koroku Takano×rin
Keisuke Makino×Karei
Y.A×Megumi Nagahama
Reki Kawahara×abec

CONTENTS

CoverDesign:Ari Horinaka+BayBridgeStudio

第一章
時雨沢恵一×黒星紅白

SAO ～if ピトフーイが、
SAO事件に巻き込まれていたら～

Keiichi Sigsawa×Kouhaku Kuroboshi

ソードアート・オンライン オルタナティブ
ガンゲイルオンライン
I
—スクワッド・ジャム—
時雨沢恵一
イラスト／黒星紅白
監修／川原 礫
Sword Art Online Alternative
Gun Gale Online I
Squad Jam
SWORD ART ONLINE
電撃文庫

Story

物語の舞台は鉛弾が飛び交う、硝煙けぶる
VRMMO≪ガンゲイル・オンライン≫。
長身がコンプレックスで、小さなもう一人の
自分を手に入れるために仮想世界へと降り立った、レン。
そこでミステリアスなプレイヤー・ピトフーイと出会い、
彼女に言われるがまま、チーム戦イベント
《スクワッド・ジャム》に参加することになる。

Characters

レン

身長150センチにも満たない小柄な
女性プレイヤー。現実では逆に高身長の
モデル体型だが、そこにコンプレックスを
感じている。可愛いものが大好きで、
全身の装備をピンクで統一している。

ピトフーイ

レンのフレンドで、頬にタトゥーを入れた
長身の美女。リアルはレンも大ファンである
人気シンガーソングライターの神崎エルザ。
SAOのベータテスト版経験者でもある。

某日《ぼうじつ》・VRMMORPG『ガンゲイル・オンライン』内某所《ぼうしょ》。

「そうそれは……、今も決して忘れられない刻……、ピトフーイたるこの私が、『ソードアート・オンライン』をプレイし始めた、あの日のこと……。今も思い出す、記憶《きおく》のメモリー……」

「いきなりディープに語り出したなこの人。記憶《きおく》とメモリーはほぼ一緒《いっしょ》だ。その話、すごく長くなる？　ピトさん」

「いきなり人の出鼻をくじかんとする、容赦《ようしゃ》なきその〝口撃《こうげき》〟、そう、それでこそ私のレンちゃんよ。天晴《あっぱ》れなり。げに天晴《あっぱ》れなり」

「いや別にピトさんのじゃないし。ピトさんに褒《ほ》められても、別に嬉《うれ》しくないし」

「あらー、お嬢《じょう》さん、ちっちゃくて可愛《かわい》い」

「でしょー？　えへへ。最近よく言われるんだー」

「というわけで、熱くてウザい語り、していい？」

「まあ、モンスターが出なくて暇《ひま》だから、話を聞くのはいいけれど」

「よし、じゃあ聞いておくれ。私ことピトフーイが見聞きした、世界がまだ知らない、SAO事件の真実を……」

「まあ、どうしても言いたいのなら……。でもさ、SAOサバイバーのピトさんにとって、SAO事件って、それなりにタイガー&ホースじゃないの？」

「……〝トラウマ〟？」

「そうそれ！」

「翻訳者《ほんやくしゃ》が困るような発言、どうもありがとう」

「どこに向けた配慮《はいりょ》？」

「まあ、それなりにとんでもない経験だったけど、もう何年も経《た》つとね。それに私、ぶっちゃけ生き死にだったら、もっとヤバい経験たくさんしてきてるし。自分に繋《つな》がれた心拍数計《しんぱくすうけい》の警告ブザーが鳴る音、聞いたことある？」

「包んで！　オブラートに！」

「そしてSAOサバイバーの私は、むしろ、この体験を、この宇宙が存在する限り、人類の未来に嘘偽《うそいつわ》りなく引《ひ》き継《つ》いでいかねばならない使命すら感じている」

「スケール、無駄《むだ》に大きいなー。まあ、たくさんの人が死んだ大事件だから、言い過ぎとまでは思わないけど……」

「レンちゃんは、あの時あのユメセカイで、すなわちSAOで何が起きたか、ニュースで聞いたことしか知らないと思うけど──」

「そりゃまあ」

「あれ、全部ウソだから」

「は？」

「ぜーんぶ、ウソ。大嘘《おおうそ》。真っ赤なビッグライ。おうイエイ♬　ライラライライ♪　るるららら～♪　ゲッチュー♪」

「上手に歌うな。感動してしまうだろ。――嘘《うそ》って何が？」

「だから全部。クリアされるまで、デストラップで何千人もがモンスターとのバトルで死んだとかいう話。私は真実を知っている。なぜなら中にいたから。以上証明終わり」

「すると……。あ！　そうか……。前に豪志《ごうし》さんから聞いたよ……。『ＳＡＯの中にはプレイヤーを殺した、すなわちナーヴギアでとらわれていた人達を、意図的に殺した人達がいたらしい』って……。つまりはそのことだね？」

「え？　違《ちが》うよ」

「は？」

「ああもう、レンちゃんのその間抜《まぬ》け顔《がお》可愛《かわい》い！　愛おしい！　ぎゅっとしていい？」

「手榴弾炸裂《しゅりゅうだんさくれつ》させるぞ？」

「まあ怖《こわ》い」

「話をＳＡＯに戻《もど》せ」

「実際には、こんなことがあったのよ……」

「ごくり」

「あの日、ＳＡＯ本サービスがスタートしてすぐのこと。自発的ログアウトができなくなって、全員が《はじまりの街》の中央広場に強制転送で集められた。そして、ローブ姿の巨人《きょじん》が突如《とつじょ》お空に出てきてこう言った……、『プレイヤーの諸君、私の世界にようこそ。私の名前は茅場《かやば》晶彦《あきひこ》。今やこの世界をコントロールできる唯一《ゆいいつ》の人間だ』」

「茅場《かやば》晶彦《あきひこ》って……、SAOやナーヴギアの開発者の、いろいろなんだかとにかくすごい人……、だよね？」

「だいたいその認識《にんしき》で合ってる」

「まさかの本人登場――、それで？」

「そこからは……、悲劇だった……」

「ごくり……」

「茅場《かやば》晶彦《あきひこ》の、あまりにも堂々たる名乗りを聞いたほとんどのプレイヤーがそれを全然まったく信じなかったから、ヤツは自分を証明するために懇切丁寧《こんせつていねい》に事情を説明したり、名刺《めいし》を見せたり、彼しか知らないであろうコトをひたすら暴露《ばくろ》したりして、全員が信じて場が落ち着くまで、だいたい一時間位かかった」

「茅場《かやば》さん可哀想《かわいそう》！　泣いてなかった？」

「フルダイブゲームの中では、涙《なみだ》は隠《かく》せないのよ……。誰《だれ》であろうとも……」

「察した。で？」

「まあ、ゲームの世界で自分を自分だと信じてもらうってのは、それだけ大変、ってことよ。レンちゃんだって、私のリアルが、レンちゃんも大ファンなあの有名シンガーソングライター、

《神崎《かんざき》エルザ》だって、ゲーム中に口でポンと言われたって信じないでしょ？」

「今も信じたくないよ？　今からでも、嘘《うそ》だって言ってくれたらすぐに信じるよ？」

「オウ！　辛辣《しんらつ》～♪」

「歌うな。――そして、茅場《かやば》さんがどうにか信じてもらえた、そのあとは？」

「そしてヤツは、ログアウト不可が仕様だって言って、ゲーム内でアバターが死んだり、外部の人間がナーヴギアを外そうとしたりすると、プレイヤー本体の脳が内蔵バッテリーでチンされ、もれなく死ぬと言った」

「SAO事件の事件たる所以《ゆえん》だね……。デスゲーム、なんて恐《おそ》ろしい……」

「そして、驚《おどろ》くみんなに、さらに驚《おどろ》くことを告げた……」

「ごくり。あー、お茶が美味《おい》しい」

「『たった今からこのゲームは、《ソードアート・オンライン》ではなく――』」

「なく……？」

「《騒動《そうどう》ああっと・オンライン》になった」

「なんだと……？　《騒動《そうどう》ああっと・オンライン》……」

「そうよレンちゃん。《騒動《そうどう》ああっと・オンライン》、略称《りゃくしょう》SAO……」

「なんて恐《おそ》ろしい名前なの……」

「分かる？」

「さすがのわたしにも分かるよ！　その名前だったら……、絶対に開発企画《きかく》は通らなかったよ！」

「何かの間違《まちが》いで通っても、プレイヤーも集まらなかったでしょうね。少なくとも私はスルーしていた」

「そ……、それから？」

「それから、茅場《かやば》は滔々《とうとう》と説明を続けたわ……。『諸君がこのゲームから解放される条件は、たった一つ。アインクラッド最上部、第百層まで辿《たど》り着《つ》き、そこに待つ最終ボスを倒《たお》してゲームをクリアすればよい。その瞬間《しゅんかん》、生き残ったプレイヤー全員が安全にログアウトされることを保証しよう。だが、それには経験値が、自分が強くなることが当然のように必要だ。このゲームにおける経験値を稼《かせ》ぐ方法は、ただ一つ――』」

「ただ一つ……。その方法とは……？」

「『騒動《そうどう》を起こすこと』――、茅場《かやば》は言った。みんなが『ああっ！』と驚《おどろ》くような騒動《そうどう》を起こすと経験値がもらえ、やがては各層がクリアできる」

「な、なんて恐《おそ》ろしいゲーム……」

「さすがのレンちゃんも、震《ふる》えが隠《かく》せないようね……。ぎゅっとして温めていい？」

「手榴弾炸裂《しゅりゅうだんさくれつ》させるぞ？」

「話を続けましょう。最初こそ疑う人がたくさんいたのだけど、茅場《かやば》が私達を、必死にメイクした格好いいアバターではなく、事前にスキャンされたリアルの姿に変えてしまってからは、もう信じるしかなかった。『ここが、ＳＡＯの中が、今は自分達の〝現実〟なのだ』と……」

「きゃあああああああああああああああああああああ！　強制リアル化いやあああああおあああああああああああああああめああああぬあああああああああああおああああめああああああわあああああぬああああああおぬあぬあぬ！」

「落ち着いてレンちゃん！　レンちゃんはレンちゃんだから！　ああ、ちっこいちっこい！　あれー、レンちゃん、いったいどこに行ったかしらー？　ちっこくて、ぜんぜん見えないぞー？」

「ほ、んとに……？」

「あれー、ピンク色したミジンコが、Ｐ-90を持って喋《しゃべ》ってるぞー！」

「えへへ！　実はわたしでしたー！」

「なんだレンちゃんそこにいたのね。こらー、今はお話の途中《とちゅう》だぞ？　ぷんぷん」

「ごめんごめん。てへぺろ！」

「それ、私がやるやつー！」

「おっと！」

「びっくりしたけどとても嬉《うれ》しいよ！」

「──そして、ＳＡＯで何があったの……？」

「それを語らねばならないわね。生き残った者の宿命として……」

「SAOが《騒動《そうどう》あああっと・オンライン》になった瞬間《しゅんかん》から、私達の、生き残るための壮絶《そうぜつ》な闘《たたか》いの幕が下ろされた……」

「下ろしてどうする。やり直し」

「SAOが《騒動《そうどう》あああっと・オンライン》になった瞬間《しゅんかん》から、私達の、生き残るための壮絶《そうぜつ》な闘《たたか》いの幕が切って落とされた……」

「よろしい。——というと？」

「一口に『騒動《そうどう》を起こす』といっても、最初のうちは誰《だれ》も、どうしたらいいのか、まったく分からなかった。そりゃそうよね、剣《けん》を使ったゲームのつもりで始めたら、『騒動《そうどう》を起こせ』なんて命令されたんだもの」

「みんな、そーどー、困っただろうね」

「そうね」

「今のわたしの台詞《せりふ》、〝騒動《そうどう》〟と、〝相当〟をかけていたよ？」

「知ってる。座布団《ざぶとん》二枚」

「ありがとう」

「一万人弱のプレイヤーは、当初大きく四つのグループに分かれた。まず、これが約半分を占《し》めたのだけど、茅場《かやば》晶彦《あきひこ》の出した解放条件を信じずに外部からの救助を待った人達。簡単に戻《もど》れる、あるいは簡単に助け出されると信じ、リスクのある行動は取らない選択《せんたく》をした人達」

「なるほど……。待機だね。わたしだったら、そうしていたかも……」

「二つ目のグループは、全体の三割位かしらね？　知らんけど。協力してプレイしようという集団。リーダーの指揮下で、一致《いっち》団結して、アイテムや情報を共同管理していこうと。巨大《きょだい》な集団になったので、制服ができた頃《ころ》には《軍》なんて呼ばれるようになった」

「ふむふむ」

「三つ目は、何もできずに無策に生き残っていた人達。やがては食《く》い詰《つ》めて《軍》に入ったり、山賊《さんぞく》まがいのことをするようになった連中」

「最後の一つは？」

「はい、ここで問題です。最後の一つは、いったいどんな連中でしょう？

次の五つの中から選んでください！

1・踊《おど》りが得意で、毎日ダンスの練習に明け暮れた《ザ・ダンサーズ》
2・ミミズの飼育に命をかけた《ファーム・ザ・ワーム》
3・《ギルド》と呼ばれる小集団を組み、あるいは単独で生き残り攻略《こうりゃく》を目指した連中
さあどれだ？」

「うーん、三番……、かな？」

「正解！　正解です！」

「やったあ！」

「パフパフ！」

「ラッパ音、遅《おそ》っ！」

「見事正解のレンちゃんには、GGOで使える《9ミリ・パラベラム弾《だん》》・フルメタルジャケット弾頭《だんとう》、一箱五十発をプレゼントしまーす！」

「ありがとう。9パラはピーちゃんにもヴォーちゃんにも使えないから、すぐに売りさばくけど」

「スミス&ウェッソンの《M&P》使ってるフカちゃんにあげればいいのに」

「ヤツを甘やかすのは、よくない。わたしはそれを、誰《だれ》よりも知っている。――それから？」

「そして、小さなギルドがいくつもできて、軍にはできないフットワークで攻略《こうりゃく》に加わった。あるいは、アイテム造りの職人や商人としての才覚を発揮したプレイヤーもいた。一人が一番気楽だからと、ソロを選んだ孤独《こどく》スキーな連中もいた」

「ピトさんは、その三種類の中では、どこに入っていたの？」

「どこだと思う？」

「全部かな？　あっちこっちを渡《わた》り歩《ある》いて、迷惑《めいわく》かけまくっていた」

「正解！　ちょっと簡単だったわね」

「だから、いろいろなことを知っているんだろうね。――どうなったの？」

「そして、プレイヤー達は、生き残るためにいろいろな騒動《そうどう》を起こした。でも、レベルが低い連中ができるのは、せいぜい小額の万引きや、連絡《れんらく》なしの朝帰り、黒板消しをドアに挟《はさ》む、本屋で表紙をひっくり返す、歩行者用信号無視、自転車のサドルをブロッコリーに変える程度」

「それじゃ、驚《おどろ》かないね。最後のも、オリジナリティがない」

「そう。誰《だれ》もが『ああっと！』と驚《おどろ》かないと、経験値の加算はヌルい。あるいは、まったくない、やるだけ無駄《むだ》な行動になる」

「厳しい」

「だから、軍や攻略《こうりゃく》ギルド達は、夜な夜な真剣《しんけん》に会議して、誰《だれ》もが盛大《せいだい》に驚《おどろ》く騒動《そうどう》のアイデアを出し合い、一つずつだが着実に実行に移した」

「頑張《がんば》ってる頑張《がんば》ってる」

「具体的には、使われている線路への置き石、使っていない納屋《なや》への放火、自分のではない住所にピザを百枚注文、幼稚園《ようちえん》や小学校への爆破《ばくは》予告電話……」

「どれもこれも、リアルでやったら、お縄頂戴《ちょうだい》モノだね……」

「でも、みんなそれができた。必死だったからね。中には、性格が真面目で、やりたくなかった人だっていたと思うよ」

「何それ悲しい。お涙頂戴《なみだちょうだい》モノだね……」

「他にも、二つの炭酸ジュースを友だちに持ってきて、『ゴメン一つ落としちゃったけど、分からなくなった。どっちか選んでいいよ。選んだね？　じゃあ先に開けるよ。あ、問題なかった』などと言う」

「それ……、悲劇の予感しかしない……」

「でも、どちらかを落としたと言うのが嘘《うそ》で、結局問題なく友だちの方も飲めるという」

「なかなかにトリッキー」

「《ラフィン・コフィン》って名前のギルドは、その名の通り――」

「お笑い芸人？」

「そう。お笑い芸人として自分達を鍛《きた》えあげ、そこかしこでゲリラ漫才《まんざい》をして観客を集め、通行の邪魔《じゃま》をする、という騒動《そうどう》を繰《く》り返《かえ》して、のし上がった。連中のネタがまた面白《おもしろ》くて悔《くや》しいんだわ。誰《だれ》もが足を止めてしまう。それこそ、ラスボスのバトル中でも。おかげで死んだキャラクターがかなりいたから、ラフコフは、〝殺人ギルド〟なんて言われたけど彼等《かれら》はただ笑いに忠実であろうとしただけよ」

「深いなー」

「一番有名なギルト、《血盟騎士団《けつめいきしだん》》の話をしないわけにはいかないわね。ここがまあ、リーダーが優秀《ゆうしゅう》で凄腕《すごうで》メンバーが揃《そろ》っていて、要するにすっごく強かったんだけど――」

「騒動《そうどう》も、なかなかだった？」

「ご明察。〝騒動力《そうどうりょく》〟ではピカイチだった」

「騒動力《そうどうりょく》……。二十年生きていて初めて聞いた単語」

「ある日、連中は、誰《だれ》も傷つかないけど、みんなが迷惑《めいわく》する騒動《そうどう》を考え出して実行した」

「それは？」

「まず、ギルド全員で銀行に行く。窓口の営業開始直後に」

「ふむふむ」

「そして、全員が申請《しんせい》用紙を書く。『私の口座から、1コル出金してください』って。コルはSAOの通貨単位ね」

「それのどこが迷惑《めいわく》？　普通《ふつう》の銀行取引じゃん」

「本番はここから。ギルドのメンツが一人ずつ1コルの出金を頼《たの》むと、銀行業務は本当に大変。でも、顧客《こきゃく》の要望だから応じないわけにはいかない」

「そりゃね」

「そして全員の出金が終わった直後、彼等《かれら》は恐《おそ》ろしい行動に出た……」

「あ、ま、まさか……」

「気付いたようね、レンちゃん。それでこそ私の以下略」

「1コルずつ入金したんじゃない……？」

「イエス。それが彼等《かれら》の騒動《そうどう》のテクニック。今下ろした1コルを、また入金し始めた。それも全員。そしてそれがようやく終わったら——」

「また下ろす！　そしてまた入れる……。なんて迷惑《めいわく》な！」

「このおかげで、アインクラッド中央銀行は一日業務がストップ。入金も出金も振《ふ》り込《こ》みもできなくなってテンヤワンヤよ。マジ騒動《そうどう》。ああっと驚《おどろ》く騒動《そうどう》」

「やるな……、血盟騎士団《けつめいきしだん》……」

「ゲームが如何《いか》にしてクリアされたかは、もう分かるわよね？」

「とまあ、実際には騒動《そうどう》ばっかりの大騒《おおさわ》ぎだったわけよ。『命がけのデスゲーム。みんなのバトルでクリア』ってのは、SAO事件のカバーストーリー。格好よくみせたかったみんなが口裏を合わせているだけ」

「SAOサバイバーのピトさんが言うのなら信じるよ……。騒動《そうどう》ああっと・オンライン……」

「ホント！　さすが私のレンちゃん！　これからデートしましょう！」

「しょうがないなあ。どこにでもついていくよ！」

「そう来なくっちゃ！　よっし！　今夜は帰さないぜ……」

「帰るつもりなんて、最初からないぜ……」

「──って夢を見たのよ」

「やっぱりそんな話か！　夢の中まで、わたしを巻き込むなー！」

「ドリーム・ワールドのレンちゃん、素直《すなお》でよかったわー」

「あんまり言いたくないけどピトさん、夢の記憶《きおく》をハッキリ思い出して固定化するのは、精神衛生上よくないらしいよ？　現実の記憶《きおく》とごっちゃになるんだってさ。夢日記が危険な理由はそれだって」

「そうかもねー。でも、こうしてフルダイブしている私達は？　五感と共に得た記憶《きおく》は、現実世界の自分達にも相当な影響《えいきよう》を与《あた》えるでしょうね」

「う……」

「つまり私はね、フルダイブの危険性を、レンちゃんと一緒《いっしょ》に考えたかったワケよ」

「うん、ぜってー違《ちが》う。ところで、その騒動云々《そうどううんぬん》は？」

「もちろん嘘《うそ》」

「だと思った」

「実際には、ゆっくりと動いた人ほど経験値がもらえる《そっと歩くと・オンライン》になっていてね──」


つづかない！

第二章
香坂マト×あるみっく

もしキリトとアスナが
ゾンビゲームで遊んだら

Mato Kousaka×ALmic

1

「ゲームのベータテスト?」

アスナのきょとんとした声は、喫茶店《きっさてん》兼《けん》バーである《ダイシー・カフェ》の静かな店内にぽつりと響《ひび》いた。

ダイシー・カフェの店主であるエギルは、厨房《ちゅうぼう》に引っ込んだまま、まだ戻《もど》ってくる様子はない。カウンター席でアスナの隣《となり》に座る俺は、携帯端末《けいたいたんまつ》を取り出すといくつか操作して目的の画面を呼び出し、アスナに見せた。

「これ……」

それは近々ベータテストが予定されている、とあるVRMMOの公式サイトだった。「デッドワールド・オンライン」のタイトルロゴをはじめとして全体的に不気味で、おどろおどろしい雰囲気《ふんいき》を受けるゲームだ。少なくとも ALO《アルヴヘイム・オンライン》のような美しくワクワクするようなファンタジー世界ではない。なによりそこには、おぞましい姿をしたモンスターが……いや、モンスターと化した〝元人間〟が、今にも画面の前にいる俺たちを食い殺そうと腕《うで》を伸《の》ばしていた。

そう、いわゆるゾンビゲームというやつだ。

「あ、無理にとは言わないからさ」

少なくとも嬉々《きき》として女の子にお薦《すす》めするゲームでないことは確かだ。俺は慌《あわ》てて言《い》い添《そ》えたが、しかしアスナの反応はやや予想をはずしたものだった。

「へぇー、ゾンビゲームのベータテストなんてやるんだ。うん、行く行く」

「えっ？　でもアスナって、怖い系《こういうの》は苦手だったよな……？」

「……ふっ。ナメないでよね」

　アスナはなにやら不敵に口角を吊《つ》り上《あ》げると、肩《かた》にかかる長い栗色《くりいろ》の髪《かみ》をはねあげて、ふふんと胸を張った。

「私がダメなのはアストラル系。なんだかふわふわしてゆらゆらして何してくるかわからないヤツがだめなのよ。ゾンビはオッケー！」

「……違《ちが》いがわからん……」

　ともあれアスナが一緒《いっしょ》なのは心強い。

「ただこのベータテスト、参加するのにいろいろ条件があるんだ」

「条件？」

「ああ。まず、〝二人一組《ペア》〟で参加すること。それから、新規アカウントじゃなくて、コンバート……要するにＶＲＭＭＯ初心者は参加不可なんだ。あ、もちろんベータテストが終わったらＡＬＯには再コンバートするんだけど――」

　ＶＲＭＭＯ開発支援《しえん》パッケージ《ザ・シード》を使用して生成されたこのデッドワールド・オンラインも、例に漏《も》れずキャラクター・コンバート機能を有している。ＡＬＯで育てたスプリガン・キリトのステータス値を相対的に引《ひ》き継《つ》げるわけだ。俺の高いSTR値は、超《ちょう》重量級の銃《じゅう》火器《かき》なんかが出てきた時に役に立つだろう。

「――で、二つ目の条件がこれ」

俺が操作した携帯端末《けいたいたんまつ》の画面を見て、アスナは目を丸くした。

「VRMMO総プレイ時間5000以上⁉」

「要するに、DWO《デッドワールド・オンライン》のベータテストはVRMMOの猛者《もさ》を求めてるわけだ」

「猛者《もさ》って……そんな人たち集めて何させようっていうのよ？」

「さてね。けど、俺はこれをDWOからのある種の挑戦状《ちょうせんじょう》だと思ってる。〝クリアできるもんならやってみろ〟、ってな」

「……はぁん。なるほどね。キリトくんがいきなりゾンビゲームをやりたいなんて言い出した理由がわかったわ」

じとりと俺を睨《にら》んでから、アスナはあきれたように肩《かた》をすくめてみせた。

「ゲーマー心を刺激《しげき》されたわけね？ ……まあ、気持ちはわからないでもないけど」

「うっ……まあ、鋭《するど》いな」

図星を指されて俺は思わず視線をぐるりと一周させた。

「でもほら、ちょっと面白《おもしろ》そうだぜ。普通《ふつう》のベータテストじゃないんだ。ベータテストのラスボス《ヘカトンケイル》って奴《やつ》を最初に倒《たお》した最速クリアペア《ワールドファースト》には、レアガンがもらえるらしいし……なにより、一回死んだら、ＤＷＯにはログイン自体できなくなる」

「えっ？　じゃあ死んじゃったらＤＷＯで遊べないってこと？」

「ベータテストではな。リタイアってことになって、コンバート前のゲームに戻《もど》されるらしい」

「ますます変なテストね……で、やるからには最速《ワールドファースト》クリアを目指そうって腹ね？」

「そりゃもちろん」

にやりと笑うと、アスナは苦笑《くしょう》した。

「なら付き合ってあげましょう」

2

そこは荒廃《こうはい》した小さな町の広場だった。いや、町よりも小さい集落、村だろうか。ひどい有様《ありさま》だ。人気《ひとけ》はなく、民家の窓は叩《たた》き割《わ》られ、車はその場に乗り捨てられている。パニックになった運転手がぶつけたのか、派手に壁《かべ》に衝突《しょうとつ》してスクラップと化した車もある。あちこちで細い煙《けむり》があがり、明らかに数時間前、ここで何か重大なトラブルが発生した気配があった。さらにこの廃村《はいそん》には、無視できない重大な違和感《いわかん》がある。

これほどまでの被害《ひがい》を見せる惨状《さんじょう》なら、倒《たお》れている人の一人や二人いたっておかしくないのに……不気味なことに人の気配だけがそっくり消えていることだ。

「へえ……これが……デッドワールド・オンライン……」

人っ子一人いない空気はまるでホラーゲームのようで、ゾンビものは大丈夫《だいじょうぶ》と豪語《ごうご》していたアスナも、この不気味な静寂《せいじゃく》に飲まれて表情を硬《かた》くしていた。

「……大丈夫《だいじょうぶ》そうか？」

「こっ、これくらいの脅《おど》しビジュアル、どうってことないわ」

やせ我慢《がまん》だな。そう思った瞬間《しゅんかん》、がらがらがら！　と唐突《とうとつ》に音がして、脈絡《みゃくらく》もなく近くの瓦《が》礫《れき》が崩《くず》れた。

「きにゃあああああ！」

その音だけでアスナが悲鳴をあげて、飛びあがり、俺の腕《うで》にしがみつく。

「なに⁉　なに⁉」

「瓦礫《がれき》が崩《くず》れただけだ」

「び、びっくりした……驚《おどろ》かせないでよ、もう……！」

「本当に大丈夫《だいじょうぶ》か……？」

「だいじょうぶ」

と言いつつも涙目《なみだめ》のアスナは離《はな》れようとしないので、やはりちょっと怖《こわ》いようだ。俺はそのまま右手の人差し指と中指をそろえて横にスライドさせ、メニューウィンドウを呼び出した。半透明《はんとうめい》のパネルをくまなくチェックする。

「初期装備は……拳銃《ハンドガン》が一つと近接用のナイフが一本か。拳銃《ハンドガン》は十五発装填《そうてん》で……この薬草が回復薬ね。調合して使う……なるほど」

続いて装備。俺とアスナは、そろいのカジュアルなミリタリー防具を身につけていた。ポケットのついたタクティカルベストにカーゴパンツ。俺はTシャツ、アスナはタンクトップだ。腰《こし》のホルスターに拳銃《ハンドガン》と、ベルトの後ろにナイフが装備されている。二人とも、ベストの胸元《むなもと》に鷹《たか》を模したワッペンが縫《ぬ》い付《つ》けられていた。

一通り手持ちのアイテムや装備を確認《かくにん》し終えた時——す、と視界の端《はし》で何かが動いた。

「！」

目を向けても、そこには無人の広場が広がるばかり。しかし確かに何かが通った証明かのように、かさりと落ち葉が舞《ま》い上《あ》がっていた。

「ね、ねえキリトくん、今なにか……」

アスナも気づいたらしい。確かに何かの気配がした、が、やすやすと肯定《こうてい》することを俺は少し躊躇《ちゅうちょ》した。セオリーで言えば、その〝何か〟はゾンビなのだが……万が一、もしその〝何か〟がゾンビではなくアスナの苦手な幽霊《アレ》だった場合、ちょっと厄介《やっかい》なことになる。ゾンビしか出ないと思ってたのに話が違《ちが》う、とアスナを怒《おこ》らせるのは忍《しの》びない。

と俺がいろんな意味で焦《あせ》り始《はじ》めたその時だ。

あぁあぁぁ……という、苦しそうで不気味なうめき声が、近くから聞こえた。

「！」

アスナと俺は同時にその声のした方……民家の車庫に目を向けた。発車しそこねたままの、中途半端《ちゅうとはんぱ》に車庫から飛び出ている車の陰《かげ》からようやく人間が現れたのだ。

いや、その姿はとても人間とは言えなかった。

「で、出た……！」

現れたのは、見るも無惨《むざん》な、人間の死体だった。

頭部は欠け、腕《うで》はもげ、体のあちこちに致命的《ちめいてき》な傷を負って血を垂れ流している。顔色は死人と同じく真っ白で、どう見てもまともに歩ける状態ではない。しかし理性と正気を失った目は赤く光り、おぼつかない足取りながらも、確かに俺たちへの敵意を持って近づいてきた。

歩く屍《しかばね》――ＤＷＯでは〝アンデッド〟と呼ばれるモンスターだ。

「わぁ、すごい。本当にゾンビだ……」

女の子なら悲鳴でもあげそうなそのグロテスクな様相にもしかし、アスナはどこか感心したようにしげしげとアンデッドを眺《なが》めるのみだ。なんなら先ほどよりも少し元気を取《と》り戻《もど》し、ようやくしがみついていた俺の腕《うで》から離《はな》れた。ゾンビものなら大丈夫《だいじょうぶ》――というのは本当らしい。

シナリオ通りなら、このおぞましいアンデッドの登場に俺たちプレイヤーは驚《おどろ》いたり怖《こわ》がったりするのだろうが、雰囲気《ふんいき》作りのための幽霊《アレ》のご登場ではなくて俺はむしろ安堵《あんど》していた。

ともあれ俺は腰《こし》のホルスターから拳銃《ハンドガン》を抜《ぬ》き、のろのろとこちらに迫《せま》るアンデッドに銃口《じゅうこう》を向ける。現れたアンデッドは一人一体と言わんばかりに二体。ということはやはりこの廃村《はいそん》は、チュートリアルと考えていいだろう。

おそらく今、続々とログインしているであろう他プレイヤーの姿が一切《いっさい》見えないのも、わざわざ各々《おのおの》に異なる開始位置を与《あた》え、他者にチュートリアルを邪魔《じゃま》させないための配慮《はいりょ》だろうか。

拳銃《ハンドガン》のトリガーにそっと指を添《そ》えた瞬間《しゅんかん》、俺の視界に、ライトグリーンに光る半透明《はんとうめい》の円が出現した。プレイヤーの脈動に合わせてゆらゆらと拡縮する円――ＧＧＯ《ガンゲイル・オンライン》で実装されていた攻《こう》撃的《げきてき》システム・アシスト、《着弾予測円《バレット・サークル》》だ。

絶妙《ぜつみょう》に細部のデザインが違《ちが》うが、使用感はほぼ同じ。ガンシステムはＧＧＯを踏襲《とうしゅう》しているようだ。俺はそのサークルをアンデッドの顔面部に固定する。もちろん、アンデッドはまっすぐ姿勢よく歩いてなどくれないので、ゆらゆらと不規則に頭を揺《ゆ》らし、体をひねらせながら、固定したバレットサークルの中で弱点の小さな頭を行ったり来たりさせている。

いわゆるゾンビゲームにおけるゾンビには、ヘッドショットが有効だ。俺は何発か撃《う》ち込《こ》みたい衝動《しょうどう》をこらえ、じりじりと待ち、そこに振《ふ》り子《こ》のようにアンデッドの顔が来た瞬間《しゅんかん》――トリガーを引いた。

パッと赤い着弾《ちゃくだん》エフェクトが額から散って、アンデッドが後方に傾《かし》ぐ。その瞬間《しゅんかん》、アンデッドの全身は叩《たた》き割《わ》られた鏡のように砕《くだ》け散《ち》り、オブジェクト片《へん》となって四散した。

「……あいつら離《はな》れてる分には遅《おそ》いけど、近づくと飛びついてくる。一定の距離《きょり》を保って頭を狙《ねら》うんだ。一応自分の背後にも気をつけて」

「頭、頭……」

アスナも俺に倣《なら》って拳銃《ハンドガン》を構え、片目をつぶって照準を合わせている。出現した赤い弾道予測線《バレットライン》はアンデッドの頭を追ってふらふら揺《ゆ》れながら、一発、二発と撃《う》ち込《こ》むも、やはり頭にはかすりもしない。

アンデッドのぐらついた歩き方や不規則な頭部の動きは、もちろん意図的に銃弾《じゅうだん》を当てづらくさせるためのモーションだ。一定の振《ふ》り子《こ》運動ではないため、ヘッドショットが難しい。

「あーもう！　当たりそうで当たらない……！」

うぎぎ、とアスナが悔《くや》しそうに顔をしかめる。

「照準は頭を追わないで一点に決めて固定させるんだ。そこに頭が来た時を狙《ねら》ってトリガーを引くとうまくいく。残弾《ざんだん》に余裕《よゆう》がある時は先に足を撃《う》って転倒《てんとう》させれば、頭が固定されるからヘッドショットもしやすくなる」

ダン！　ズダン！　と立て続けに銃声《じゅうせい》を響《ひび》かせ、アスナの撃《う》った弾《たま》が見事にアンデッドの頭に命中した。

「できた！」

言われただけでできるのはさすがである。出現した二体のアンデッドは、これでどちらも倒《たお》れて動かなくなり、数秒後に派手なエフェクトを散らして四散した。

「よし、いいぞ。これでチュートリアルは終わり――」

言いながらホルスターに拳銃《ハンドガン》を戻《もど》しかけた俺の手は、ぴくりと止まった。

――これでチュートリアルが終わり。そんな風に思った俺は、まだまだこのDWOを舐《な》めていた。

パリン！　と何か割れる音がしたかと思うと、突如《とつじょ》民家の窓からさらなるアンデッドが五体、出現したのである。いや、それだけでは済まなかった。ひしゃげた倉庫の中から、半開きの民家のドアから、路地の奥から……次から次へとアンデッドたちが湧《わ》いて出てきたかと思うと、こちらに向かって歩いてくる。

「……は……？」

そのアンデッドたちを見て、アスナは乾《かわ》いた声を漏《も》らした。それはそうだろう……俺だって危《あや》うく動揺《どうよう》で拳銃《ハンドガン》を滑《すべ》り落とすところだった。

突如《とつじょ》現れた増援《ぞうえん》のアンデッドたちは、優に二十体を超《こ》えていたからだ。

「「はあああああああ!?」」

俺とアスナの声がハモって響《ひび》く。どう考えても〝チュートリアル〟で戦わせる量ではない。

「ちょ、ちょっとキリトくん!?　とんでもない数でてきたんだけど!?」

「ああ……ちょ、ちょっとこれは……予想外だな……」

冷《ひ》や汗《あせ》を流しながら、俺はすばやく周囲に視線を走らせた。大量のゾンビが出るシーンでは、たいてい対策用のギミックが用意されているはずだ。ガソリンを垂れ流した大型タンクローリーが都合良く横転していたり、近くに無人のガソリンスタンドがあったり、むき出しで火花を散らす配電盤《はいでんばん》が設置されていたり。それらを撃《う》つことで大爆発《だいばくはつ》や広範囲《こうはんい》の感電を引き起こし、ゾンビを一掃《いっそう》したり長時間足止めできたりするのだ。なんなら雑にダイナマイトが転がってくれていてもいい――のだが。

（……ない⁉ なにもない！）

俺はいよいよ焦《あせ》り出《だ》した。

アンデッドたちの動きはのろいが、立ち止まることはない。考える時間はあるものの、その凄惨《せいさん》な見た目と圧倒的《あっとうてき》な数のプレッシャーは半端《はんぱ》なく、いやが上にも焦《あせ》らされる。

俺は必死に冷静さを保ちつつ脳みそをフル回転させながら――しかしふと、この、あまりに理不尽極《りふじんきわ》まりない状況《じょうきょう》に、思わず笑《え》みすら浮《う》かべていることに気がついた。

わざわざVRMMO経験者を集めるだけある。おそらくこのDWO、最初から問答無用の最高難易度《プロフェッショナルモード》だ。

確かに俺はつい数分前のログイン画面で、小さな違和感《いわかん》を覚えていた。最近のゾンビゲームは任意でゲーム自体の難易度選択《せんたく》ができるのが普通《ふつう》だ。しかしDWOにはそれがなかった。

いわゆるゾンビゲームというものはアクションゲームに分類され、プレイヤーの純粋《じゅんすい》なプレイスキルを要求される。そのため最初からいくつかの難易度が用意されているのだ。

ゲーム初心者のような超《ちょう》ライトプレイヤーでも気軽に、ストーリーへの没入感《ぼつにゅうかん》を阻害《そがい》せず楽しめる初級難易度《アマチュアモード》から、すっかりやりなれている中堅《ちゅうけん》プレイヤーでも難しく感じる高難易度《ハードモード》。そして――頭のオカシイ廃《はい》プレイヤーが嬉々《きき》として選ぶ最高難易度《プロフェッショナルモード》まで。

その難易度は道中で出現するゾンビの数や体力、拾得《しゅうとく》できるアイテムの数・種類などで調整されるのだが……ログイン後わずか数分でこの数のアンデッドに囲まれるのは、どう考えても最高難易度《プロフェッショナルモード》だった。

つまり、ぬるいゲーム体験などハナからさせる気がないということだ。

そう言われれば言われるほど、俺の腹の奥底がずくずくと燃え上がるのを感じた。ゲーマー心を煽《あお》られるとでも言うだろうか。言い知れぬ興奮を感じながら、俺は拳銃《ハンドガン》で応戦した。三体のアンデッドを沈《しず》めたが、やはりこの群れを前にしたら火力不足だ。

「キリトくん、もう弾《たま》がない……！」

アスナが焦《あせ》った声をあげる。俺の残弾《ざんだん》は五発。弾《たま》の補充《ほじゅう》もなしに切《き》り抜《ぬ》けられる弾数《たまかず》ではない。いや、誰《だれ》がチュートリアルでこんな群れと戦わされると思うだろうか。

そのとき俺は、ふとあるものが目にとまった。広場の片隅《かたすみ》に、乗り捨てられた古くさい大型バイクが転がっている。極限状態で高められた俺の視覚は、そのバイクのメーターパネルやや下部に小さく揺《ゆ》れるキーホルダーを、確かにとらえた。――鍵《キー》がさしっぱなしだ。

「アスナ！　走れ！」

叫《さけ》ぶや、俺は拳銃《ハンドガン》を構え、バイクに最も近い位置にいるアンデッドの一体にヘッドショットを決める。残り四発。頭の中で残弾《ざんだん》を意識しつつ、アンデッドが動かなくなったのを確認《かくにん》し切り開かれた退路に向かって走った。転がっていたヘルメットをアスナに放り、バイクを起こす。

「メット装備して！　乗って！」

安全運転のためのヘルメットと言いたいところだが、どちらかというと対アンデッド用の防具である。俺の分はもちろんないが、気にしている場合ではない。

俺はシートに飛び乗ってさしっぱなしのキーを回した。ニュートラルランプが点灯する——ということは、このバイクはただの3Dオブジェクトじゃない。《乗り物》だ。

いける！　俺はグリップを軽くひねりつつ、その付け根にあるスタータースイッチを押し込んだ。キュキュキュッとセルの回る音がする。まだバッテリーは死んでない。だが半壊《はんかい》判定でも受けているのか、なかなかエンジンがかかってくれなかった。

「かかれ、かかれ‼」

その間にもアンデッドの群れはじりじりと迫《せま》ってくる。あと数歩、奴《やつ》らがこちらに近づいたら、アンデッドの近接攻撃《こうげき》モーションの範囲内《はんいない》に入ってしまう。

そうしたら、アンデッド共はそれまでのトロい動きが嘘《うそ》のような俊敏《しゅんびん》さで飛びついてきて、俺たちの首筋に噛《か》みつきゲームオーバーにしてくるだろう。数体振《ふ》りほどこうとも、この数に群がられたらひとたまりもない。

俺は祈《いの》るように叫《さけ》んで再度スタータースイッチを押した。運営のタチの悪いトラップにはまって、まんまとチュートリアルでリタイアなんてまっぴらだ——そう思った時、ひときわ大きな震動《しんどう》と、確かな手応えが返ってきた。かかった！

「アスナ、つかまってろよ！」

またここでも運営の底意地の悪さが出ているのだが——窮地《きゅうち》に現れたこの救世主は、見るからに古い大型のキャブ車だった。こんな骨董品《こっとうひん》をいきなり乗りこなせる奴《やつ》が一体どれほどいるだろう。

俺はリアルでエギルの知り合いからおんぼろバイクをもらい受け、嫌《いや》というほど馴《な》らされたが……いや、今はそれも感謝するべきか。

俺たちの乗るバイクはすでに全方位をアンデッドに囲まれ、退路なんて塞《ふさ》がれている。俺は腹にアスナの細い腕《うで》がまわったのを確認《かくにん》し、躊躇《ちゅうちょ》なくグリップをひねってエンジンの回転数を跳《は》ね上《あ》げた。ブオオオン！　と威嚇《いかく》のように唸《うな》り声《ごえ》をあげて応えたバイクは、前輪を浮《う》かせながら弾《はじ》かれたように急発進。

行く手を遮《さえぎ》るアンデッドの二、三体を弾《はじ》き飛ばしながら群れの中を猛進《もうしん》する。テンポ良くギアチェンジを重ねてさらに加速すると、散乱する瓦礫《がれき》や乗り捨てられた車たちの合間を縫《ぬ》うように走《はし》り抜《ぬ》けた。悪路にタイヤを跳《は》ねさせながら、時折ふらりと歩くアンデッドも躱《かわ》し、ようやく恐《おそ》ろしい廃村《はいそん》を飛び出した。

村の外には国道とおぼしき大きな道路が延《の》びている。アンデッドまみれの小さな村をあっという間にはるか彼方《かなた》に置き去りにして、俺たちは強引《ごういん》にチュートリアルを終わらせたのだった。

3

対向車も何もない、人気《ひとけ》のない国道をいくらか走っていると、俺の耳にピコンと軽快な通知音が届いた。

バイクを自動走行《オートラン》モードに切《き》り替《か》えてメインメニューを開くと、《world map》のテキストが淡《あわ》く光り、更新《こうしん》通知を告げている。タップしてマップを開くと、開始時点では未開放だった新たな町が出現し、次なる目的地として《要塞《ようさい》都市ジオル》が光っていた。ちょうどこの道の先にある、大きな町のようだ。

「……なにがチュートリアルだよ……」

ウィンドウ右下にしれっと出ている「チュートリアル・クリア」の通知に俺は顔をしかめる。

「一応……なんとかなったね……」

後ろのアスナも安堵《あんど》の溜息《ためいき》をついて、ヘルメット《フルフェイス》のバイザーをはねあげ前方を見据《みす》えた。迫《せま》りつつある次の目的地、要塞《ようさい》都市ジオルだ

町、というより軍事施設《しせつ》と言った方が正しいだろうか。黒々としたシルエットの町は、コン

クリートの高い壁《かべ》で周囲を囲まれ、塀《へい》の上には有刺鉄線《ゆうしてっせん》が張《は》り巡《めぐ》らされている。唯一《ゆいいつ》の出入り口と思われる門扉《もんぴ》は分厚い鉄製で固く閉ざされていた。

ものものしいバリケードがされた要塞《ようさい》都市の入り口でバイクを停めると、見張りの兵士が俺たちを一瞥《いちべつ》し、門を開けた。

突撃銃《アサルトライフル》を構えた男たちの装備には、俺たちと同じ鷹《たか》を模したデザインのワッペンが縫《ぬ》い付《つ》けられている──義勇兵団《ラルーズ》の紋章《もんしょう》だ。

DWOにおいて俺たちプレイヤーは、このラルーズの一員となって戦うことになる。

舞台《ぶたい》は最終戦争が勃発《ぼっぱつ》した架空《かくう》の地球。戦時中、死者を蘇《よみがえ》らせ凶暴化《きょうぼうか》させてしまうおそろしい化学兵器《毒リンゴ》が用いられたために、世界の半数の町が壊滅《かいめつ》してしまった世界だ。プレイヤーはラルーズとしてのミッションをこなしつつ、《毒リンゴ》を無効化する秘薬を探すというもの。

「拠点《きょてん》はけっこう賑《にぎ》やかなのね」

アスナが物珍《ものめずら》しそうにジオル内部を見回している。

先ほどまでうら寂《さび》しい廃村《はいそん》にいたせいか、NPCが行《い》き交《か》うジオルは、物々しい空気ではあるものの活気があるように感じた。避難《ひなん》キャンプで民間人が休み、武装したラルーズ義勇兵がごつい銃《じゅう》を背負って闊歩《かっぽ》する。拠点《きょてん》の片隅《かたすみ》には、こんな終末世界でも商魂《しょうこん》たくましい旅商《りょしょう》によって、ささやかな売店も開かれていた。

が、俺はすぐに違和感《いわかん》に気づいた。どこを見回しても、目につくのがNPCばかりだ。義勇兵団ラルーズの鷹《たか》のワッペンを持つ者は多くいるものの、その大半がNPCであり、プレイヤータグをつけている人影《ひとかげ》が見当たらない。

「……もしかして、ほとんどチュートリアルでやられたのか……？」

「もしかしてもなにも、その通りだぜ」

そう答えたのは、背後に現れた男だった。

振《ふ》り向《む》くとそこに、長い髪《かみ》を一つ結びにした痩《や》せ型《がた》の青年兵がいた。プレイヤータグだ。

「ふーん、ガキみてえな外見だが、あのチュートリアルをクリアしたのは……まあやるじゃん？」

じろじろと俺とアスナを見回して、長髪《ちょうはつ》の男はいかにも意地悪そうに口角を吊《つ》り上《あ》げた。

「ベータテスターの五割があそこで〝強制ログアウト〟になったってのによ？」

「五割⁉　もう半分も減っちゃったってこと……⁉」

アスナが息を呑《の》み、俺も思わず眉間《みけん》にしわを寄せた。

DWOはMMOでは類を見ない〝ペア制〟が採用されていた。ペアの片方が死亡しても、片方が生きている限り蘇生《そせい》ポイントには送られないのだ。そういう点では、難易度が下げられていると言っていい。

しかし代わりに、もしペアのどちらも死亡となった場合、プレイヤーはゲームから弾《はじ》き出され強制的にログアウトとなるのがこのベータテスト。そしてDWOへのログイン権すら一時的に喪失《そうしつ》することになるのだ。一度死んだら終わり。それではまるで、かつて世界を震撼《しんかん》させたあのSAO事件を模倣《リスペクト》しているようではないかと、開始前から賛否の嵐《あらし》で話題を呼んだ。

もちろんゲームの死が現実とリンクするSAOとはまるで違《ちが》う。実際に死ぬことはもちろんないし、ベータテストにおけるラスボスを誰《だれ》かが倒《たお》せば、喪失《そうしつ》したログイン権は復活し、リタイア者もまた問題なくベータテストを遊べるようになるとのこと。

とはいえ、チュートリアルでのあの容赦《ようしゃ》のなさを見るに、簡単にラスボスまで到達《とうたつ》させる気はないようだが……。

「ショウヤ。態度が悪い」

ぴしゃりと男の態度を諫《いさ》めたのは、男の右隣《みぎどなり》に立っていた……ずいぶん背が低いために今までそこにいることに気づかなかった、ボブカットの少女だった。あまりに幼い容姿に、ラルーズの軍装がコスプレに見えてくる。

「ばっ、そういうロールプレイしてるんだよ！　口の悪いツンデレ世話焼き役？　みたいな？」

「あっそ。勝手にやってれば？　――君たち、チュートリアルクリアしたのね。おめでとう。次のストーリークエストは彼に話しかけると開放されるわ。ほら、あそこの義勇兵」

ショウヤと呼ばれた男の抗議《こうぎ》を無視して、少女は作戦本部の前に立つ義勇兵を指さした。

「おおい!?　ばっ、なんで教えるんだよレイカ!?　俺が言おうと思ってたのによお！」

「どっちが教えても一緒《いっしょ》でしょ。私はあの最高に笑えないチュートリアルで、早々に最速《ワールドファースト》クリアなんて諦《あきら》めたわけ。さっさと誰《だれ》かにクリアしてもらって、強制ログアウトシステムを解除してもらいたいの。一回死んだら終わりって、遊びたくても怖《こわ》くて遊べないじゃない」

「だからぁ、その英雄的《えいゆうてき》ポジションを俺たちがさぁ……最速クリア頑張《ワールドファーストがんば》ろうぜぇ……」

ショウヤとレイカ。悪い人ではなさそうだが、なんだかずいぶんと熱量に差のあるペアは、ぽかんとする俺たちを置いて嵐《あらし》のように去っていった。

俺とアスナはどちらからともなく目を見合わせる。

「……とりあえず、クエスト受けるか」

4

「逃《に》げろだと？　この安全な部屋から出ろだと？　お前たちは馬鹿なのか？」

横暴な態度の太った男は、俺たちの提案を鼻で笑い飛ばした。

「なんでわざわざ、化け物のいる外に出ないといけないんだ！　お前らのような下《した》っ端《ぱ》では話にならん！　俺は絶対ここから出ないぞ！」

「……えーっと、ここにいるとアンデッドに襲《おそ》われる危険が――」

「アンデッドに襲《おそ》われるだと？　俺がそんな間抜《まぬ》けに見えるか！　この傭兵《ようへい》あがりのペテン野《や》郎共《ろうども》が！　ここから出ていけ！」

「……」

俺たちが訪《おとず》れているのはアンデッドがあふれた町中とは思えないほど、小綺麗《こぎれい》な部屋の中だった。要塞《ようさい》都市ジオルからやや離《はな》れた場所にある、小さな町ケリュア・シティの町長室だ。

そしてこの、俺たちの救助も避難要請《ひなんようせい》も全部突《つ》っぱねる強情《ごうじょう》な巨漢《きょかん》——ケリュア・シティ町長は、町民たちがアンデッドに襲《おそ》われたとわかるや、いのいちばんにこの部屋に閉じこもり町民を見捨てて生き残ったゲス野郎《やろう》である。

プレイヤーに課された最初のクエストは、ケリュア・シティでの生存者の救出だった。しかしこの男、テコでも動きそうにない。

「もー。全然話を聞いてくれないよ……」

町長のがんとした態度にアスナはほとほと困り果てている。俺たちの他にも町長室には多くのプレイヤーが押しかけていて、みな町長を相手に悪戦苦闘《あくせんくとう》していた。

もしかしたらこいつを連れ出すためのフラグイベントがクリアできていないのかもしれない。もしくはストーリー進行に必要なアイテムを取りこぼしたか——と俺はそこまで考えて、もしやとある一つの可能性に辿《たど》り着《つ》いた。

アスナの肩《かた》をちょいとつつき、振《ふ》り向《む》いた彼女に目線で訴《うった》える。一度引こう。アスナも理解したようで、罵詈雑言《ばりぞうごん》をあびせる太った町長に背を向け、俺たちは部屋を出た。

「救出しなくていいの？　キリトくん」

「ああ。たぶん、あいつは救出対象じゃない」

「ええ？」

「あれはトラップ……ていうかフラグだな。たぶんもう一度部屋に入ると、あの野郎《やろう》、現状装備では倒《たお》しようもない強いアンデッドになってるぜ」

「な、なにそれ？」

「その証拠《しょうこ》に、入ったきり戻《もど》ってこない奴《やつ》がいるだろ」

「あ」

町長室の外で困ったようにうろつくプレイヤーの数が、最初にここに来た時よりも明らかに減っていることに、アスナも気づいたようだ。

アンデッドになるわけがないと言って救済の手をはねのけ、その結末がアンデッド化というよくあるフラグ回収だ。おそらく二度目にあの部屋に入った時市長はアンデッド化していて、単なるNPCではなくボスモンスター扱《あつか》いとなっているだろう。愚《おろ》かなプレイヤーはボス部屋に飛ばされ、どうあがいても倒《たお》せない元市長のアンデッドに蹂躙《じゅうりん》され、強制ログアウト《リタイア》だ。

「他を探そう。どこかに生き残りの町民がいるはずだ」

「でも町中は十分探したよね？」

「……いや。一つあるぜ。探してないところ」

5

「……ここぉ⁉」

アスナが嫌《いや》そうな声をあげ、眼前にそびえるフェンスを見上げた。ケリュア・シティの奥まったところにある、建物と建物の合間。やや広く作られた路地裏だ。

一直線に延《の》びる路地は、しかし途中《とちゅう》で錆《さ》びたフェンスが設けられ、施錠《せじょう》されていた。そしてそのフェンスの向こうには──見るからにアンデッドがうじゃうじゃと徘徊《はいかい》していたのだった。町中でふらりと現れるアンデッドの比ではない。フェンスを越《こ》えればあっという間に囲まれてゲームオーバーになる未来が見える。

「この路地の奥にある家はまだ見てないだろ？」

「見てないっていうか、あんなうじゃうじゃいたら見れないっていうか……」

だからこそここが〝正解〟である可能性が濃厚《のうこう》だ。あのチュートリアルを問答無用で仕掛《しか》けてくる運営ならやりかねない。おそらく町長がダミーと気づき、ここまで辿《たど》り着《つ》いたであろうプレイヤーもちらほらと見える。が、皆《みな》あのアンデッドの数に躊躇《ちゅうちょ》しているようだ。

「ようお二人さん。あんたらも来たか」

軽快な声をかけてきたのは、先ほどジオルであった珍妙《ちんみょう》ペアのショウヤとレイカだ。

「あの町長トラップには引っかからなかったみてぇだな？」

「さすがにな」

苦笑《くしょう》する俺に、レイカがにやりと笑ってショウヤを小突《こづ》いた。

「こんなこと言ってるけどの人、のこのこ二回目に町長室入ろうとしたから、私がぶん殴《なぐ》って止めて無理矢理引きずってきたのよ」

「ばっ、おまえ、なんでそういうこと言っちゃうかな⁉」

赤面するショウヤをよそに、集まっているプレイヤーたちからわっと歓声《かんせい》があがった。

あのアンデッド地獄《じごく》を正面突破《とっぱ》せんとする挑戦者《ちょうせんしゃ》が現れたのだ。挑戦者《ちょうせんしゃ》の男二人はするりとフェンスを越《こ》えると、慣れた動作でアンデッドを三体屠《ほふ》り、道脇《みちわき》に設置されていた大きなダストボックスの上に飛び乗って安地を確保。そこから拳銃《ハンドガン》で一体ずつ確実に仕留めていく。

が――ずるりと片方の男の姿勢が崩《くず》れた。撃退《げきたい》が間に合わず接近を許してしまったアンデッドの一体に、たたんだ右足をつかまれたからだ。

「ひ……！」

そこからはあっという間だった。引きずり下ろされた男は悲鳴をあげる間もなく首元を噛《か》みつかれ、群れの中に沈《しず》んでいく。残されたペアの男は見るからに焦《あせ》り、狙《ねら》いの甘い射撃《しゃげき》でほぼ弾《たま》を無駄《むだ》撃ちした末に、やはり対処が間に合わず引きずり下ろされてしまった。アンデッドの群れにたちまち男は飲み込まれ、悲鳴すらかき消されるばかりか、わずか数秒でオブジェクト片《へん》と化してしまった。先に倒《たお》れたペアの男も砕《くだ》け散《ち》り、挑戦《ちょうせん》失敗――強制ログアウトとなった。

そうして容赦《ようしゃ》なくプレイヤー二人を撃沈《げきちん》させたアンデッドたちは、獲物《えもの》がなくなるやスン……と何事もなかったように〝持ち場〟に戻《もど》って、うろつきはじめるのだった。

「……」

VRMMOとわかっちゃいるが、あまりに凄惨《せいさん》な光景に通夜《つや》のような沈黙《ちんもく》が降りた。

「……うん。ここ以外に入り口がないか、探してみるか」

「……そうね、それがいいかもね」

俺の提案にアスナも頷《うなず》く。断じて怖《お》じ気《け》づいたわけではない。下手に命を賭《か》ける前に、わずかでも他の可能性をあたってみるのは大事なことだ——と胸中で自分に言い訳しつつ、俺は詳《しょう》細《さい》マップを確認《かくにん》しながら表通りに出た。

「お、ここ、こじ開けられそうだ」

いかにも急ごしらえといった感じの、薄《うす》い木板が打ち付けられて倉庫かなにかの入り口を塞《ふさ》いでいた。もしかしたらここから地下に潜《もぐ》って下から攻《せ》めるなんて手もあるかもしれない。

「素手《すで》じゃ無理そうだけど……」

「そのためにこれがあるんだよ」

俺は軽快にアイテム欄《らん》を操作して、ある一つのアイテムをタップした。それは確かに《アイテム》に分類されるものだが、それをタップすると確認《かくにん》画面が飛び出してくる。

〝装備しますか？〟

Yesを押すと、小気味よい音をたて、俺の右手にオブジェクト化したそれがおさまった。

長さは傘《かさ》を少し短くした程度だろうか。細く、鉄製で、ずっしりとした重量感はあるものの、大きなアイテムではないため総重量はたいしたことはない。直角に折れた先端《せんたん》が小さく二股《ふたまた》にわかれていて、鋭利《えいり》に尖《とが》っている。リアルでもたまに目にするそのアイテム名は――〝バールのようなもの〟だ。

「バールのようなもの……ってバールじゃない」

アスナもバールを装備しつつ、物珍《ものめずら》しげに眺《なが》めている。先ほど道ばたに落ちていたものを拾ったものだ。

「そう、バールだ。こういう、行く手を遮《さえぎ》る簡易的なバリケードを解体するための、ストーリー進行用アイテム」

言いながらバリケードに近づくと、オートモーションが作動してバリケードを叩《たた》き壊《こわ》した。

「アイテムなんだけど、装備しなきゃ使えないってところがニクい仕様でさ、アンデッドに追いかけられている時に焦《あせ》らされるんだよ」

「ふーん。STRに振《ふ》ってない私でも装備できるのね」

「そりゃ、ただのアイテムだからな」

武器に類されたとしても、バール程度の重量ならAGI型のアスナでも装備できるだろう。

俺は壊《こわ》したバリケードから倉庫の中に侵入《しんにゅう》する。しかし抜《ぬ》け道《みち》や地下道のようなものはなく、いくつか弾薬《だんやく》や薬草が拾得《しゅうとく》できるだけの、ただのボーナスステージだった。

「まいったな……こりゃ回り道はなさそうだ」

「じゃあやっぱり、あのうじゃうじゃアンデッド地獄《じごく》を進むしかないわけね……」

「そうなると、初期装備の拳銃《ハンドガン》とナイフじゃきついな。弾《たま》をバラ撒《ま》ける機関銃《マシンガン》とかが手に入るといいんだけど――」

まったく、序盤《じょばん》のクエストとは思えない難易度である。俺は呆《あき》れつつもあのアンデッド地獄《じごく》をくぐり抜《ぬ》ける方法を考えて――

「……ん？　バール？」

ふと俺はずいぶんと親しみ慣れた感じを覚えて、手元に目を落とした。確認《かくにん》するまでもなく、それは俺が先ほど一時的に装備した〝バールのようなもの〟だ。

数秒考えて、ああと俺は思い当たった。剣《けん》だ。この感じ、ＳＡＯやＡＬＯ、果てはＧＧＯで剣《けん》に分類される武器を握《にぎ》っている時と全く同じ感じ――

「あ」

ふと、俺はある一つの攻略法《こうりゃくほう》を思いついた。

それはある意味悪魔的《あくまてき》なアイディアであり……もしかしたら、ゲームマスターとしてにやにやしている運営に、一泡《ひとあわ》ふかせてやれるかもしれない可能性だった。

6

「……ねえキリトくん。本っっっっ当～～にやるのね？　これで？」

アスナからもう何度目ともしれない確認《かくにん》をされ、俺は自信満々に頷《うなず》いた——と言いたいところだが、さすがに今回の〝これ〟は成功率が高いとは言えず、彼女の瞳《ひとみ》から目をそらした。

「ああ、大丈夫《だいじょうぶ》だ。……たぶん」

「今たぶんって言った⁉」

「俺とアスナならいけるはず……いや、アスナじゃなきゃこんな無茶頼《たの》めない」

俺たちは再びあのフェンスの元に戻《もど》り、アンデッドの群れの前に足止めをさせられているプレイヤーたちのやや後ろで、こそこそと声をひそめていた。

「……むぅ、そう言われると、何も言えないじゃない」

まんざらでもなさそうにアスナが唇《くちびる》を尖《とが》らせて、小さく息を吐《は》く。

「仕方ない。付き合ってあげましょう。ベータテストが終わったら、ケーキ一つね」

「……よし乗った」

思いついた攻略法《こうりやくほう》が明らかに正攻法《せいこうほう》ではなくて申し訳ない——とは思いつつ、俺のなかでは何か言いようのない熱がうずくのを感じていた。言うなればゲーマー魂《だましい》とでも言うべきか。自分が思いついた、それでいて他の誰《だれ》も思いつかなかったこの攻略法《こうりやくほう》が通じるかどうか。それを試《ため》す前はいつだってワクワクする。

「それじゃあ……行くぞ！」

かけ声とともに、俺はフェンスに向かって一直線に疾駆《しっく》した。突如《とつじょ》駆け出《だ》した俺の行動に、フェンスの前で様子見をしていたプレイヤーたちの視線が集まる。

「お？　また挑戦者《ちょうせんしゃ》か！」

「頑張《がんば》ってこいよー！」

声援《せいえん》を背に受けながら、あわやフェンスにぶつかるという直前、プレイヤーに標準装備されているオートモーションの一つ、《ラルーズ式壁登《かべのぼ》り》が発動する。

これはＳＡＯのソードスキルに似ている。体を預けると軽《かろ》やかに足が壁《かべ》を蹴《け》り上げ、一定以下の高さであれば二、三歩で飛《と》び越《こ》えることができるのだ。

ガシャンガシャンと派手な音をたてて揺《ゆ》れるフェンスを駆《か》け上《あ》がり、高々と宙を舞《ま》うと、俺はアンデッド地獄《じごく》の中へと自ら飛び込んだ。

フェンスを背に着地。その時すでに、俺はホルスターから拳銃《ハンドガン》を抜《ぬ》いている。あらかじめ定めていた、着地地点に最も近い一体の頭に正確に弾丸《だんがん》を撃《う》ち込《こ》む。続いて奴《やつ》の右隣《みぎどなり》、その奥と、近い者から順に、確実に狙《ねら》いを定め、三体のアンデッドを撃破《げきは》した。しかし奴《やつ》らの不意を打ってワンキルできるのはここまでだ。俺を認識《にんしき》し動きを激しくさせるアンデッド共に、弾倉《マガジン》の残《ざん》弾《だん》十二発をぶち込んでもう五体倒《たお》し、群れの中に一時的な安地を作る。

しかしもちろんその頃《ころ》には、フィールドにいたアンデッドたちが一斉《いっせい》にこちらに襲《おそ》いかかってきた。俺は慌《あわ》てず空のマガジンを捨て、先ほどの倉庫で入手した新しいマガジンを装填《そうてん》。この致命的《ちめいてき》な隙《すき》に襲《おそ》いかかろうとしたアンデッドは、しかし上空からヘッドショットを決められ一発で昏倒《こんとう》した。

アスナだ。

フェンスを飛《と》び越《こ》え、壁登《かべのぼ》りのオートモーションが終わるやいなや、着地も待たずに発砲《はっぽう》したのである。そればかりか、一発でヘッドショットを決めたのだ。

「よし、まずは作戦通りだね」

ちまたでは神業《かみわざ》と呼ばれる空中ショットを決めつつ着地。そのもはや美しくもある一撃《いちげき》に俺は目を丸くした。

「……あ、ああ」

さすが高AGI型とも言うべきか。めまぐるしいスピードの中で体勢を崩《くず》さず、繊細《せんさい》な動きや狙《ねら》いを定めるセンスには一目置くものがある。VRMMOの動きを完全に我が物とするその習熟度もさすがといえる。俺はアスナの腕《うで》に舌を巻きつつ、リロードを終えた拳銃《ハンドガン》を構えた。

フェンスを背に死角を一つ潰《つぶ》し、俺が右側を、アスナが左側を担当し、アンデッドの群れを一掃《いっそう》した。ここまではどのプレイヤーも順調だ。問題はその次。

がづん！　と音がして、近くの半閉じのシャッターが吹《ふ》き飛《と》び、中からアンデッドの群れ第二陣《じん》が襲《おそ》いかかってきた。

　問題はこいつらだ。第一陣《じん》の倍はいるだろうアンデッドの数と勢いがすさまじく、たとえ先頭の何体かを倒《たお》しても、後方のアンデッドにすぐさま間合いを詰《つ》められるのだ。うまく第一陣《じん》をさばいても、十五発しか装填《そうてん》できない拳銃《ハンドガン》のリロードタイミングと被《かぶ》ってしまう。そしてフェンスに囲まれた狭《せま》い路地のため、戦況《せんきょう》を持ち直すための安地もない。オートモーションの「壁登《かべのぼ》り」で退却《たいきゃく》しようにも、アンデッドに足首をつかまれ引きずり下ろされてしまうのだ。

　これまでのプレイヤーはそのリロードに手間取ったり、第一陣《じん》で弾《たま》を使いすぎたりして、あっという間に散っていった。ここをどう切《き》り抜《ぬ》けるかで多くの人は頭を悩《なや》ませているのだ。

　そこで俺の考えた作戦はというと——拳銃《ハンドガン》をホルスターに戻《もど》した。

「っておおい⁉　拳銃《ハンドガン》を戻《もど》したぞ⁉」

「おいおい自棄《やけ》かよ⁉」

　観衆の驚愕《きょうがく》の声を右から左に聞き流しながら、俺は背中に背負っていたとある〝武器〟を抜《ぬ》き放《はな》ち、右手に装備した。

　そう——〝バールのようなもの〟だ。

「「「バ、バールぅ⁉」」」

フェンスの向こうからすっとんきょうな声が聞こえる。

そりゃそうだろうなと思いつつも、俺からしたら、拳銃《ハンドガン》よりよほど握《にぎ》り慣《な》れたこの感触《かんしょく》。俺はずっしりと右手におさまるそれを構え、まず、最も接近していたアンデッドに目をつけ、そいつめがけて駆《か》け寄《よ》った。

するとアンデッドは、飛び込んできた俺に対し近接攻撃《こうげき》モーションを発動させてまっすぐ飛びついてくる。予想済みのその一撃《いちげき》を右に躱《かわ》し、がら空きの懐《ふところ》に潜《もぐ》り込《こ》んで――

「うるぁあああああ!」

弱点たる頭部めがけ、渾身《こんしん》の力を込《こ》めてバールを振《ふ》った。

武器自体のささやかな重さに加えて、体の軸《じく》から回転させた遠心力と、柔《やわ》らかな腕《うで》のしなりをのせたバールには、コンパクトな動きながら十分な威力《いりょく》を相乗させているはずだ。

その、もはや一つの凶器《きょうき》となった〝バールのようなもの〟は、ごづん! と鈍《にぶ》い音をたて、アンデッドの崩《くず》れかけの頭にきれいに叩《たた》き込《こ》まれた。瞬間《しゅんかん》――

かいーん、と。

軽くアンデッドが吹っ飛んだ。

ぎゅぅんと空を舞《ま》うアンデッドは、ただでさえボロボロの死体をさらに空中でいくらか回転させ、きりもみしながら二回、床《ゆか》を跳《は》ねて、周囲のアンデッドを数体巻き込みながら、ずざざあ! と床《ゆか》を滑《すべ》り……ようやくその勢いが止まった時、もはやアンデッドはぴくりとも動かなくなって、無情にエフェクトを散らしながら消えていったのだった。

……一瞬《いっしゅん》、俺の耳では、完璧《かんぺき》な沈黙《ちんもく》がその場を支配したように感じた。

生きる人々を食《く》らうおそろしい存在であるはずのアンデッドが、ただのストーリー進行用の必須《ひっす》アイテムたる〝バールのようなもの〟に敗北した瞬間《しゅんかん》、心なしか周囲のアンデッドもぎょっとして動きを止めたように思う。

「「「うえええええええ⁉」」」

そしてもちろん、まさかバールにそんな殺傷能力があるとは思っていない観衆が派手にどよめいた。

「……おっ？」

ちょっと予想以上だったバールの威力《いりょく》に、俺自身も目を丸くして……はたと気づいた。

これはもしや、あれか。重量級の銃火器《じゅうかき》が出てこない序盤《じょばん》では、あまり意味をなさないと思っていた俺の高STR値が火を噴《ふ》いたわけか。

ちらりとアスナを見ると、高AGIの素早《すばや》さを駆使《くし》してアンデッドに二撃目《げきめ》を当て、昏倒《こんとう》させていた。STR値が俺ほど高くなくとも、バールは十分な武器になる。

——これなら、いける！

ちらりとアスナと目を合わせ、二人同時に小さく頷《うなず》いて……俺たちはアンデッドを殲滅《せんめつ》する阿修羅《あしゅら》と化した。

「はああああああ！」

一体、二体、三体、アンデッドに自ら接近しては、奴《やつ》らの近接モーションを引き出し、躱《かわ》し、次々敵を屠《ほふ》っていく。

もちろん、めちゃくちゃにバールを振《ふ》り回《まわ》しているように見えて、俺たちの行動には一つの規則性がある。一体倒《たお》したら一度引き、また接近してアンデッドの攻撃《こうげき》モーションを発動させてから、それを躱《かわ》して距離《きょり》を詰《つ》め、一撃《いちげき》を加えてまた離《はな》れるというものだ。

重要なのは、回避《かいひ》すべきは回避《かいひ》に専念し、隙《すき》を見せたら攻撃《こうげき》するというＰｖＥ《対モンスター》の基本行動。

実質の〝ターン制〟だ。

結局相手は、予《あらかじ》めプログラムされた攻撃《こうげき》をパターン通りに行うだけのオブジェクト。その攻《こう》撃《げき》にはパターンがあり、種類には限りがある。基本行動さえ忘れなければ、大抵《たいてい》の敵は初見でも対応できるようになるのだ。いや、対応できるどころか、敵の全ての攻撃《こうげき》パターンと隙《すき》を見せるタイミングを完璧《かんぺき》に把握《はあく》し、俺自身の神経が研《と》ぎ澄《す》まされ体がノッてくると、これはこれでちょっと楽しい──

「……で、できた……！」

は、と気づいたら、俺たちの周囲はすっかりきれいに一掃《いっそう》され、死したアンデッドたちがまき散らすエフェクトが花火のように弾《はじ》けるのみだった。

「本当にできちゃったね。キリトくん……」

驚《おどろ》いたようにつぶやくアスナの声に、俺も一息つく。

「……な、なぁ？　だから言ったろ？　バールって、ホラーゲームやゾンビゲームじゃ、近接最強の武器なんだぜ」

「って言いつつ、ちょっと自信なかったでしょ」

「う……ま、まあ賭《か》けだったけど、結果オーライだろ」

……だからといってまさか一撃《いちげき》でアンデッドを吹っ飛《と》ばすとは、思っていなかったが……ということを胸中で補足しつつ、俺はバールを背に戻《もど》す。

「──は……？　え？　バール？？？」

ざわめく観衆の中から、ふと呆然《ぼうぜん》としたつぶやきが聞こえてきた。

レイカだ。目を皿のようにまん丸にしてフェンスにかじりつき、俺たちの手に握《にぎ》られたものを凝視《ぎょうし》しながら、半ば叫《さけ》ぶように俺に疑問を投げかけた。

「だってこれ、最高難易度《プロフェッショナルモード》だよ⁉　今までにどんなMMOを経験すれば、即興《そっきょう》でそんな芸当ができるようになるっての⁉　お前たち一体、何者なんだ……⁉」

「え？　……えー、と……」

何者かと聞かれると答えに困る。俺は数秒沈黙《ちんもく》してから、結局苦笑《くしょう》して肩《かた》をすくめた。

「アンタたちと同じ、ただのゲーマーさ」

答えに不満そうな彼女へ軽く手をあげて会話を切り上げ、俺は周囲に視線を巡《めぐ》らせた。

「よし、もうアンデッドが出てくる気配はないな」

路地が完全に沈黙《ちんもく》したのを確認《かくにん》してから奥の民家に入る。中では幼い女の子と、女の子を抱《だ》きしめる父親らしき男が震《ふる》えていた。この父娘《おやこ》が真の救出対象で間違《まちが》いなさそうだ。

「ラ、ラルーズ……⁉　来てくれたのか！」

「はい、ここはもう大丈夫《だいじょうぶ》です。安全なジオルまで案内します」

ピコン、と通知が鳴り、メニューウィンドウを開くと右下に小さな通知。

〝クエスト「生存者の救出」：クリア。ワールドクエスト開放まで、残り三クエスト〟

「ワールドクエスト？」

同じく通知を確認《かくにん》しながら、アスナがきょとんと目をしばたたく。

「たぶん、新エリア開放のためのキークエストだな。ワールドクエスト開放者が、ベータテストの最速クリア《ワールドファースト》に最も近いってことだ」

とはいえ一つのクエストがこの難易度では、残り三つも骨が折れそうだが……。ため息をつく俺とは対照的に、すっかり味を占《し》めた様子のアスナがバールを一振《ひとふ》りしてにやりと笑う。

「ま、どんなクエストだろうと、バールがあれば楽勝ね♪」

7

「──なあ……知ってるか？　バールで無双《むそう》している若い二人組の話……」

義勇兵団ラルーズの拠点地《きょてんち》、要塞《ようさい》都市ジオル。その一角に設けられた義勇兵御用達《ごようたし》の薄暗《うすぐら》いバーの中では、ベータテストを生き残っているプレイヤーたちがひそひそと噂話《うわさばなし》をしていた。

「なんでも、アンデッドの群れをバール一本で撃退《げきたい》するとかなんとか」

「え？　バール？　バールってあの、バール？」

「そうさ。武器として装備はできるが、アイテムの一つにすぎないあのバールよ」

「噂《うわさ》じゃ意味わからねえ速さで、次々アンデッドをノしちまうらしい」

「けど、間違《まちが》っても真似《まね》しようなんて思わねえこった……バールでアンデッドに挑《いど》んだ奴《やつ》らはほとんど何もできないままゲームオーバーになったってさ」

「……じゃあそいつらの持っているバール、ユニーク武器か何かとか？」

「いや、実際に〝バール無双《むそう》〟を見た奴《やつ》らの話によると、やっぱりただのバールらしい」

「な、なんだそりゃ……アンデッドとそいつら、どっちがバケモンなのかわからねえな……」

「で、これまでの三クエスト、全部そいつらがクリアしちまったと……」

「ありゃとんでもねえVRMMOの廃《はい》プレイヤー様に違《ちが》いねえ……！」

「……」

「……」

戦慄《せんりつ》する男たちの話を小耳に挟《はさ》み、俺とアスナはなんだかむずがゆいような肩身《かたみ》が狭《せま》いような気持ちになって、どちらからともなく口を閉ざした。

「ねえ……なんかスゴイ噂《うわさ》になってるんだけど……」

声をひそめるアスナに、俺はただ黙《だま》って頷《うなず》くことしかできない。

この噂《うわさ》のおかげで、人目のある要塞《ようさい》都市ジオルでは、おちおちバールを装備することもできなくなってしまった。

ベータテスト開始から四日。プレイ時間が長くなるにつれ、散弾銃《ショットガン》やら突撃銃《アサルトライフル》やらと強力な武器を装備するプレイヤーが増えてきたなか、俺とアスナは初心者のように初期装備である拳銃《ハンドガン》を装備するのみで、それはそれで浮《う》いてはいたのだが。

「ま、どう見ても正攻法《せいこうほう》じゃないからな。今頃《いまごろ》DWO運営も慌《あわ》ててるんじゃないか？」

ＶＲＭＭＯ経験者を集めたとはいえ、事前アナウンスもなしにいきなり全ベータテスターを最高難易度にぶち込むタチの悪い運営を、バール一本で慌《あわ》てさせているかと思うとそれはそれでちょっと胸がスッとするが――そんなことを思いつつ、俺はメニューウィンドウを呼び出した。パネルの前面に通知テキストが開いている。

〝ワールドクエスト「古びた館で重要な手記を入手」が開放されました〟

マップを開くと、これまで開放された《要塞都市《ようさいとし》ジオル》に《ケリュア・シティ》、そして新たに《古びた館》が出現していた。

「次のクエストは重要な手記を入手……生存者救出系じゃないのね」

メニューウィンドウを開きながら、アスナがクエスト内容を確認《かくにん》している。

「おそらく《毒リンゴ》を無効化する秘薬とやらのヒントになるものだろうな。ワールドクエストってことは、ストーリーが大きく進むだろうし」

「てことはつまり……」

アスナの視線に応え、俺はこくりと頷《うなず》いた。

「ああ。この第一ステージのラスボスだ」

ベータテストがどこまで開放されているのかわからないが、区切りとしてはちょうどいい。

ベータテスト最速クリア《ワールドファースト》の称号《しょうごう》を得る者は、この《古びた館》で待ち受けるラスボスを、最も早く倒《たお》した者。そう思って間違《まちが》いないだろう。にやりと笑って、俺は立ち上がった。

「行くか」

8

それは要塞《ようさい》都市ジオルから車で数キロ走らせた先にある、森の中に建てられた洋館だった。他の壊滅《かいめつ》した町と同様に人気《ひとけ》はなく、うち捨てられた洋館にはうっそうと蔦《つた》が這《は》い、門扉《もんぴ》は壊《こわ》れ、窓ガラスは割られ、一部その場しのぎで木板の補強がなされるなど一時の必死の攻防《こうぼう》の跡《あと》は見て取れた。しかし結局、その洋館からも人の気配は全くしないのであった。

そして俺とアスナの共通アイテム欄《らん》には《古びた鍵《かぎ》》が一つ。この洋館に続く崩《くず》れかけの門《もん》扉《び》に、ぐるぐるに巻き付いている南京錠《なんきんじょう》を開けるものだ。ワールドクエスト開放者には新エリアに最初に踏《ふ》み込《こ》む権利が与《あた》えられているというわけだ。

閉ざされた門扉《もんぴ》の前では、最速クリアを狙《ねら》うプレイヤーたちがすでに解錠《かいじょう》を待ち構えている。

「来たな！　バールペア！」

「うわ、大きい声出すなって」

待ち構えていたプレイヤーの一人、ショウヤがばしばしと俺の背中を叩《たた》く。とたんに周囲の視線が集まるが、ショウヤは気にもかけずしげしげとこちらの装備を見回した。

「にしてもあんたたち、いつ見てもお粗末《そまつ》な装備だよなぁ……拳銃《ハンドガン》に、ナイフに、バールかぁ……俺の突撃銃《アサルトライフル》、いる？」

……まあ確かに、この場にいるプレイヤーたちは、突撃銃《アサルトライフル》や機関銃《マシンガン》、散弾銃《ショットガン》などなど、この序盤《じょばん》ステージで入手できる強力な武器を皆《みな》持っている。そのなかで拳銃《ハンドガン》を持つ俺たちは、確かにお世辞にも頼もしいとは言えないわけで。

「い、いや、大丈夫《だいじょうぶ》……」

俺は苦笑《くしょう》しながらその申し出を断った。ショウヤは〝口の悪い世話焼き役〟のロールプレイをしていると言っていたが、もはやただのいい人になっている。もちろん強力な銃火器《じゅうかき》は欲《ほ》しいところだが、彼から奪《うば》おうとは思えなかった。

俺は気を取り直し、《古びた鍵《かぎ》》で南京錠《なんきんじょう》を解錠《かいじょう》した。ぎいぃ、と錆《さ》びた蝶番《ちょうつがい》が軋《きし》む音をたてながら、《古びた館》に続く門扉《もんぴ》が開く。歩き出した俺の後に他のプレイヤーも続き、雑草が伸《の》び放題の荒《あ》れ果《は》てた庭を突《つ》っ切《き》って、蔦《つた》の這《は》う扉《とびら》を開けた。木製の床《ゆか》が続くエントランスはかび臭《くさ》く、ボロボロで、ずいぶん昔にうち捨てられたようだった。

例によって人の気配もまるでしなかった。いや、ワールドクエストなどというくらいだから、いきなりアンデッド祭りだと思っていたが、気味が悪いくらいに何もない。

「静かだな……」

そう言いながら、俺たちがエントランスの中を捜索《そうさく》し始めた時――

びたんっ、と何かが湿《しめ》った音をたてて落ちてきた。

「！」

一斉《いっせい》に皆《みな》の視線を集めたそれは、アンデッド……いや、もはや〝歩く屍《しかばね》〟でもなかった。

全身生白い皮膚《ひふ》に覆《おお》われ、顔と思われる部分には毒々しい赤に染まった口しかなく、黄色く変色した牙《きば》の隙間《すきま》から長い舌をチロチロとのぞかせている。わずかに残る人間らしい手足で四《よ》つん這《ば》いに歩くそれは、人の形を大きく逸脱《いつだつ》した化け物——アンデッドの上位モンスターである〝クリーチャー〟だった。

　クリーチャーはびたんびたんと次々天井《てんじょう》から落ちてきて、エントランスはあっという間に化け物だらけになった。

　俺は背負ったバールを引《ひ》き抜《ぬ》き、素早《すばや》く周囲を見回した。薄暗《うすぐら》いエントランスで視認《しにん》できるだけで十匹《ぴき》。いや、天井《てんじょう》にまだ張り付いている奴《やつ》がいる。

「ひっ……」

　おぞましい光景に誰《だれ》かが小さく声をあげた、その瞬間《しゅんかん》。

「キシャアアア！」

　クリーチャーは不気味な声をあげ、一斉《いっせい》に飛びかかってきた。

「っ！」

　アンデッドはのろのろ動いていたからまだ照準を合わせる余裕《よゆう》があった。しかしクリーチャーは違《ちが》う。その動きは素早《すばや》く、天上や壁《かべ》すら這《は》って、どこからでもすっとんでくる。触手《しょくしゅ》のような長い舌がプレイヤーの足を絡《から》め取《と》って——

「う、うわあああ！」

　あっという間に数人、クリーチャーの餌食《えじき》となってしまった。

「キリトくん！」

アスナの鋭《するど》い声に、俺も小さな頷《うなず》きで返す。

この気味の悪いクリーチャー、エントランスだけでなく奥の廊下《ろうか》にもたくさんうごめいている。やはり一筋縄ではいかないか、と俺がバールを握《にぎ》りしめたその時だ。

みし、と嫌《いや》な音がした。

「え？」

ぱちくり、とアスナが目を瞬《まばた》いた瞬間《しゅんかん》——突如《とつじょ》派手な音をたてて、アスナの足元の木板が崩《くず》れ落《お》ちたのだ。

「アスナ！」

伸《の》ばした手は一歩届かなかった。次々崩落《ほうらく》して大きな穴となったそこに、アスナは落ちてしまったのだ。

9

そこは薄暗《うすぐら》い廊下《ろうか》だった。じっとりと湿《しめ》っていて、むき出しの石壁《いしかべ》が続いている。

「キ……キリトくーん……」

地下に落ちたアスナは心細い思いを抱《かか》えながら、標準装備の懐中電灯《かいちゅう》で行き先を照らし、暗い廊下《ろうか》を進んでいた。地上のみんなやキリトくんは、大丈夫《だいじょうぶ》かな——そう思いつつも、先に進むしかない。落下先はかなり深く、《ラルーズ式壁登り《かべのぼ》》では駆《か》け上《あ》がれなかったからだ。

ただの洋館の地下というには、ずいぶん深く広い構造をしていた。まるで地上部分はただのお飾《かざ》りだといわんばかりだ。無音の廊下《ろうか》を慎重《しんちょう》に進んでいくと、突如《とつじょ》何かがキラリと光った。

「！」

思わず肩《かた》を跳《は》ね上《あ》げて立ち止まる。見ると壁《かべ》に無造作にかけられた鏡が、懐中《かいちゅう》電灯の光を跳《は》ね返《かえ》しただけだった。

「なーんだ鏡か……」

そう、ただの鏡……これはただの鏡。そう自分に言い聞かせ、どきどきどきと心臓が早《はや》鐘《がね》を打つのを感じながら、アスナは生唾《なまつば》を飲み込んで足を止めた。

人気《ひとけ》のない暗い廊下《ろうか》。背後を映す薄気味《うすきみ》悪《わる》い鏡——この、何かが起きそうな、嫌《いや》な予感。

「う……うそうそそうそうそ、これゾンビゲームだよね？　ゾンビしか出ないよね？　だから、大丈夫《だいじょうぶ》、だよね……？」

幽霊《アレ》、じゃないよね？

うん、大丈夫《だいじょうぶ》だ。だってここはホラーゲームじゃない。ゾンビゲームだ。今までだって幽霊《ゆうれい》かと思ったら全部生ける死体《ゾンビ》だった。だから大丈夫《だいじょうぶ》——

しかしこういう時、人間とは愚《おろ》かなものだ。怖《こわ》いと思えば思うほど……恐怖《きょうふ》対象を見て、安心したくなるのである。恐怖《きょうふ》するが故《ゆえ》に、恐《おそ》れるからこそ、それを無視できない。何もせずにその場を立ち去ることを、恐怖心《きょうふしん》が許さない。
アスナは数十秒凍《こお》りついた末に、意を決して、えいやっと鏡をのぞき込んだ。
埃《ほこり》でくもった鏡面に、頬《ほお》を引きつらせた自分の顔が映っている。それだけだ。なーんだ、と
アスナが胸をなでおろしたその時――ふと、鏡の片隅《かたすみ》、自分のずっと後ろの方に、何かがいる
のを見つけてしまった。
「……!!」
半透明《はんとうめい》の女の子が、不気味に笑っている顔を。
「にょああああ――――――ッッ!!!!!!」
アスナはよくわからない絶叫《ぜっきょう》をあげながら思わずバールで鏡を叩《たた》き割《わ》って、その恐《おそ》ろしい幽《ゆう》
体《たい》を物理的に視界から消すと、一目散に走り出した。
もちろん徘徊《はいかい》クリーチャーがいる恐《おそ》ろしいフィールド内で、そんな大声を出せばどうなるか。
天上にへばりついていた周囲のクリーチャーたちが次々にぼとぼとと落ちてきて、幽霊《ゆうれい》から
逃《に》げようとするアスナの行方《ゆくえ》を塞《ふさ》ぐ。
「キシャアアア――」
「邪魔《じゃま》ああああああ!」
気味の悪いクリーチャーの叫《さけ》び声《ごえ》はしかし、アスナの怒濤《どとう》の一撃《いちげき》によって最後まで叫《さけ》ばせて
もらえなかった。威嚇《いかく》の咆哮《ほうこう》のさなか、顔面部に渾身《こんしん》のバールをくらったクリーチャーはたま

らず吹《ふ》き飛《と》んで壁《かべ》に叩《たた》きつけられ、「キュッ」と可愛《かわい》らしい小さな断末魔《だんまつま》をあげてエフェクトを四散させるのだった。

一方アスナはそれどころではない。どんなモンスターとも戦ってきたアスナでも、心の底から苦手とするアストラル系——なんだかふわふわひょろひょろいるんだかいないんだかわからない理解不能な奴《やつ》ら——は、間違《まちが》ってもＤＷＯには出てこないだろうとタカをくくっていたところに、不意打ちのホラーゲーム要素を叩《たた》きつけられたのである。

「ゾンビしか出ないって言ったじゃん————————ッッ！！！」

ちなみに誰《だれ》もそんなことは言ってないのだが、アスナは恐怖《きょうふ》なんだか怒《いか》りなんだかもうよくわからない感情を爆発《ばくはつ》させて、襲《おそ》いかかるクリーチャーたちを次々にぶっとばしながら、半泣きで地下を猛《もう》ダッシュするのだった。

「うう……もうやだよ……キリトくん……どこぉ……」

一体どれほど走っただろうか。声を震《ふる》わせるアスナの目の前に、半開きの重厚《じゅうこう》な扉《とびら》が現れた。

「……書庫？」

ちらりと中をのぞくと、無数の本棚《ほんだな》が並ぶ部屋だった。どの本棚《ほんだな》にもぎっしりと古めかしい洋書が詰《つ》め込《こ》まれ、奥の方に光を灯《とも》した机と椅子《いす》が見える。どこも古めかしい作りなのに、その机と椅子《いす》だけ不自然に新しく、机上《きじょう》には散乱した複数の紙と羽根ペンが見えた。最近まで誰《だれ》かがその机を使い、何かを書いていることを思わせるデザインだった。

「……あっ、重要な手記──」

クエストクリア条件である〝重要な手記の入手〟を思い出した。もしかして手記というのはここにあるのではないだろうか？　そっとアスナは書庫に入ると、机の上の書類に触《ふ》れた。わずかに明滅《めいめつ》。アイテム判定のそれを入手しようとした時──

ずん、と背後に何かが落ちてきた。

「？」

振《ふ》り向《む》いたアスナは、目の前のそれを見て、悲鳴を飲み込んだ。

現れたのはおぞましいモンスターだったのだ。

「……!?」

それは全身青白く、歪《いびつ》な人間のシルエットをしていた。背中からは巨大《きょだい》な四本の腕《うで》が生えている。いやそれを腕《うで》と言っていいのだろうか。腕《うで》の先端《せんたん》には竜《りゅう》の爪《つめ》かとも思える巨爪《きょそう》が伸《の》び、振《ふ》り回《まわ》すだけで敵をミンチにできそうだ。胴体《どうたい》部分には裂《さ》けたような巨大《きょだい》な口があり、頭部がない。肌《はだ》表面はぬるりとなにかの粘液《ねんえき》で覆《おお》われ、机上《きじょう》のランプの灯《あか》りをぬらぬらと反射していた。

まさにクリーチャーの親玉──ボスモンスター《ヘカトンケイル》だ。

その異形の姿に、アスナは言葉を失った。アンデッドやクリーチャーには、わかりやすい頭部という弱点があった。しかしこのボスモンスターは、頭部そのものがなかった。どこが弱点かわからない。だから一瞬《いっしゅん》、構えたバールの、振《ふ》り下《お》ろし先を迷った。

「ギアアアアア！」

致命的《ちめいてき》な隙《すき》。ヘカトンケイルが咆哮《ほうこう》し、何かの攻撃《こうげき》モーションに入ったのがわかった。凍《こお》りつくアスナめがけ、二本の巨大《きょだい》な爪《つめ》を振《ふ》り下《お》ろす――

「アスナ――ッツ！」

瞬間《しゅんかん》、目の前に黒い影《かげ》が割り込んだ。

俺は間一髪《かんいっぱつ》アスナの前に滑《すべ》り込《こ》むと、白い化け物が振《ふ》り下《お》ろす二本の腕《うで》をバールで強引《ごういん》に弾《はじ》き返した。ばちん！　という強烈《きょうれつ》な衝撃音《しょうげきおん》が炸裂《さくれつ》する。

その攻撃《こうげき》はしのいだものの、あと二本、敵は攻撃《こうげき》手段を残している。対して俺は二本の腕《うで》を跳《は》ね返《かえ》した反動でわずかな硬直《こうちょく》。

その間にヘカトンケイルはアスナから俺にヘイト対象を変えた。三本目の腕《うで》が、硬直《こうちょく》する俺に狙《ねら》いを定め叩《たた》き潰《つぶ》さんと振《ふ》り下《お》ろされる。化け物の巨大《きょだい》な爪《つめ》が俺の脳天を真っ二つにする、そのコンマ一秒前――いやほぼ同時。俺の硬直《こうちょく》が解けた。すぐさま右へステップし、ギリギリで回避《かいひ》に成功。だが息つく間もなく、四本目の腕《うで》が横薙《よこな》ぎに迫《せま》る。俺はステップ回避《かいひ》の着地と同時、無理矢理体をひねらせてバールを振《ふ》り、パリィを狙《ねら》う――が、一瞬《いっしゅん》間に合わなかった。

四本目の巨腕《きょわん》の爪《つめ》が、容赦《ようしゃ》なく俺の横腹を薙《な》いだ。

「く……！」

深紅《しんく》のエフェクトが派手に散って、その一撃《いちげき》だけでHPバーの半分を持っていかれる。あまりに重い一撃《いちげき》に俺は一瞬《いっしゅん》目を見開いた。これはあともう一発、もろに食らえば終わりだ。さすがに最高難易度《プロフェッショナルモード》のボスというだけある。あの四本の腕による連続攻撃《こうげき》モーションに捕《つか》まったら、死はほぼ確実というわけだ。

「キリトくん……！」

俺の後ろでアスナが心配そうな声をあげる。ちらりと確認《かくにん》してアスナのHPがまだ半分以上あることを確認《かくにん》し、俺は軽く頷《うなず》いて答えた。

とはいえ、状況《じょうきょう》は芳《かんば》しくない。ヘカトンケイルの連続攻撃《こうげき》に対して、俺がとれる手段はバール一本のみ。一撃目《げきめ》を防いでも間髪《かんはつ》入れず繰《く》り出《だ》される二撃目《げきめ》に対処できない。せめてバールがもう一本あれば――そんなどうしようもない願望に気を取られた、一瞬《いっしゅん》の隙《すき》。

音もなく、眼前にヘカトンケイルが迫《せま》っていた。

――速い！

巨軀《きょく》に似合わぬ敏捷性《びんしょうせい》に不意を打たれた。奴《やつ》がまっすぐ突《つ》き出《だ》した巨大《きょだい》な爪《つめ》は、俺の鼻先寸前まで来ていて――

ダダダダダ！と、その時すさまじい轟音《ごうおん》が鳴《な》り響《ひび》いた。目の前でエフェクトが次々弾《はじ》け、弾幕《だんまく》が炸裂《さくれつ》したのだ。

「！」

息もつかせぬ怒濤《どとう》のフルオート連射だ。これにはヘカトンケイルもたまらず低い唸《うな》り声《ごえ》をあげてひるみ、単体攻撃《こうげき》モーションをキャンセルした。体を左右に振《ふ》りながら後退していく。

命拾いした俺は、はっ、と銃弾《じゅうだん》の飛んできた先に目をやった。

「隙《すき》をつくる！　あとは〝それ〟でなんとかして！」

そこにいたのは、小さな体にごつい機関銃《マシンガン》を両手で装備し、100連発弾帯《ベルトリンク》を上半身に巻き付けているレイカだった。

レイカはボスのひるみモーションを終わらせまいと、さらに残弾《ざんだん》を全てぶち込んで奥へ奥へと押し込んでいく。弾帯《ベルトリンク》がなくなると今度は鮮《あざ》やかなパネル操作で散弾銃《ショットガン》に武器を変え、ズダン！　ズダン！　と惜《お》しげもなく強烈《きょうれつ》な散弾《さんだん》をボスに食らわした。

〝それ〟？　と俺が目を瞬《まばた》くのと、ピコン、と耳に通知音が届くのは同時だった。はっとしてメニュー画面を開くと、前面に通知欄《つうちらん》が開いていた。

〝Reikaからトレードの申し込みがありました。確認《かくにん》しますか？〟

Yesをタップするとメニュー画面に見覚えのあるアイコンと文字が一つ、光っていた。

〝バールのようなもの〟だ。

「バール……！」

今まさに強力な散弾銃《ショットガン》でボスを後退させているレイカからである。譲渡《トレード》の申し込みは、対象のプレイヤーに近づけば一方的に行うことができる。つまりレイカはボス部屋に飛び込む直前、俺に対してトレード申請《しんせい》だけ済ませたということか。レイカのファインプレイに感謝しつつ、一瞬《いっしゅん》疑問が脳裏《のうり》をよぎる。なぜ二本目のバールを俺に……もしや、俺が二刀流使いであったことを知っていた？　――などと考えていると、レイカから単純明快な答えが飛んできた。

「一本であんだけ強いんだから、二本あれば最強でしょ！」

……いやまったく、レイカとショウヤ、二人そろって愉快《ゆかい》な性格である。

俺は思わず笑いながら、レイカのトレード申請《しんせい》を受諾《じゅだく》。アイテム欄《らん》に二本目のバールのアイコンが現れたのを確認《かくにん》して、左手にオブジェクト化させる。

「アスナ！」

「うん！」

俺の意図を読み取ったアスナがバールを構え、立ち上がった。

「ちっ、弾《たま》切れか……！」

レイカの悔しそうな声と舌打ちが俺の耳に届いた。銃弾《じゅうだん》が底を突《つ》いたようだ。

ヘカトンケイルはというと、あれだけの弾幕《だんまく》を浴びながら、しかしまだ平然とHPを三分の二以上残していた。奴《やつ》はひるみモーションを終え、ゆらりと臨戦態勢に戻《もど》ろうとして――

「ハァアア！」

そこへアスナが飛び出し、強烈《きようれつ》な突《つ》き技《わざ》をヘカトンケイルに叩《たた》き込《こ》んだ。

彼女の手に持っているのはただのバールなのだが、その美しい刺突《しとつ》の一撃《いちげき》には、まるで白銀の尾《お》を引いているかのような錯覚《さつかく》を覚えるほどだった。これまでも多くのアンデッドを屠《ほふ》ってきたバールは、ヘカトンケイルにも有効だった。ボスが繰《く》り出《だ》した四《よ》つ腕《うで》の爪《つめ》とアスナの刺突《しとつ》は真正面から衝突《しようとつ》し、硬《かた》い音をたてて弾《はじ》け飛ぶ。その反動はすさまじく、両者ともに大きくのけぞったそこに、俺が飛び出した。

「スイッチ‼」

後退するアスナとすれ違《ちが》いながら、俺は両手にバールを構え、ヘカトンケイルに猛然《もうぜん》と迫《せま》る。アスナにのけぞらされたヘカトンケイルは、しかし不自然な姿勢のままやすやすと腕《うで》を振《ふ》った。

その攻撃《こうげき》を俺は右のバールで弾《はじ》き返し、続く二連撃目《れんげきめ》の横薙《よこな》ぎ払《はら》いをステップで回避《かいひ》した。三連撃目《れんげきめ》、右斜《みぎなな》め上からの強烈《きようれつ》な振《ふ》り下《お》ろしは二本のバールで受け返す。四連撃目《れんげきめ》は……もう見切った。

猛攻をさばきながら、俺の視界は一層明瞭《めいりよう》さを増していた。凄《すさ》まじい集中力の高まりが、コンマ一秒の微少《びしよう》な動きを俺の脳みそに叩《たた》き込《こ》む。

四連撃目《れんげきめ》は、二本の腕《うで》を使った左右両側からの挟《はさ》み撃《う》ち——が、俺はもうそこにいない。被弾《ひだん》すれすれで跳躍《ちようやく》し、空に逃《のが》れている。

攻撃後《こうげきご》の硬直《こうちょく》時間で隙《すき》だらけの腕《うで》二本に、俺は思いきりバールを打ち下ろした。その一撃《いちげき》を受けたヘカトンケイルの爪《つめ》は、びききっと乾《かわ》いた音をたてて割れる。

「キイイイイイ!!」

ヘカトンケイルが苦悶《くもん》に身をよじった。腕《うで》二本の爪《つめ》を破壊《はかい》した俺は、着地と同時に前屈《まえかが》みに重心を移し、身をひねり、猛牛《もうぎゅう》のように突進《とっしん》した。

今度はこちらの番だ。

「はあああああ!!」

腰《こし》から回転を加えた最大級の遠心力をバールに込《こ》めて、地面すれすれからのすくい上げるような一撃《いちげき》。左下から斜《なな》め上、肩口《かたぐち》に向かって胴体《どうたい》をえぐる。そして次手。さらに増す勢いのまま、ぐるりと一回転し、右手のバールを、左上から叩《たた》きつけた。

その動きは紛《まぎ》れもなく俺の体に染《し》みついたもの——ソードスキル《ダブル・サーキュラー》を思わせる高速二連撃《れんげき》だった。

たかがアイテムの一つにすぎないバールは、しかし確かに、弾幕《だんまく》をものともしないヘカトンケイルの体を引《ひ》き裂《さ》いた。異形の怪物《かいぶつ》から断末魔《だんまつま》の叫《さけ》びがあがり、やがてそれが途切《とぎ》れる頃《ころ》。

「イィ……ギ……ギ」

びしりとその青白い体躯《たいく》にひびが走った。びし、びし、と亀裂《きれつ》は大きく広がっていき、それはヘカトンケイルの全身を巡《めぐ》った瞬間《しゅんかん》——ぱりんと乾《かわ》いた音をたてて、ボスモンスターはオブジェクトの欠片《かけら》となって四散したのだった。

「……倒《たお》した……？」

答えるように、ピコンと通知が鳴った。個人通知ではなく全プレイヤーに届く全体通知だ。俺は熱に浮《う》かされたような状態のまま、ほとんど機械のようにメニューウィンドウを開く。通知テキストが前面にポップアップしていた。

〝ワールドクエストがクリアされました〟

10

「おまたせキリトくん！」

からん、とドアベルを軽快に鳴らし、喫茶店兼《きっさてんけん》バー《ダイシー・カフェ》にアスナが入ってきた。

「おう」

アスナは店主のエギルと挨拶《あいさつ》を交《か》わしながら、カウンター席の俺の隣《となり》に座る。彼女の注文した飲み物が出されるのを待って、俺がすでに飲みかけのカップを軽くかかげると、アスナはにこりと笑った。

「じゃ、ＤＷＯ最速《ワールドファースト》クリアを祝して……かんぱーい」

コツンと二人のカップを打ち鳴らし、俺たちはささやかな祝勝会を始めた。

先日DWOベータテストをクリアした俺たちは早々にALOに再コンバートし、以降DWOにはログインしていない。しかしベータテスト自体はその後も続いており、途中《とちゅう》で強制ログアウトとなってしまったベータテスターたちも無事復活して、多くのプレイヤーがDWOの世界を楽しんでいるようだ。

ちなみに最速《ワールドファースト》クリアとして俺たちが獲得《かくとく》したレア武器、《ロケットランチャー》はショウヤとレイカに譲《ゆず》っている。

「けど、アスナがいてくれてよかったよ。まさかあんな無茶苦茶な難易度設定だったとは……」

「ふふん。言ったでしょ、ゾンビなら大丈夫《だいじょうぶ》だって」

可愛《かわい》らしく胸をはるアスナに、俺はふとあることを思いついた。

「あ、もしかしてホラーゲームを体験すれば、アスナの幽霊嫌《ゆうれいぎら》いも克服《こくふく》でき」

「無・理」

「だ、だよな。すまん……」

ずずいとアスナに詰《つ》め寄《よ》られ、俺は愚《おろ》かな口を閉ざした。

「そういえば、キリトくん。私に言わなきゃいけないことってなに？」

「あー……いや」

ここに来る前、俺はアスナに言わねばならないことがあると伝えていた。メールアプリで説明するには少し面倒《めんどう》なことだったので、直接会った時に、と言っていたのだ。

「実は――」

言いにくいが、言わねばなるまい。俺はアスナにとある事実を説明し始めた。

「ラスボスの攻略《こうりゃく》ギミックがちゃんと用意されてたぁ⁉」

アスナの素《す》っ頓狂《とんきょう》な声が店内に響《ひび》き渡《わた》って、予想通りの反応に俺は頰《ほお》をかく。

「あ、ああ……実はヘカトンケイルのいたボスフィールドの裏手に火薬庫があって、ペアの片方がボスを引きつけて、もう片方がその火薬庫を爆破《ばくは》することであの厄介《やっかい》な多腕《たわん》が減るギミックだったらしい」

俺もそれを知ったのは、クリア後しばらく経《た》ってからだった。俺たち以外再出現《リポップ》したヘカトンケイルを倒《たお》すことができず、正面突破《とっぱ》は不可能とみた複数のプレイヤーが協力して、《古びた館》をしらみつぶしに調査した結果見つけた、正規の攻略法《こうりゃくほう》なんだとか。

「……まあそりゃ、バールで倒《たお》すべき相手じゃないのはわかってたけどさぁ……」

その攻略法《こうりゃくほう》を知った時は、俺もしてやられたという思いだった。DWOがペア制であることを考えるべきだった。必ずペアを生かすようなギミックが用意されているはずだったのだ。

「じゃあ、わざわざキリトくんがバール二本で突《つ》っ込《こ》まなくてもよかったってことじゃない!」

「ま、まあクリアできたから結果オーライってことで」

プリプリ怒《おこ》るアスナを、俺は両手でなだめる。

「……まあ、そうね。結果オーライ。楽しかったから、別にいいけど?」

むすっと唇《くちびる》を突《つ》き出《だ》しつつも、アスナもそうまんざらでもない様子だ。バールでアンデッドたちを殴《なぐ》り倒《たお》していったのが、相当楽しかったらしい。DWOの思い出を語る彼女の笑顔《えがお》を見ながら、俺はカフェ・シェケラートを飲み干したのだった。

無事ベータテストを終えたDWOは、その数ヶ月後に正式リリースされた。噂《うわさ》によると、やはりチュートリアルでいきなり二十体以上のアンデッドに襲《おそ》われることも、序盤《じょばん》のクエストでアンデッドだらけの場所を突破《とっぱ》させられるようなこともなかったようだ。

そしてベータテストでの情報を元に、正式稼働《かどう》時には大きな改修も加えられていた。運営側に〝改修の必要あり〟と目をつけられたのは、序盤《じょばん》で手に入ってしまうためにゲームの難易度を大幅《おおはば》に下げてしまう機関銃《マシンガン》でも、単調すぎるアンデッドの近接攻撃《こうげき》モーションでもなかった。

なぜかストーリー進行用アイテムの一つである〝バールのようなもの〟だったのだ。

バールに設定されていた攻撃値《こうげきち》が、かなりの弱体化《ナーフ》をくらったとか。

……それが一体誰《だれ》のせいなのかは、考えないでおく。

終

第三章
佐島 勤×石田可奈

ドリームゲーム
——くろすおーばー——

Tsutomu Sato×Kana Ishida

魔法科高校の劣等生
1
入学編〈上〉
The irregular at magic high school
佐島勤
Tsutomu Sato
illustration／石田可奈
Kana Ishida
電撃文庫

Story

国立魔法大学付属第一高校――通称『魔法科高校』。

その高校に、一組の血の繋がった兄妹が入学する。

兄は、ある欠陥を抱える劣等生《ウィード》。妹は、全てが完全無欠な優等生。どこか達観したような面持ちを見せる劣等生の兄と、彼に肉親以上の想いを寄せる優等生《ブルーム》の妹。

二人がこのエリート校の門をくぐったときから、
平穏だった学びの園で、波乱の日々が幕開いた。

Characters

司波《しば》 達也《たつや》

入試の筆記試験では前代未聞の高得点だったが、"ある欠陥"のため実技試験は及第点すれすれ。二科生として入学した一年生。妹・深雪を守るべき存在として認識している。

司波《しば》 深雪《みゆき》

魔法の才能に優れ、主席で入学した一年生。
一科生の中でも才色兼備のエリートで
「冷却魔法」が得意。
唯一の愛すべき欠点は"重度のブラコン"。

魔法学《まほう》の分野で「聖遺物《レリック》」と呼ばれている物がある。魔法《ま ほう》的《てき》な機能を持つ特殊《とくしゅ》なオーパーツで、二十一世紀末現在の技術によって再現できない物のことだ。

共に国立魔法《まほう》大学付属第一高校二年生である司波《しば》達也《たつや》と司波《しば》深雪《みゆき》の兄妹《きょうだい》は、去年の九月、学友共々この「聖遺物」の暴走に巻き込まれたことがあった。便宜的《べんぎてき》に「ドリームキャスター」と名付けられたそのレリックは人間が意識せずに排出《はいしゅつ》している想子《サイオン》を一定量吸収することにより起動し、その集団に属する者の夢を結び付け構成員同士でコミュニケーション可能な娯楽《ごらく》の為《ため》の架空《かくう》世界──つまりは演劇体験型遊園地──を作り上げる機能があった。

少なくとも一万年以上の経年劣化《れっか》によりコミュニケーション機能に不調が生じており、その為《ため》に達也《たつや》たちは随分《ずいぶん》と要《い》らざる苦労や恥《は》ずかしい思いをしなければならなかったのだが、その記録は西暦《せいれき》二〇九五年四月から十月までの映像記録と共に保管されているので、ここでは割愛《かつあい》する。今重要なのは──

「……また巻き込まれたようだな」

「……そうですね、お兄様」

兄妹《きょうだい》がまたしてもドリームキャスターが作る世界に引きずり込まれているという非現実にあった。

現実では西暦《せいれき》二〇九六年八月の九校戦が終わったばかりだ。富士《ふじ》から自宅に戻《もど》った二人は久々に自分のベッドで眠《ねむ》りについた。そして気がつくと、深い森の中に立つ煉瓦《れんが》造り風の一軒家《いっけんや》の前に兄妹《きょうだい》揃《そろ》って立っていた。

パジャマとネグリジェという違《ちが》いはあるものの、二人とも寝間着《ねまき》に着替《きが》えて床《ゆか》に就《つ》いた。しかし今の二人は、深雪《みゆき》が首元の詰《つ》まった露出《ろしゅつ》が少ない白のロングドレス、達也《たつや》が革《かわ》の鎧《よろい》にマントを羽織った戦士スタイル。衣装《いしょう》面では「役」にはめ込まれてしまっていたが、幸い意識は保っている。目を覚ました後、恥《は》ずかしさにのた打ち回るような羽目にだけはならずに済みそうだ、と兄妹《きょうだい》は胸を撫《な》で下《お》ろした。

「お兄様、レリックは一体何処《どこ》に設置されていたのでしょう？　それらしき物を見た記憶《きおく》は無いのですが……」

そうなると気になるのは、何故《なぜ》このような事態に陥《おちい》っているか、である。

「俺も見た覚えが無い。あの時のレリックは危険物として厳重に保管されているはずだから、別の物が作動したのだろうが……あんなに特殊《とくしゅ》なレリックが果たしてそう次々と何個も発掘《はっくつ》されるだろうか？」

心に浮《う》かんだ疑問に触発《しょくはつ》されて、達也《たつや》は自分が立っている地面に「眼《め》」を向けた。

「何だと……？」

「お兄様⁉」

呻《うめ》き声を上げた達也《たつや》の、ただならぬ様子に深雪《みゆき》が焦《あせ》りを滲《にじ》ませる。

「すまん、驚《おどろ》かせてしまって。しかし、これは……」

達也《たつや》の情報体を認識《にんしき》する「眼《め》」に映った粒子《りゅうし》は、前回と異なり霊子《プシオン》だけではなかった。

「……想子《サイオン》と、電子が絡《から》み合《あ》っている？」

兄が説明してくれるのを大人しく待っていた深雪《みゆき》が、その独り言に「えっ？」と目を見開く。

「電子？　ではこの世界は、レリックの力ではなくエレクトロニクス技術で作り上げられた仮想世界なのですか？」

深雪《みゆき》は質問し終わってから自分の早とちりに気づいた。

「あっ、ですが、想子《サイオン》と霊子《プシオン》も作用しているのですよね？」

達也《たつや》が眉《まゆ》を顰《ひそ》めた深刻な表情で頷《うなず》いた。

「ああ。だがこの情報構造は感応石を用いた信号変換《へんかん》によるものではない。五感を再現することに掛《か》けては、我々よりずっと進んだ技術が使われているように視える」

「そんな技術を秘匿《ひとく》している組織が存在するでしょうか？」

仮想現実の技術は各国が開発を競《きそ》っている分野だ。視覚と聴覚《ちょうかく》だけでなく、触覚《しょっかく》と運動感覚まで再現できれば教育の分野でも通信の分野でも娯楽《ごらく》の分野でも、その需要《じゅよう》は計り知れない。

「いや、無いだろうな」

「では一体何者が……」

「分からない。一応、仮説は思いつくが、それを論じても意味は無い。それよりどうすれば現実に戻《もど》れるかだ」

達也《たつや》はもう一度「眼《め》」を凝《こ》らした。

「……現実とのつながりは保たれている。どうやらこの世界はレリックの機能と未知の技術が混線した結果出現したもののようだな」

「では、目を覚ませば戻《もど》れるのですね？」

深雪《みゆき》が幾分《いくぶん》ホッとした声で達也《たつや》に問《と》い掛《か》ける。

「戻《もど》れる。ただし、あの時と同じで条件を満たす必要があると思う」

「条件、ですか……今度は何をやらされるのでしょう」

深雪《みゆき》がげんなりした顔で愚痴《ぐち》をこぼす。

達也《たつや》は妹の表情に笑《え》みを浮《う》かべているが、実を言えば彼は完全に自信を持って「戻《もど》れる」と断言したのではなかった。

（……いざとなれば電子的な構造を「分解」する。それで混線状態は解消するはずだが……）

電子的な情報の構造を読み取ることはできた。それは取りも直さず、彼の力で「分解」できるということを意味している。

しかし、彼が読み取れたのはこの世界の構造情報だけだ。彼が「分解」を発動すれば、この世界が部分的に崩壊《ほうかい》することになると予想された。それは全体の構造を把握《はあく》していない建物の中で、柱をランダムに壊《こわ》していくことに等しい。混線の解消に伴《ともな》い「世界」が想定外の壊《こわ》れ方をすれば、中にいるプレイヤー、つまり自分たちにどんな副作用があるか分からない。

（……「分解」の使用は最後の手段だな）

達也《たつや》は不安を妹に覚《さと》られないよう、全く別のことを訊《たず》ねた。

「ところで深雪《みゆき》、魔法《まほう》は使えるか？」

「えっ、魔法《まほう》ですか？」

深雪《みゆき》は一瞬《いっしゅん》だけポカンとした表情を見せたが、すぐに目を閉じて意識を集中したり、口の中で色々な言語を呟《つぶや》いてみたり、そろえた指で空中に図形を描《えが》いてみたりと試行錯誤《しこうさくご》を繰《く》り返《かえ》した。そして達也《たつや》に向けて、申し訳なさそうに首を振《ふ》った。

「……温度に干渉《かんしょう》する魔法《まほう》は手応えがあります。他の魔法《まほう》はブロックされているというより最初から許可されていない感じです」

「どんな手応えだ？」

「実際に魔法《まほう》が発動する感触《かんしょく》はありません。魔法《まほう》の発動を模倣《もほう》している、と申しましょうか……仮想シミュレーターで他人の魔法《まほう》を追体験している感覚が一番近いと思います」

達也たちの現実における仮想シミュレーターは、まだ視覚と聴覚《ちょうかく》を再現する段階までしか至っていないが、魔法《まほう》の修学にも使われている。新しい魔法《まほう》を覚える際、実際にその魔法《まほう》が発動された場面を追体験することで魔法《まほう》発動のイメージを摑《つか》みやすくする効果があるとされている。

ただこの方法には実際に使えない魔法《まほう》が使えるようになったと錯覚《さっかく》する副作用があって、国立魔《ま》法《ほう》大学付属高校各校では仮想シミュレーターの使用に消極的だ。むしろこの訓練は既《すで》に魔《ま》法《ほう》力が出来上がった警察や軍隊の魔《ま》法《ほう》師の間で積極的に採用されている。

「シミュレーターか……呪文《じゆもん》と魔法陣《まほうじん》、どちらの手応えが強かった？」

「呪文《じゆもん》ですね。ただ、実際に反応したのは魔《ま》法《ほう》名の部分だけです」

「ふむ……」

達也《たつや》は腕《うで》を組んでしばし思考を巡《めぐ》らせると、いきなり左手で一番近くに生えている樅《もみ》の木の一種（のレプリカ）を指差した。

「セット、カートリッジ・ナンバーファイブ。デフォルト、ロード」

そのセリフを言い終えた直後、彼の左手から可視化された想子弾《サイオンだん》――らしきもの――が放たれた。

想子弾《サイオンだん》は樅《もみ》の幹に着弾《ちやくだん》すると眩《まばゆ》い光を放って弾《はじ》けた。その表面に深さ十センチ前後に抉《えぐ》られた跡《あと》が残る。物理的作用力を持たない想子弾《サイオンだん》で実体物を損傷させるなど、現実では決してありえない現象だ。

「お兄様⁉　一体何が……」

深雪《みゆき》がひっくり返った声で叫《さけ》んだのも無理からぬことだった。

「……この現象は予想外だったが、操作手順は予想どおりだったな」

達也《たつや》も驚《おどろ》きを隠《かく》せないでいたが、その中に満足げな響《ひび》きも混ざっていて、それが深雪《みゆき》の注意を引いた。

「操作手順、ですか？」

「ああ。古典的な呪文《じゅもん》の内、魔法《まほう》名の部分だけ反応があったと言っただろう？」

「はい」

「だから今回の仮想現実世界は音声コマンド入力で、いつもCADを操作している手順をトレースすれば上手《うま》くいくと考えたんだ」

「なるほど……さすがはお兄様です。わたしはそのようなこと、思いつきもしませんでした」

「お前の感覚が正確だったお蔭《かげ》だよ」

達也《たつや》は笑って首を横に振《ふ》り、もう一度左手を樅《もみ》の木に向けた。

「ナンバーツー、ロード」

再び左手から想子弾《サイオンだん》が飛ぶ。しかし今度は幹に傷をつけることはなかった。その代わり、弾《だん》痕《こん》に残留していた想子《サイオン》の煙《けむり》が吹《ふ》き飛《と》ばされる。

「ふむ。無系統は再現されるか」

今度は右手を隣《となり》の木へ向けた。

「セレクト、ザ・ライト」

——右手の仮想CADを指定。

「セット、カートリッジ・ナンバーワン」

――カートリッジ方式になっているストレージの一番をCADにセット。

「デフォルト」

――起動式セレクターを操作せず、第一番起動式を使用することを宣言。

「ロード」

――起動式の読み込みを開始。

本来であれば後は自分の中にある魔法《まほう》演算領域で魔法《まほう》式が組み立てられ、魔法《まほう》が発動する。

しかし、今回は何も起こらなかった。

「このやり方で『分解』は再現されないか。深雪《みゆき》の言うとおり、再現される魔法《まほう》の種類が限定されているようだ」

「わたしも試《ため》してみます」

そう言って深雪《みゆき》が左手を胸の前へ、右手を樅《もみ》の木へ差《さ》し伸《の》べた。

「起動式十四番、実行」

しかし、何も起こらない。

「深雪《みゆき》、CADのOSは英語を基本としている」

「あっ、そうですね」

深雪《みゆき》は少し頰《ほお》を赤らめ、同じジェスチャーを繰《く》り返《かえ》した。

「スターティングフォーミュラ、ナンバーワン・フォー。ロード」

今度は彼女が指定した魔法《まほう》のとおり、木の表面に氷が張った。

「……不思議です。魔法《まほう》が発動した実感が無いのに、魔法《まほう》と同じ現象が起こるなんて」

「ここは一種のシミュレーション空間だからな。事象改変が起こっているわけじゃなくて、そう見えているだけだ」

「そうでした」

深雪《みゆき》が少し恥《は》ずかしそうに笑う。達也《たつや》もつられて笑《え》みを浮《う》かべたが、すぐに表情を引《ひ》き締《し》めた。

「一部とはいえ魔法《まほう》が再現できるのだから、抵抗《ていこう》できない暴力に曝《さら》されるという最悪の事態は避《さ》けられるだろう」

兄の言葉を聞いて、深雪《みゆき》がブルっと身体《からだ》を震《ふる》わせた。彼女はそのシチュエーション——暴力的なアダルトゲームの世界に獲物《えもの》として引きずり込まれるという最悪の可能性を考えていなかった。

「しかし、それでも気になる。俺たちに割り当てられた『役』は一体何なんだ？」

「……お兄様。考えていても結論は出ないと思います。きっと向こう側からアクションがあるはずですから、それまでここで休みませんか？」

そう言って深雪《みゆき》は背後の煉瓦《れんが》造り風豪邸《ごうてい》へ目を向けた。

「そうだな。中に手掛《てが》かりがあるかもしれない」

達也《たつや》はいつものように深雪《みゆき》を背中にかばって、館の扉《とびら》を開けた。

館の中は暖かかった。それでようやく、外の気温がかなり低いことに気づいたほどだ。

暖炉《だんろ》には炎《ほのお》が踊《おど》っている。テーブルには空になった茶器が並んでいた。カップに触《ふ》れてみると、ほのかに熱を持っている。念《ねん》の為《ため》暖炉《だんろ》に向いていなかったサイドを触《さわ》ったから、輻射熱《ふくしゃねつ》により暖められたものではない。カップが空になったのはついさっき、ということだ。

それなのに、誰《だれ》もいない。達也《たつや》は館の全ての部屋をのぞいてみたが、住人の姿はついに発見できなかった。まるでマリー・セレスト号伝説（事件にあらず）の再現だ。合理的な説明がつくとすれば——夢の中に構築されたフィクションの世界で合理的も不合理もないものだが——

「俺たちがこの館の住人ということらしいな」

達也《たつや》の意見に、深雪《みゆき》も頷《うなず》いた。

「わたしたちはここで待っていれば良いようですね」

「そうだな。下手に移動すると余計に長引きそうだ」

何故《なぜ》か嬉《うれ》しそうな深雪《みゆき》の前で、達也《たつや》は深々とため息を吐《つ》いた。

館の中は外から見た通り文明の利器と無縁《むえん》な、何をするにも不便な住環境《じゅうかんきょう》だった。だが深雪《みゆき》はこの状況《じょうきょう》を楽しんでいるようだ。

限定的とはいえ、魔法《まほう》が使えるというのも大きいだろう。温度に干渉《かんしょう》する魔法《まほう》が使えるから、火を熾《おこ》すのも湯を沸《わ》かすのも不自由しない。水道は無いが、井戸は館の中にあった。これなら寒い思いをせず、力仕事だけでOKだ。無論井戸から水を汲《く》み上《あ》げるのは達也《たつや》の役目だった。

食料も館の中に蓄《たくわ》えられていた。ここは極寒《ごっかん》の地のようで、食料庫は天然の冷蔵庫になっていて新鮮《しんせん》な肉と野菜が山積みになっている。深雪《みゆき》を特に喜ばせたのは、様々な種類のハーブティーが豊富にストックされていることだった。「これならお兄様のお茶の心配をしなくても良いわ」と本当に嬉《うれ》しそうな笑顔《えがお》で呟《つぶや》いている妹を見た時、「もっと別の心配をしよう」というセリフが達也《たつや》の喉元《のどもと》まで出掛《でかか》っていた。

前回——つまり、一年前——もそうだったが、この世界で生理現象は発生しない。そのくせ喉《のど》は渇《かわ》くし腹も減るのは腹立たしいところだが、飲み食いするだけで他のことを考えずに済むのはありがたいことだ。……そもそもこの世界に引きずり込まれていること自体がありがたくないのだが。

新たな茶器を出し、楽しそうにお茶の支度《したく》をする深雪《みゆき》を余所《よそ》に、達也《たつや》は館の調査を続けていた。人がいないのはもう分かっていたが、せめて何をさせられるのかその手掛《てが》かりだけでも、と考えたのだ。

捜索《そうさく》の結果、達也《たつや》は一つ、というか一種類、手掛《てが》かりになりそうなものを見つけた。それはこの館の調度品や小物、壁《かべ》の飾《かざ》りや置物に菱形《ひしがた》の刻印が刻まれていることだ。模様とするには単純すぎる。これは「イング」、北欧《ほくおう》神話三主神の一柱、豊穣神《ほうじょうしん》フレイを表すルーン文字ではないだろうか。

フレイの神話で有名なものといえばやはり「スキールニルの歌」、全女性の中で最も美しい巨人族《きょじん》のゲルズに求婚《きゅうこん》したエピソードだろう。ゲルズに一目ぼれしたフレイが召使《めしつか》いのスキールニルを求婚《きゅうこん》の使者として巨人《きょじん》の国ヨツンヘイムへ遣《つか》わす。スキールニルはゲルズの父親ギュミルの館にたどり着き、館の前で起きたトラブル――おそらくギュミルの部下と戦闘《せんとう》になったのだ――も切《き》り抜《ぬ》けて無事ゲルズに主の言葉を伝える。最初はフレイの求婚《きゅうこん》を拒否《きょひ》していたゲルズだが、スキールニルの巧妙《こうみょう》な説得（脅迫《きょうはく》？）によりフレイと会うことを承諾《しょうだく》する。その後ゲルズはフレイの妻になった。

……というエピソードなのだが、今回の「劇」のシナリオは、この神話をモチーフとして書かれているのだろうか。確かに、考えてみれば深雪《みゆき》ほどゲルズを演じるのに相応《ふさわ》しいプレイヤーはいないだろう。何と言っても「誰《だれ》よりも美しい娘《むすめ》」の役なのだ。

しかしそうなると、自分の役割は何だろうか？　ゲルズの兄がフレイに殺された、という説もある。その時にフレイは自身の宝剣《ほうけん》「勝利の剣《けん》」を持っていなかったから、このエピソードはゲルズと結婚《けっこん》した後になるはずだ。とすると、自分は妹を取られてフレイに決闘《けっとう》を挑《いど》み、やられる役なのだろうか。

それとも、結婚《けっこん》に反対する父親ギュミルの役だろうか。ギュミルは血の気の多い人物、というか巨人《きょじん》だったようだ。スキールニルが館にたどり着いた時のいざこざとは、もしかしたらギュミルと刃《やいば》を交《か》わしてフレイから借りた「勝利の剣《けん》」で打ち負かしたというものだったかもしれない。その使者を邪魔《じゃま》する役が自分に割《わ》り振《ふ》られているのだろうか。

ゲルズの部屋にはギュミルが獰猛《どうもう》な番犬を置いていた、という説もある。もしかしたらその番犬が自分なのかもしれない。

（……いずれにせよ、深雪《みゆき》がゲルズ役だとすれば、俺は求婚《きゅうこん》の邪魔《じゃま》をすれば良いということだな）

一年前、夢の世界で与《あた》えられた役はひたすら面倒《めんどう》なものだった。あの時、達也《たつや》のモチベーションは最低だった。しかし今回は何故《なぜ》か、沸々《ふつふつ》とやる気が湧《わ》いてくるのを達也《たつや》は感じていた。

一日目は館の調査で終わった。

シナリオの進行——最初の「使者」は、翌日の朝に訪《おとず》れた。

朝食の直後、お茶の最中に館の外で轟《とどろ》く爆発音《ばくはつおん》。慌《あわ》てて外の様子を見に走ろうとする深雪《みゆき》を押しとどめ、達也《たつや》は革鎧《かわよろい》を身に着ける。深雪《みゆき》が持って来たマントを羽織り玄関《げんかん》のラックに立てかけてあった槍《やり》を手に取って扉《とびら》を開けた。

外では、森が燃えていた。そのすぐ手前に赤い鎧《よろい》を着け長槍《ながやり》を携《たずさ》えた五人の男が立っている。この世界が部分的に霊子《プシオン》信号の可視化で構成されているからか、彼らの身体《からだ》を包み込む炎《ほのお》のような赤い霊子光《プシオン》の揺《ゆ》らめきが見えた。まるで炎属《ほのお》のあやかしか炎の精霊《ほのおせいれい》を思わせる幻想的《げんそうてき》な姿だ。――彼らの鎧《よろい》の所々が、煤《すす》で汚《よご》れてさえいなければ。

「……お前たちが火をつけたのか？」

何と無謀《むぼう》な、という呆《あき》れと、この気温で良く火がついたな、という感心を込めて達也《たつや》はそう問《と》い掛《か》けた。しかしこの質問は、男たちの神経を逆撫《さかな》でするものだった。

「ふ、ふざけるな！」

「そっちが仕掛《しか》けた罠《わな》じゃないか！」

男たちの詰問《きつもん》に、全く心当たりのない達也《たつや》は一瞬《いっしゅん》首を捻《ひね》った。そしてすぐに、ギュミルの館が炎《ほのお》に守られていたという説を思い出す。

達也《たつや》の顔に浮《う》かんだ納得《なっとく》の表情が男たちの確信、と言うか、炎壁《フレイムウオール》の罠《わな》を張ったのが達也《たつや》に違《ちが》いないという思い込みを補強した。

「やるぞ！」

五人の中央にいた男――よく見れば「男」というより「少年」と表現した方が相応《ふさわ》しい年頃《としごろ》だった――の声に、残る四人が「おうっ！」と威勢《いせい》良く応じた。

五人の少年が穂先《ほさき》を揃《そろ》え横一列で突進《とっしん》してくる。その不可解な戦法に達也《たつや》は訝《いぶか》しさを覚えた。

彼らの鎧《よろい》の材質は達也《たつや》自身が身に着けている物と同じ皮革製だと思われる。だが彼が着せられている、身体《からだ》の要所要所を守るだけのプロテクターと違《ちが》って全身をほぼ隈無《くまな》く覆《おお》っている。

その所為《せい》か、かなりの重さがあるようだ。少なくとも少年たちの身体能力——彼らに設定された筋力に対して過大な重量なのだろう。

突進《とっしん》してくる足取りが、かなり鈍《にぶ》い。

そもそも槍衾《やりぶすま》を作っての突撃《とつげき》は対騎兵《きへい》、または集団対集団の戦術だ。徒歩の個人に対して仕《し》掛《か》けるものではない。騎乗《きじょう》しているとか戦車《チャリオット》に乗っているとか機械動力式のローラーシューズを履《は》いているとか、あるいは飛行魔法《まほう》を併用《へいよう》するなどの手段で突進《とっしん》にスピードがあれば有効な戦法だろうが、小走り程度のスピードしか出ないのであれば……

「ぎゃあ！」

「ぐえっ！」

……という具合に各個撃破《げきは》の餌食《えじき》になるだけだ。

「こいつ、強いぞ！」

「突撃《チャージ》はダメだ！　囲め！」

「回り込むまで牽制頼《けんせいたの》む！」

武器を構える覚束《おぼつか》ない腰《こし》つきから少年たちを全くの素人《しろうと》と判断していた達也《たつや》だが、少年たちの会話を聞いて認識《にんしき》を改めた。

五人の内の二人が倒《たお》され、しかもその内の一人は刺《さ》されて浅からぬ傷を負っているというのに、パニックを起こしていない。

——意外に、場慣れしている。

（惜《お》しいな）

経験はあるのに、技量が伴《ともな》っていない。まるで不慣れな戦い方を強《し》いられているようだ。

そう思いながらも、達也《たつや》は手加減など露《つゆ》も考えていなかった。慣れない鎧《よろい》を着せられ、槍《やり》をあてがわれているのは達也《たつや》も同じだ。去年の経験から古典的な武器術にも鍛錬《たんれん》の時間を割《さ》いてきたが、槍《やり》や刀は断じて達也《たつや》本来の得物ではない。

後ろに回り込もうとしている少年を無視して、達也《たつや》は正面に踏《ふ》み込《こ》んだ。包囲陣形《じんけい》が完成するまで正面から牽制《けんせい》する、という発想は正しい。しかし最初から牽制《けんせい》のつもりでは、腰《こし》の引けた攻撃《こうげき》にしかならない。相手に脅威《きょうい》を与《あた》えられなければ、単なる孤立《こりつ》戦力でしかない。

慌《あわ》てて突《つ》き出《だ》された長槍《ながやり》を、達也《たつや》は槍頭《やり》に巻き込んだ。そのまま強く打ち落とすと敵の穂先《ほさき》が地面を突《つ》き、身体《からだ》が前に流れる。

達也《たつや》は大きく半身になって槍《やり》を引き、穂先《ほさき》を返して相手の右肩《みぎかた》を浅く突《つ》いた。

悲鳴を上げて少年が尻餅《しりもち》をつく。骨に至《あた》る感触《かんしょく》が無かったことに達也《たつや》は違和《いわ》感《かん》を覚えたが、自分が意図したとおりのダメージは与えられたと判断して彼は右の相手に身体《からだ》を向けた。

左側の相手、つまり背後から突《つ》き込まれた長槍《ながやり》を石突《いしづ》きで跳《は》ね上《あ》げる。そのまま百八十度回転すると、正面には上体が浮《う》いた少年の、驚愕《きょうがく》が貼《は》り付《つ》いた顔。その太腿《ふともも》を、貫《つらぬ》くのではなく切《き》り裂《さ》く。痛みを訴《うった》える叫《さけ》びを上げて地面に転がる少年の足から、何故《なぜ》か出血は無い。

（こいつら、外見は人間そのものだが中身が無い……？）

骨も無く血管も無く、光を帯びた粒子《りゅうし》が飛び散るだけ。その粒子《りゅうし》も空中に消えていく。流血の無い、綺麗《きれい》な戦闘《せんとう》だ。

最後の一人と改めて向かい合う。その少年は硬直《こうちょく》していた。あるいは達也《たつや》と目が合って固まってしまったのかもしれない。

既《すで》に戦意は無い。だからといって、味方を置いて逃《に》げる決断もできない。

達也《たつや》はその少年をジレンマから解放してやることにした。

横払《よこばら》いで相手の長槍《ながやり》を弾《はじ》き飛《と》ばし、そのまま上からの打ち込みで地面に叩《たた》きつけた。

「お兄様、終わりましたか……？」

物音が聞こえなくなったのを確認《かくにん》して、深雪《みゆき》がそっと扉《とびら》を開けた。五人の中で最もダメージが少なかった、最後に肩《かた》を打たれて呻《うめ》いていた少年が、深雪《みゆき》を見て痛みを忘れたかのように息を呑《の》んだ。

「これが……ゲルズか。とすると、こ、こっちはギュミルではなくベリ？」

深雪《みゆき》の美貌《びぼう》に神経が麻痺《まひ》したのか、それともシナリオ進行上痛覚がカットされたのか、少年は呻《うめ》くのを止めてそう呟《つぶや》いた。

その声を拾って達也《たつや》が顔を顰《しか》める。

彼女、ではなく「これ」。こいつ、ではなく「こっち」。この少年はナチュラルに、達也《たつや》と深《み》雪《ゆき》を人間扱《あつか》いしていない。

「おい」

達也《たつや》はその少年の目の前に槍《やり》の穂先《ほさき》を突《つ》きつけた。「ヒッ！」という不完全燃焼《ふかんぜんねんしょう》の悲鳴を上げて少年が動きを止める。

「訊《き》きたいことがある。素直《すなお》に答えればこれ以上痛い思いはさせない」

少年が目を見開いた。その顔に浮《う》かぶ表情は「信じられない」と語っている。

「畜生《ちくしょう》……ボスキャラが脅迫《きょうはく》とかありかよ」

（ボスキャラ……なるほど、俺はゲームのモンスターと同じに思われているのか）

とすれば深雪《みゆき》はトロフィーとして認識《にんしき》されているのだろう。道理で「物」扱《あつか》いなわけだ。

疑問が一つ解消されたが、名も知らぬ少年にとって不幸なことに、達也《たつや》が訊《き》きたいのはそのことではなかった。

「何故《なぜ》俺に襲《おそ》い掛《か》かった？」

達也《たつや》の質問に少年が呆《ほう》けた表情を浮《う》かべた。言葉にすれば「こいつは何を言っているんだ」という顔だ。

「もう一度訊《き》く。何故《なぜ》、いきなり攻撃《こうげき》してきた」

依然《いぜん》、少年が答える気配は無い。

達也《たつや》のモットーは「不言実行、有言の場合は更《さら》に実行」だ。彼は少年の頬《ほお》に刃《やいば》を当てて、そのまま手前に引いた。

皮膚《ひふ》がぱっくりと割れ、少年が悲鳴を上げる。痛覚がカットされていたら意味が無いな、と達也《たつや》は一抹《いちまつ》の懸念《けねん》を懐《いだ》いていたが、どうやら杞憂《きゆう》だったようだ。

「……くそう、ここが飛行無効化エリアじゃなきゃ、こんな魔人型《まじんがた》なんかに」

少年が泣きながら愚痴《ぐち》をこぼす。ある意味、中々見上げた根性《こんじょう》だ。そしてどうやら、言葉によるコミュニケーションは期待できないらしい。

この世界から抜《ぬ》け出《だ》す手掛《てが》かりが得られないのであれば、彼らにもう用はない。達也《たつや》は槍《やり》を引いて少年たちに背を向けた。

「ふざけるなっ！」

「このまま手ぶらで帰れるかよ！」

館へ戻《もど》る途中《とちゅう》、達也《たつや》の背中に投げつけられた声と、彼に迫《せま》る足音。達也《たつや》は振《ふ》り返《かえ》りながら驚《おどろ》きを禁じ得ないでいた。

先程《さきほど》達也《たつや》が赤い鎧《よろい》の少年たちに与《あた》えたダメージは、命に関わるものではない。だがすぐに動けるほど軽いものでもないはずだった。

回復力が高い水準に設定されているのか、それとも短時間でダメージから回復する手段が用意されているのか――。

頭ではそんなことを考えながら、達也《たつや》の身体《からだ》は半自動的に動いた。少年の刺突《しとつ》を槍《やり》の柄《え》でいなし、崩《くず》れた体勢の胸を穂先《ほさき》で突《つ》く。

胸を貫《つらぬ》かれた少年の死体が小さな炎《ほのお》に変化して宙に浮《う》かぶ。

(人魂《ひとだま》というわけでもないだろうに……ホラーチックな演出だな……)

だからといって達也《たつや》が恐怖《きょうふ》を覚えることはなかった。その人魂《ひとだま》だか鬼火《おにび》だかには、未練とか怨念《おんねん》とか、そういう生々しさがまるで無かった。

襲《おそ》い掛《か》かられて反撃《はんげき》する、それをこのあと四回繰《く》り返《かえ》して、達也《たつや》は今度こそ館に戻《もど》った。


達也《たつや》が少年に止めを刺《さ》して回った光景を見て、深雪《みゆき》がショックを受けている様子は無かった。血が流れず死体も残らないという結末は人殺しに対する忌避《きひ》感を著《いちじる》しく麻痺《まひ》させる。それはまさにゲームの感覚だ。五感に訴《うった》える情報がなまじリアルな所為《せい》で、一般人でも人を斬《き》ったり撃《う》ったりすることに躊躇《ためら》いを持たなくなる可能性がある。こういう世界で長時間過ごしていると、現実でも簡単に人を刺《さ》して後悔《こうかい》を覚えた時は最早《もはや》手遅《おく》れということになるかもしれない、と達《たつ》也《や》は思った。

(……殺人に対する禁忌《きんき》の意識を既《すで》に無くしてしまっている自分が偉《えら》そうに論評することでもないか。それに、兵士として使える人材の育成には効果的だ)

達也《たつや》は意識を切《き》り替《か》えて、深雪《みゆき》が淹《い》れ直したハーブティーに口をつけた。

「お兄様、何か分かりましたか？」

達也《たつや》がカップを置くのを待って、テーブルの向こう側から深雪《みゆき》が問《と》い掛《か》ける。

「まともにコミュニケーションは取れなかったが、分かったことは幾《いく》つかある」

自分を一心に見詰《みつ》める深雪《みゆき》を達也《たつや》も正面から見返した。――何を考えたのか深雪《みゆき》が頬《ほお》を赤らめてはにかんだが、達也《たつや》はそれに触《ふ》れず予定どおり襲撃《しゅうげき》者から得た情報について話す。

「まず、今回のシナリオにはベースになっている物語がある。『スキールニルの歌』だ」

「……北欧《ほくおう》神話の一つでしたよね？　確か、フレイという神様が女性の色香に迷って、切り札ともなる大切な武器を召使《めしつか》いに褒美《ほうび》として差し出し、それが後に神々が滅《ほろ》びる原因になったとか。『傾城《けいせい》の美女』の教訓は洋の東西を問わないのですね」

「いや、ちょっと待て、深雪《みゆき》」

「はい？」

こめかみに指を当てて俯《うつむ》く達也《たつや》に深雪《みゆき》は小首を傾《かし》げている。彼女は別に、冗談《じょうだん》を言っているわけでもないようだ。

「今の話は誰《だれ》から聞いた？」

「小学校の……五年生の時だったでしょうか。お母様に教えていただきました」

亡《な》き母のことを哀《かな》しみではなく懐《なつ》かしさと共に語れるようになったのは喜ばしいことだ。しかし達也《たつや》はこの時、「せめてこういう誤解を解いてから逝《い》って欲しかった……」と、実の親に対するものとは思えない薄情《はくじょう》なことを考えていた。

「その解釈《かいしゃく》は色々違《ちが》う。一面から見ればそうとも取れるが、あの神話はもっと素朴《そぼく》なものだ」

「……そうなのですか？」

「そう、主に対する忠誠心とか勇猛《ゆうもう》な冒険譚《ぼうけんたん》とか……」

しかし、よくよく考えてみればあの話は財産で女性の歓心《かんしん》を買うとか脅迫《きょうはく》で言うことを聞かせるとか、到底《とうてい》素朴《そぼく》と言えるものではない。そう気づいて達也《たつや》は口ごもってしまう。

不自然に言葉を切った兄へ、深雪《みゆき》はますます不思議そうな目を向けた。

「……興味があるなら現実に戻《もど》ってから自分で読んでごらん」

「……そうですね」

達也《たつや》が逃《に》げを打っているのは深雪《みゆき》にも明白だったが、彼女は大人しく頷《うなず》いた。

「今回のシナリオで採用されているのは」

妹の気遣《きづか》いにいたたまれなさを感じつつ、達也《たつや》は気を取り直して話を本論に戻《もど》した。

「美女ゲルズを説得する、または連れて行くという部分だ」

「もしかしてわたしが悪女のゲルズの役ですか？」

「いや、だからな……まあ良《い》い」

ゲルズは別に悪女ではない、と達也《たつや》は指摘《してき》したかったのだが、話が脇道《わきみち》に逸《そ》れたままループしそうだったので自重した。

「そしてゲルズを連れて行かれないように邪魔《じゃま》をするのが俺の役割らしい」

「まあっ……」

深雪《みゆき》が胸の前で指を組み合わせて、何故《なぜ》かうっとりとした笑《え》みを浮《う》かべた。

「………」

何となく妹が何を考えているのか達也《たつや》には分かったが、それを耳で聞かされるのは勘弁《かんべん》して欲しかったのであえて何も言わなかった。

「……しかし、考えてみれば変だな」

何食わぬ顔で話題転換《てんかん》を図《はか》る。

「何がでしょうか？」

幸い、深雪《みゆき》は達也《たつや》の思惑《おもわく》に乗ってきた。多分、兄が話を逸《そ》らそうとしていると分かった上で自ら乗せられているに違《ちが》いなかった。

「この館にはフレイを表すルーン文字『イング』が溢《あふ》れている。ゲルズがフレイに嫁《とつ》ぐ前という設定ならあり得ないことだ」

達也《たつや》は空になったティーカップを持ち上げて、底に描《えが》かれた菱形《ひしがた》の文字を深雪《みゆき》に見せた。

「それがフレイのルーン文字ですか。確かに色々なところで見掛《みか》けました」

「結婚《けっこん》後か婚約《こんやく》後に何らかの理由でゲルズがフレイと別れて暮らしている、というシチュエーションなのか？　そんなエピソードは記憶《きおく》に無いが……」

考え込む達也《たつや》に、深雪《みゆき》が控《ひか》えめな声で意見を述べる。

「お兄様、ここはある意味、ＲＰＧの世界です。シナリオや設定が原典に忠実とは限らないと思います」

深雪《みゆき》のもっともすぎる指摘《してき》に、達也《たつや》は白旗を揚《あ》げるしかなかった。


来客は朝の五人組で終わりではなかった。

二組目は最初の五人と同じ赤い鎧《よろい》の七人グループ。彼らもまた「人魂《ひとだま》」となって消えただけで、情報は何も得られなかった。

今、相手をしている三組目は一組目より重装備の四人と、反対にローブらしき物を着ているだけで鎧《よろい》をつけていない二人の六人グループだ。

重装備の四人が大型の盾《たて》を前に掲《かか》げてゆっくりと近寄ってくる。その意図が達也《たつや》には分からなかった。これが四人ではなく四十人なら、あるいは狭隘《きょうあい》な谷間の道とか狭《せま》い橋の上なら回り込ませず割り込ませないという意味がある。だが開けた地形に加えてたった四人では、背後の二人を達也《たつや》の目から隠《かく》すくらいの効果しか望めない。

（隠《かく》す？）

彼がその可能性を意識した途端《とたん》、今まで雑音《ノイズ》としてしか認識《にんしき》できなかった音が、声として聞こえた。

「……ゲイール・ムスピーリ」

聞こえてくるのは盾《たて》の向こう。唱えているのは後方の二人。

赤い光が見えたのと同時。

達也《たつや》は槍《やり》を捨てて、否、投げて、横っ飛びにダイブした。

脳から発せられる神経パルスではなく、思念によって四肢《しし》に命を下す。八雲に鍛《きた》えられた身体《からだ》は、偽《いつわ》りの世界でも思いどおりに動いてくれた。

一度では勢いを殺しきれず、二度、地面を転がって達也《たつや》は立ち上がった。図《はか》らずも盾《たて》で築かれた壁《かべ》の横に出ている。

直前まで彼が立っていた場所に、火炎《かえん》流が突《つ》き刺《さ》さる。

彼が投げた槍《やり》は上手《うま》い具合にローブの一人に突《つ》き立《た》っていた。致命傷《ちめいしょう》ではないようだ。まだ人の形を保っている。鬼火《おにび》となって消えてはいない。

不運に見舞《みま》われなかったもう一人、そのローブの奥にパニックを起こし掛《か》けた少年の顔が見える。だがその少年は唇《くちびる》を震《ふる》わせながらも、しっかりした発音で呪文を唱えた。

「エック・フレイギュア・スリール・ゲイール・ムスピーリ」

それが何処《どこ》の言葉か、達也《たつや》には分からなかった。かろうじて北欧《ほくおう》系の言語だろう、と当たりがつくだけだ。しかし何故《なぜ》か、おおよその意味が分かった。

(炎《ほのお》の槍《やり》を投げる、か?)

敵の魔法使《まほうつか》い――ファンタジーそのものの姿をした役者《プレイヤー》を「魔法師《まほう》」とは呼びたくなかった――は既《すで》に炎槍《えんそう》の射出準備を終えている。これが現実ならばグラム・デモリッションでもグラム・ディスパージョンでも無効化できるタイミングだが、音声コマンドにより模倣《もほう》再現されるこの世界の無系統魔法《まほう》で迎撃《げいげき》が間に合うかどうか分からない。

槍《やり》を手放してしまった達也《たつや》は、腰《こし》から右手でバイキングソードと呼ばれている肉厚の片手剣《けん》を、左手で鍔《つば》が十手の鉤《かぎ》のように絞《しぼ》り込まれているパリーイングダガーを抜《ぬ》いた。

そのまま盾《たて》持ちの前衛に向かって突進《とっしん》する。彼らは個々人の体勢こそ達也《たつや》へ向いているが、陣形《じんけい》を変化させるには至っていない。達也《たつや》は今、横一列に盾《たて》を並べ壁《かべ》を作っていた敵前衛の側面に位置している。彼から見て、現在の敵陣《てきじん》形は一列縦隊。一対四ではなく、一対一が四層になっている形だ。

縦隊の先頭に立つ少年の盾《たて》、その縁《ふち》を達也《たつや》は横からバイキングソードで叩《たた》いた。彼は最初からこの剣《けん》にも自分の腕《うで》にも切れ味は期待していない。達也《たつや》はバイキングソードを棍棒《こんぼう》の代用品として使っていた。

予想どおり盾《たて》を斬《き》ることも割ることもできなかったが、肉厚の刀身はその重量で十分棍棒《こんぼう》の役目を果たした。相手の少年は左手で構える盾《たて》を右側から打たれ、その身体《からだ》を正面から達也《たつや》に曝《さら》してしまう。

達也《たつや》は左手のダガーを突《つ》き出《だ》した。少年は咄嗟《とっさ》に長剣《ちょうけん》を身体《からだ》の前に翳《かざ》す。――達也《たつや》の注文どおりに。

その刃《やいば》を達也《たつや》はパリーイングダガーの鉤《かぎ》状の鍔《つば》で搦《から》め捕《と》る。達也《たつや》と前衛の少年が密着し、魔《ま》法使《ほうつか》いは炎槍《えんそう》を撃《う》てなくなった。

赤いローブの少年が魔法《まほう》をキャンセルする。それが達也《たつや》には感覚的に分かった。何故《なぜ》そんなことを感じ取れるのかという疑問を一旦棚上《いったんたなあ》げにして、彼はダガーを外向きに捻《ひね》った。相手の少年は感心にも長剣《ちょうけん》を手放さなかったが、あまり意味は無い。これで少年を守る物は鎧《よろい》だけとなった。

達也《たつや》は右膝《みぎひざ》を振《ふ》り上《あ》げた。彼の身につけた革鎧《かわよろい》は予想以上に動きを邪魔《じゃま》しなかった。

膝蹴《ひざげ》りではなく、畳《たた》んだ足を一旦《いったん》胸に引きつけ、勢いを殺さぬまま空へ突《つ》き上《あ》げる。

達也《たつや》の踵《かかと》が真下から少年の顎《あご》を捉《とら》えた。

もんどり打って倒《たお》れた少年を踏《ふ》み台《だい》にして、ついでにその喉《のど》を踏《ふ》み潰《つぶ》して、達也《たつや》は次の相手に襲《おそ》い掛《か》かった。一列縦隊は横に広がり掛《か》けていたが、半包囲には程遠《ほどとお》い。事実上一対一の状態はまだ続いていた。

「セット、カートリッジ・ナンバーファイブ」

次に魔法《まほう》を撃《う》たれた時に備えて、達也《たつや》が無系統魔法《まほう》を放つ準備をする。この世界のシステムでデータ的に再現される無系統魔法《まほう》で、この世界の魔法《まほう》を撃《う》ち落《お》とすことが果たして可能かどうか、達也《たつや》は迂闊《うかつ》にも確認《かくにん》していない。だが、何も効果が無いわけではない。それは確認済《かくにんず》みだ。後は実験を兼《か》ねたぶっつけ本番だった。

達也《たつや》が言葉で発したコマンドは「魔法使い《メイジ》」の魔法《まほう》によるダメージを防ぐ為《ため》のものだ。しかし彼が接触《せっしょく》しようとしていた甲冑《かっちゅう》の少年は、それを攻撃《こうげき》の為《ため》のものと勘違《かんちが》いしたようだった。

少年の目が達也《たつや》の武器から逸《そ》れる。相手の武器だけを見ているというのも戦いに臨《のぞ》む構えとして正しいとは言えない。だが相手の武器から注意を逸《そ》らすのは明らかに間違《まちが》いだった。

達也《たつや》は少年の盾《たて》に、あえて正面からバイキングソードを叩《たた》きつけた。

盾《たて》に力を込める甲冑《かっちゅう》少年の反応に遅《おく》れが生じる。身体《からだ》が後方によろけ、盾《たて》が浮《う》いて無防備な足がさらけ出された。

達也《たつや》がその膝《ひざ》を踏《ふ》みつける。

骨が折れた感触《かんしょく》は無かった。そもそも皮膚《ひふ》と筋肉に包まれた骨の手応えが無かった。まるである程度弾性《だんせい》のある樹脂《じゅし》を、その弾性《だんせい》限界点を超《こ》えて足で折り曲げたような感触《かんしょく》だ。

だが人体の内部構造が再現されていなくても、人間の反応は再現されていた。少年が盛大《せいだい》に悲鳴を上げながら音を立てて倒《たお》れる。

達也《たつや》は側方に詠唱《えいしょう》の最終節を聞いた。どうやら魔法使《まほうつか》いは同士《どうし》討ちを覚悟《かくご》で呪文《じゅもん》を唱えていたようだ。彼が振《ふ》り向《む》いた先で、味方が倒《たお》れたのを幸いとばかり赤いローブの少年が達也《たつや》に向けて魔法《まほう》を放った。

「ロード」

達也《たつや》はあらかじめ選択《せんたく》までの手順を音声コマンドでトレースしていた起動式の読み込みを宣言する。それと同時に、飛んでくる炎槍《えんそう》を左手で指差した。躱《かわ》そうと思えばかろうじて躱《かわ》せるスピードだ。だが着弾《ちゃくだん》後に広がる炎《ほのお》まで避《さ》け切れるとは言い切れない。

故《ゆえ》に達也《たつや》は、賭《か》けに出た。

高密度の想子《サイオン》による魔法《まほう》式の破壊《はかい》、グラム・デモリッション。

試《ため》してもいない、想子弾《サイオンだん》による魔法《まほう》の迎撃《げいげき》を試みる。

ピンと伸《の》ばした人差し指の先に光の弾《たま》――可視化された想子弾《サイオンだん》が形成される。そこから光条が迸《ほとばし》るまで、掛《か》かった時間は一瞬《いっしゅん》と言って差《さ》し支《つか》えない。

炎槍《えんそう》と光条は空中で衝突《しょうとつ》し、

物理的な爆発《ばくはつ》が再現された。

思《おも》い掛《が》けない結果に達也《たつや》は動きを止めた。要は呆気《あっけ》にとられてフリーズしてしまったのだ。戦闘《せんとう》中にあってはならない無様。達也《たつや》は慌《あわ》てて身構えたが、幸いにして隙《すき》を突《つ》かれることは無かった。

鎧《よろい》の少年もローブの少年も、赤を纏《まと》う敵は皆《みな》、呆《ほう》けた顔で爆発《ばくはつ》の起きた宙の一点を凝視《ぎょうし》している。彼らのゲームシステムでもあり得ない現象なのだろう。達也《たつや》のように異なるゲームプラットフォームが混線していると分かっていなければ、余計に大きなショックを受けることになる。

事実、そのとおりだった。

「えっ、何だこの技《わざ》？」

「もしかしてボススキルの新要素か⁉」

少年たちの注意は完全に達也《たつや》から離《はな》れている。達也《たつや》はこの好機を実験に活《い》かすことにした。

「デフォルト、ロード」

今、架空《かくう》のＣＡＤにセットしたことになっている五番カートリッジは無系統魔法《まほう》の起動式を格納したストレージだ。その二番起動式は「グラム・デモリッション」、三番起動式が「グラム・ディスパージョン」、五番起動式が「再成」（ただしこの三種類はＣＡＤの補助無しでも不自由なく使える）。そして一番起動式、デフォルトは「幻衝《ファントム・ブロウ》」。

達也《たつや》の左手から尾《お》を引く想子弾《サイオンだん》が放たれた。

ビームと化した想子弾《サイオンだん》はローブの少年に命中し――胸の中央に穴を空けた！

現実世界における達也《たつや》の「幻衝《ファントム・ブロウ》」に致命傷《ちめいしょう》をもたらす威力《いりょく》は無い。一秒前後、相手の動きを止めるのが関の山だ。最初に実験した時、木の幹を深く抉《えぐ》ったことといい、ゲームシステムからプラスの補正を受けているのではなさそうだ。元の魔法《まほう》力に関係なく、一定の威力《いりょく》を持つ別の魔法《まほう》として表現されているのだろう、と達也《たつや》は考えた。

しかし、使える。とりあえず「分解」の代替《だいたい》手段にはなりそうだ。

「デフォルト・ロード」

コマンドを発声する時間が必要だから近接戦闘《せんとう》では使い方が難しそうだが、中長距離《ちゅうちょうきょり》なら有効な武器になる。

（有効射程距離《きょり》を検証しておく必要があるな）

もう一人の魔法使《まほうつか》いを想子弾《サイオンだん》で撃《う》ち抜《ぬ》いて、残った二人の重装甲剣士《じゅうそうこうけんし》に次々と「幻衝《ファントム・ブロウ》」を放つ。

鎧《よろい》は問題無く貫《つらぬ》いた。だが、盾《たて》を貫《つらぬ》くことはできなかった。

（これも要注意か）

実験の結果を見届けた達也《たつや》は、盾《たて》で想子弾《サイオンだん》を防いだ剣士《けんし》をバイキングソードとパリーイングダガーのコンビネーションで倒《たお》した。

片足を痛めて身動きが取れなくなった少年は、そのまま放置した。

その日、それ以上新たな客は訪《おとず》れなかった。この時間を使って、達也《たつや》は日が暮れるまで館の裏庭で深雪《みゆき》と一緒《いっしょ》に使える魔法《まほう》の性能を検証した。

そこで分かったことは三つ。

一つ目は、使える魔法《まほう》の種類が著《いちじる》しく制限されているということ。これは既《すで》に分かっていたことだが、深雪《みゆき》が使える魔法《まほう》は加熱と冷却《れいきゃく》に関わる振動《しんどう》系魔法《まほう》と移動・収束・吸収複合系の治癒魔法《ゆまほう》のみで、達也《たつや》が使える魔法《まほう》は想子《サイオン》を直接操作する無系統だけだった。しかも実際に魔法《まほう》が発動しているのではなく特定の魔法《まほう》が見掛《みか》けの上で再現されているだけだ。一部の魔法《まほう》を除きその効果も忠実に再現されているので「使える」と言って差《さ》し支《つか》えなかったが。

二つ目は、達也《たつや》たちの魔法《まほう》をこの世界で再現しているシステムと赤いローブの魔法使《まほうつか》いが使った魔《ま》法《ほう》を表現するシステムがどうやら別の物であるということ。炎槍《えんそう》に想子弾《サイオンだん》をぶつけた際に起こった爆発《ばくはつ》は、異なるシステムが競合してエラーが生じたことを告げるアラートだったようだ。それがシステムに作られた世界の内部にいる達也《たつや》たちには爆発《ばくはつ》として認識《にんしき》されたということらしかった。

そして三つ目は、魔《ま》法《ほう》の射程距離《きょり》が厳密に設定されているということ。魔《ま》法《ほう》の種類によって射程距離《きょり》に多少の違《ちが》いはあったが、概《おおむ》ね三十メートル前後。そしてその距離《きょり》を超《こ》えると魔《ま》法《ほう》が全く届かなくなる。このデジタルな条件はレリックの機能が相手側の電子システムの影響《えいきょう》を受けた結果だろうと考えられた。

とりあえず、現実の魔《ま》法《ほう》とこの世界の魔《ま》法《ほう》の差異を確かめる実験としては満足のいく結果が得られた。遊戯《ゆうぎ》空間の方が現実より不自由というのはどうかと思ったが、現実の力量差がそのままゲームに持ち込まれるのもつまらない気がする。少なくとも、現実に不満を持つ者がわざわざそんなゲームをプレイすることは無いだろう、と達也《たつや》は考えて納得《なっとく》することにした。

既《すで》に述べたように、この世界では生理現象に悩《なや》まされることが無い。正確に言うなら生化学反応の結果生じた老廃物《はいぶつ》の排出《はいしゅつ》が起こらない。今回はそれが特に徹底《てってい》しているのに達也《たつや》は気づいていた。去年巻き込まれた劇場空間では、汗《あせ》をかいた記憶《きおく》がある。だが今回はそれもない。考えてみれば皮膚《ひふ》を切り裂《さ》いても血が出ないのだ。それを踏《ふ》まえれば汗《あせ》が出ないのも当然と思われる。

従って汗《あせ》の汚《よご》れを洗い流す為《ため》に風呂《ふろ》に入る必要は無いのだが、戦闘《せんとう》で地面を転がったりした達也《たつや》は土埃《つちぼこり》で汚《よご》れていた。それにこの世界は寒冷だ。身体《からだ》を温める為《ため》に入浴したいという欲求は起こる。

この館には浴室も備わっていた。焼いた石に水を掛《か》けるタイプの湿式《しつしき》サウナで木製の長椅子《ながいす》が置かれている。日も暮れたことだしこれ以上の来客は無いと判断した兄妹《きょうだい》は、食事を後回しにしてまず風呂《ふろ》を使うことにした。

達也《たつや》が井戸から水を汲《く》み上《あ》げ桶《おけ》を満たす。深雪《みゆき》が魔法《まほう》で一抱《ひとかか》えもある大きな石を焼く。湯船としても使えそうな大きさの桶《おけ》は二つあったので、深雪《みゆき》は一方を適温の湯にしておいた。石鹸《せっけん》や身体《からだ》を洗うブラシは見当たらなかったが、元々皮脂《ひし》を気にする必要の無い仮想世界、身体《からだ》を温めて汚《よご》れを落とした気になればいいだけの模擬《もぎ》入浴だ。兄妹《きょうだい》二人ともタオルだけで十分ということで意見が一致《いっち》した。

「お兄様、お先にどうぞ」

「いや、お前が先で良《い》いよ。真冬以下の寒さの中に日が暮れるまでいたんだ。身体《からだ》が冷えているだろう？」

「どう見てもお兄様の方が汚《よご》れていますよ。それとも、お背中を流しましょうか？」

悪戯《いたずら》っぽく笑う深雪《みゆき》に、達也《たつや》はすぐ白旗を揚《あ》げた。冗談《じょうだん》めかしているが、放っておくと本気で実行しそうな気配を感じたからだ。

蒸《む》し風呂《ぶろ》は基本的に発汗《はっかん》を促《うなが》すものだが、汗《あせ》をかかない設定のこの世界では蒸気で汚《よご》れを浮《う》かせて洗い落としやすくする効果しか望めない。だから達也《たつや》はクールダウンを挟《はさ》みながら何度も蒸気を浴びる本来の入浴スタイルではなく、身体《からだ》を温めた後、水で汚《よご》れを落とすだけで風呂《ふろ》からあがった。

事件はその後に起こった。

深雪《みゆき》が入浴している間、達也《たつや》は暖炉《だんろ》の前で寛《くつろ》いでいた。「少し長いな」と感じてはいたが、普段《ふだん》から深雪《みゆき》はじっくり風呂《ふろ》に入るタイプだ。何の娯楽《ごらく》も無い世界に体感時間で二日目、しかも深雪《みゆき》は達也《たつや》のように模擬戦で身体《からだ》を動かしたということも無い。入浴でストレスを発散しているのだろう、と達也《たつや》はその時まで考えていた。

浴室から不自然な物音が聞こえてくるまでは。

微《かす》かな音だ。達也《たつや》はそれを桶《おけ》が落ちた音と聞き分けたが、浴室までの距離《きょり》と浴室が締《し》め切《き》られていることを考えると結構な大きさだったに違《ちが》いない。いつもの深雪《みゆき》ならそんな騒音《そうおん》を立てるような粗相《そそう》をするはずがなかった。

ハッとある事実に気づいて、達也《たつや》は慌《あわ》てて立ち上がった。そのまま浴室に走る。彼は脱衣所《だつい》に駆《か》け込《こ》み、扉越《とびらご》しに声を掛《か》けた。

「深雪《みゆき》、どうした？」

単に手が滑《すべ》った場合のことを考えて、第一声は穏《おだ》やかに。だが彼が懸念《けねん》したとおり、中から返事は無かった。

「深雪《みゆき》、大丈夫《だいじょうぶ》か⁉」

わずかな躊躇《ちゅうちょ》の後、達也《たつや》は浴室の扉《とびら》を開けた。中から大量の湯気が流れ出し、達也《たつや》の視界が遮《さえぎ》られる。湯気が薄《うす》れ達也《たつや》の目に飛び込んできたのは、長椅子《ながいす》に力なく横たわる深雪《みゆき》の薄桃色《うすももいろ》に紅潮してなお、白い肌《はだ》。達也《たつや》の悪い予感が的中していた。

浴槽式《よくそう》の風呂《ふろ》もそうだが、サウナは特に汗《あせ》を流してさっぱりすることが目的という面がある。風呂《ふろ》好きな深雪《みゆき》のことだ。今日もそのつもりで入ったに違《ちが》いなかった。

しかしここでは、達也《たつや》も深雪《みゆき》も汗《あせ》をかかない。それは多分二人に限ったことではなく、この世界のアバターには、おそらく汗《あせ》をかく機能が備わっていない。

つまり、いつまで熱い蒸気を浴びていても汗《あせ》をかかない。そのことをうっかり忘れてしまった深雪《みゆき》は「もう少し」「もう少し」と粘《ねば》っている内に、熱さにやられてしまったのだ。つまりは高温多湿《たしつ》の密閉環境《かんきょう》で熱中症《しょう》を起こしてしまったのである。

達也《たつや》の目に動揺《どうよう》が走ったのは、深雪《みゆき》が倒《たお》れていたからか、それとも深雪《みゆき》の体に巻かれていたバスタオルがすっかりほどけてしまっていたからか。幸いにしてバスタオルは完全に落ちてしまっているのではなく、一番隠《かく》さなければならない箇所《かしょ》を辛《かろ》うじて覆《おお》っているという有様《ありさま》。最悪の事態は免《まぬが》れているわけだが、あまり慰《なぐさ》めにならない上にいつ「最悪の事態」に至らないとも限らない状況《じょうきょう》だ。

そこを抜《ぬ》きにしても、深雪《みゆき》は気を失って倒《たお》れている状態である。達也《たつや》には躊躇《ちゅうちょ》している暇《ひま》も迷っている余裕《よゆう》も無かった。

(汗腺《かんせん》も血管も無いのに何故《なぜ》熱中症《しょう》になるんだ⁉)

と心の中で理不尽《りふじん》を訴《うった》えてみても意味は無い。ここは最初から、理不尽《りふじん》な作り物の世界だ。熱中症《しょう》になるメカニズムの再現には手を抜《ぬ》いても、その症状《しょうじょう》はきっちり模倣《もほう》するという気まぐれなこともまかり通る。今はまだ熱失神の症状《しょうじょう》が真似《まね》されているだけだが、いつ熱痙攣《けいれん》、脳機能不全を伴《ともな》う熱射病が深雪《みゆき》のアバターに描写されないとも限らない。

達也《たつや》はなるべく深雪《みゆき》の身体《からだ》に触《さわ》らないようにして──全く触《ふ》れないで済ますのは不可能だった──バスタオルを妹に巻きつけ、頭の天辺《てっぺん》から足のつま先まで桶《おけ》の水を掛《か》けた。次に、びしょ濡《ぬ》れになりながら深雪《みゆき》を横抱《だ》きに抱《かか》え上《あ》げる。浴室を出た達也《たつや》が向かった先は、自分が寝室《しんしつ》に使っている部屋だ。ベッドが水浸《みずびた》しになるのも構わず深雪《みゆき》を横たえて、扉《とびら》を閉ざさぬまま窓を開ける。

冷たい風が吹《ふ》き抜《ぬ》け、寝室《しんしつ》の温度が一気に下がった。首筋に触《ふ》れてみると、深雪《みゆき》の体温はさっきより目に見えて下がっている。汗《あせ》をかいていないのだから水分補給は必要無いはずだが、念《ねん》の為《ため》だ。そう考えて、達也《たつや》は窓を閉め水差しを取りに行った。

深雪《みゆき》がまず感じたのは安心感だった。

(お兄様の匂《にお》いがする……)

それは実のところ体臭《たいしゅう》ではなく、一晩そのベッドを使ったことによる達也《たつや》の残留霊子《プシオン》だった。普段《ふだん》は余計なノイズに惑《まど》わされないようほとんど無効化しているが、深雪《みゆき》は精神干渉《かんしょう》系統の魔《ま》法《ほう》の使い手として霊子《プシオン》波動を触覚的《しょっかくてき》に捕捉《ほそく》するのに加え嗅覚的《きゅうかくてき》にも知覚する。その彼女の「嗅《きゅう》覚《かく》」が兄の残留霊子《プシオン》を「兄の匂《にお》い」として捉《とら》えたのだった。

この絶対的な安らぎに包まれたまま眠《ねむ》りにつきたかったが、すぐに不快な湿《しめ》り気《け》によって意識を現実に引《ひ》き戻《もど》された。

(何故《なぜ》ベッドがこんなに湿《しめ》っているの……?)

湿《しめ》っているという表現は随分《ずいぶん》と控《ひか》えめなもので、彼女がその身を横たえているベッドはぐっしょりと濡《ぬ》れていた。

身体《からだ》を起こそうとして、肌《はだ》に貼《は》りつく濡《ぬ》れた布の感覚で彼女は自分がどんな格好をしているのか気づいた。悲鳴を上げようとしたが声にならない。

(何故《なぜ》？　何故《なぜ》っ？　何故《なぜ》っ⁉)

バスタオルを緩《ゆる》く巻いた、というより背中に回して前で合わせただけの格好で、兄のベッドに、汗にまみれて横たわる自分。悲嘆《ひたん》と歓喜《かんき》が強烈《きようれつ》なショックとなって深雪《みゆき》を打ちのめし、彼女から正常な思考力を奪《うば》った。

「深雪《みゆき》？　良かった、目を覚ましたか……」

部屋の入り口から掛《か》けられた声に目を向ける。暗い屋内でも何故《なぜ》かくっきりと深雪《みゆき》の目に映る兄の姿。水差しを手に、達也《たつや》はホッとした表情を浮《う》かべていた。

「お兄様、何故《なぜ》ですか⁉」

深雪《みゆき》は混乱した思考のまま、身体《からだ》を起こし胸元《むなもと》を押さえ、自分が受けたショックを叫《さけ》びにして達也《たつや》へぶつけた。

いきなり深雪《みゆき》に怒鳴《どな》りつけられて達也《たつや》は目を白黒させた。寝《ね》ぼけたにしては随分《ずいぶん》な迫力《はくりよく》だ。

「お兄様、深雪《みゆき》は悲しいです！　お兄様がお望みならば、わたしはどんなことであろうと拒《こば》みはしませんのに！」

この妹は一体何を勘違《かんちが》いしているのだろう……。

達也《たつや》の意識に出力されたテキストはそれだけだった。明敏《めいびん》な彼が、意味不明の迫力《はくりよく》に曝《さら》されて、そこで思考がフリーズしていた。

「一言、一言仰《おっしゃ》ってくだされば！　深雪《みゆき》は喜んでお兄様にこの身をさ」

「いやちょっと待て深雪《みゆき》！」

あまりにも穏当《おんとう》でないセリフを妹が口走ろうとしているのを覚《さと》って、達也《たつや》はそれを何とか途《と》中《ちゅう》で遮《さえぎ》ることに成功した。焦《あせ》りすぎて聞き取りづらいほどの早口になってしまったが、深雪《みゆき》のセリフの「さ」の続き——おそらく「さ」と続いて次は「げ」だ——を聞かずにすんだことだけで彼は自分を褒《ほ》めてやりたい気持ちだった。

しかしまだ、事態は終息していない。

「お前は風呂《ふろ》場で倒《たお》れていたんだ」

深雪《みゆき》に反撃《はんげき》の暇《いとま》を与《あた》えず達也《たつや》は事実という最強のカードをテーブルに叩《たた》きつけた。

「……えっ？」

効果は覿面《てきめん》だった。

激情は一気に影《かげ》をひそめ、呆然《ぼうぜん》とした顔で深雪《みゆき》は達也《たつや》を見詰《みつ》めている。

両腕両肩《りょううでりょうかた》をむき出しにして、胸がようやく隠《かく》れる程度の格好で。

可及的速《かきゅうてきすみ》やかに理性を取《と》り戻《もど》してもらわないとさすがに目の毒だったので、達也《たつや》は少し可哀《かわい》想《そう》とは思いつつここに至る経緯《けいい》を詳《くわ》しく説明した。

興奮して紅潮していた深雪《みゆき》の顔が見る見る青ざめていく。達也《たつや》が彼女をベッドに寝《ね》かせて水差しを取りに行ったところまで語り終える頃《ころ》には、深雪《みゆき》の顔はすっかり血の気を失っていた。

──彼女の心情を反映して血の気を失った色に変わっていた。

「申し訳ございません！」

深雪《みゆき》がいきなりベッドの上に平伏《へいふく》する。最上級謝罪の由緒《ゆいしょ》正しいスタイル。とすれば手は当然、水平に倒《たお》された顔の前。タオルを押さえていられるはずもない。

「重ね重ねご無礼を！　お兄様にご迷惑《めいわく》をお掛《か》けしただけでなく、あらぬ疑いまでかけて罵《のの》るなど、深雪《みゆき》は──！」

「気にするな！　俺も気にしていない！」

達也《たつや》は深雪《みゆき》が胸元《むなもと》から手を離《はな》した時点で横を向いて瞼《まぶた》を閉じている。だから深雪《みゆき》のあられも無い姿は見ていないのだが、あいにくと目で見なくてもどういう状態か分かってしまう。妹の裸《はだか》を想像してしまうなど、こっそりのぞき見るより恥《は》ずかしいと達也《たつや》には思えた。

「俺は居間にいるから、身支度《みじたく》を調《とと》えてから来てくれ」

無理やり作った落ち着いた声でそう告げる。深雪《みゆき》の方へ顔を向けないよう、わざわざ二百七十度ターンして、達也《たつや》は片目を閉じたまま──具体的には今の立ち位置で右側にあるベッドを視界に入れぬよう右目を瞑《つぶ》ったまま、足早に部屋の出入り口へ向かった。

深雪《みゆき》が勢いよく身体《からだ》を起こし、胸を両手で押さえて身を丸くした姿も達也《たつや》からは当然見えていない。しかしその光景がまざまざと脳裏《のうり》に描《えが》かれる自分のイメージ喚起《かんき》力がこの時の達也《たつや》には呪《のろ》わしい。本来は戦闘《せんとう》時に視覚のブラインドを補う為《ため》の技術なのだからこんな場面で働く必要は無いと彼は声を大にして主張したかった。

ようやく自分の寝室《しんしつ》から一歩を踏《ふ》み出《だ》す。背後から押し寄せる羞恥《しゅうち》の悲鳴を厚い木の扉《とびら》で遮《さえぎ》って、達也《たつや》は駆《か》け足《あし》で居間へ向かった。

夢空間仮想世界の三日目の朝。達也《たつや》は窓の外から聞こえてくる耳障《みみざわ》りな物音で目を覚ました。

(戻《もど》っていない……)

目に映るのは昨日と同じ仮の寝室《しんしつ》。達也《たつや》は自分がまだ夢の世界に囚《とら》われていることを確認《かくにん》してため息を吐《つ》きたくなった。

(やはりシナリオを消化して必要なイベントをクリアしなければ、目を覚ますことはできないようだな……)

ただ戦うだけではダメ、妹と思い出したくもないハプニングを起こしても必要な条件を満たさない。

(いや、そもそも昨晩のあれは必要なイベントだったのか?)

もし本当に単なるハプニングだったとしたら……そう思うと、後先を考えずこの世界を分解してしまいたくなる。

(クリア条件も、どうせろくでもないことなんだろう。……しかし何だ、この朝っぱらから騒《さわ》がしい)

　空は厚い雲で覆《おお》われ、太陽の位置で時間を知ることはできない。だから既《すで》に「朝っぱら」ではなく昼前という可能性もあるのだが、もう少し眠《ねむ》らせておいて欲しかったというのが達也《たつや》の偽《いつわ》らざる心境だった。――昨晩はそれだけ精神的に疲《つか》れていたのだ。

　しかし彼は心の中で愚痴《ぐち》をこぼしながらも、何故《なぜ》か湿《しめ》り気皆無《けかいむ》でふかふかに暖められていたベッドから起き上がった。素早《すばや》く服と鎧《よろい》を着込み、バイキングソードとパリーイングダガーを腰《こし》に差して寝室《しんしつ》を後にする。玄関《げんかん》では深雪《みゆき》が達也《たつや》の使う槍《やり》を持って彼を待っていた。

「おはよう、深雪《みゆき》」

「おはようございます、お兄様。良くお休みになれましたか？」

　深雪《みゆき》が昨晩のことを、少なくとも表面上は引きずっていないことに達也《たつや》はホッとした。

「ああ、気持ち良く休ませてもらった」

　ベッドに濡《ぬ》れた跡《あと》が無かったのは深雪《みゆき》が限られた魔法《まほう》を上手《うま》く使って乾《かわ》かしたからだと達也《たつや》は知っていた。

「それはようございました」

　そのことを匂《にお》わせると深雪《みゆき》が連鎖的《れんさてき》に昨夜のことを思い出さないか、という懸念《けねん》もあったが、どうやら妹の中であのアクシデントのことは整理がついているようだ。そのことに達也《たつや》は少しホッとした。夢の中の出来事をいつまでも引きずられて気まずい思いをするのは去年で懲《こ》りている。

「朝食のお支度《したく》はできております」

「なるべく早く終わらせてくるよ」

深雪《みゆき》の軽口（？）に軽口で返した達也《たつや》だが、何となく簡単には片付かないという気がしていた。――逆に言えば、これで今回の空騒《からさわ》ぎの方《かた》が付くという予感があった。

「ご武運を。もしもの時は、わたしもご助勢いたします」

深雪《みゆき》も何となくこれでクライマックスだと感じているのだろう。改まった口調に本気が感じられる。

「お前の手を煩《わずら》わせることにはならないだろう。行ってくる」

優雅《ゆうが》にお辞儀《じぎ》をする深雪《みゆき》に見送られて、達也《たつや》は外へと続く扉《とびら》を開けた。


(今回は二組か)

達也《たつや》がそう判断したのは、二つのグループの間に明らかな外見上の違《ちが》いがあったからだ。

一方は既《すで》に見慣れた赤一色の集団。ただ今回は少年だけでなく、一際《ひときわ》派手な赤の霊子光《プシオン》を纏《まと》う青年……というか成人男性がグループを率いている。

そしてもう一方は……バリエーションに富んだパーティだった。

最年長と思われる野武士面の青年（？）は、やはり見慣れた赤一色。だが他の六人は身に纏《まと》う色が違《ちが》う。水色、黒、緑がかった金色、ピンク、様々な髪《かみ》の色と服の色、更《さら》には猫《ねこ》耳のオプションまで付いている。そして何より、女性が混じっている点が違《ちが》っていた。

いや、この表現は正しくないだろう。人数的に、女性が混じっているというより女性の中に青年と少年が混ざっているというべきだ。あるいは、一人の少年に率いられた五人の美少女親衛隊——とあるレトロゲーム好きな知り合いから聞いたところによると「美少女ハーレム」という熟語があるらしい——及《およ》び彼女たちの保護者、といったところか。

少し離《はな》れて立つ二つのグループの間で視線を往復させた後、達也《たつや》は赤い集団を率いる体格の良《い》い青年に話《はな》し掛《か》けた。

「話をする気はあるか？　それとも問答無用か？」

達也《たつや》の言葉が余《よ》程《ほど》意外だったのだろう。青年が率いる赤の軍団と、黒い少年が率いる美少女親衛隊プラスワンがそれぞれのグループで何やら相談を始めた。何を言っているか達也《たつや》の所までは聞こえなかったが、どうやらリーダーに任せるという結論に落ち着いたようで、赤い青年と黒の少年が目を見合わせた。

青年が剣《けん》の柄《つか》に手を置く。

少年が両手で「まあまあ」と押しとどめるジェスチャーをしながら、同時に「分かってるよ」という苦笑いで頷《うなず》く。

青年が「分かっているなら良《い》い」とばかり、柄《つか》から手を離《はな》した。

アイコンタクトとボディランゲージによる話し合いの結果、達也《たつや》の問《と》い掛《か》けに応えて口を開いたのは黒い少年の方だった。

「俺はキリト。あんたは？」

黒尽《ず》くめの少年が名乗るのを聞いて、後ろの親衛隊プラスワンの顔に仲良く疑問符《ぎもんふ》が浮《う》かんだ。少年の行動は彼の仲間にとっても予想外のものであるようだ。

達也《たつや》が答えを返すより早く、少女たちの内の一人、ピンクの髪《かみ》の少女が「プッ」と吹《ふ》き出《だ》した。彼女の顔には「何やってんの、あんたは？」と書かれていた。

ただ、彼女たちにとっては思いがけない言動であっても、達也《たつや》にとってはようやく得られた常識的な反応だ。ただ残念ながら今の状況《じょうきょう》では、達也《たつや》自身があまり常識的とは言えない答えしか返せない。

「ここで名乗るべき名を俺は知らない」

キリトと名乗った少年の後ろで、笑い上戸なのかピンクの髪《かみ》の少女がまたしても吹《ふ》き出《だ》した。格好つけたセリフを、と思ったに違《ちが》いない。何故《なぜ》なら達也《たつや》本人もそう感じていたからだ。

しかし達也《たつや》としては他に答えようがなかったのである。ここで本名を名乗っても意味があるとは思われない。彼はこの「劇」の中に取り込まれてしまった「役者」なのだ。

彼はゲルズの役をあてがわれた深雪《みゆき》を連れ去られないよう妨害《ぼうがい》する敵役《かたきやく》。深雪《みゆき》の兄という関係を重視するならば役名はゲルズの兄のベリ。だがスキールニルの邪魔《じゃま》をするという役柄《やくがら》を重視するならば、ゲルズの父で館の主のギュミル。

そこまで考えて、達也《たつや》は一つの疑問に突《つ》き当《あ》たった。

「君の名がキリトなら、今回のスキールニルはそちらの青年か？」

「スキールニル？」

疑問を口にしたのは、金髪《きんぱつ》の少女だ。

「俺はサラマンダーのユージーン」

赤の青年は達也《たつや》の問いに自分の名を答えた。その名乗りを聞いて、達也《たつや》が首を傾《かし》げる。

「火蜥蜴《サラマンダー》？　炎《ほのお》の精霊《せいれい》？　……ああ、もしかしてそれは、そっちのグループ名か？」

達也《たつや》と向かい合っている全員が、それぞれの集団内で顔を見合わせた。

「名無《ノーネーム》しさん」

黒の少年キリトが達也《たつや》に声を掛《か》ける。達也《たつや》は「ノーネーム」を自分の呼称《こしょう》として受《う》け容《い》れ、そちらへ目を向けた。迂闊《うかつ》にも達也《たつや》は今の今まで気づかなかったが、少年の肩《かた》には小人サイズの羽の生えた少女、まさに小妖精《ピクシー》としか表現しようのない存在が立っていて、キリト少年の耳元に何事か囁《ささや》いていた。

「まさかと思うが、あんた、プレイヤーか？」

その質問に、達也《たつや》は答えではなく質問を返した。

「プレイヤーとはどういう意味だ？」

キリト少年と、彼と並ぶ位置で達也《たつや》の質問を聞いていたユージーン青年が訝《いぶか》しげに眉《まゆ》を顰《ひそ》める。多分、質問の意味が理解できなかったのだろう。むろん達也《たつや》の方に説明の労を惜《お》しむつもりは無かった。

「自分で役を選び決められたルールの中で自由に遊ぶ者、という意味で訊《き》いているなら、俺はプレイヤーではない。ここにこうしているのは、俺の意思ではないからな」

サラマンダーのグループ内で「やっぱNPCかよ」というざわめきが聞こえたが、達也《たつや》はそれを無視した。ゲームのNPC扱《あつか》いは昨日からずっと続いていることだし、会話の意思も見られなかった昨日の少年たちに比べれば今日の面々は遥《はる》かにマシだ。

それに、キリト少年は達也《たつや》がNPCであるという判断に納得《なっとく》していない様子だった。彼が会話を継続《けいぞく》する気になったのは、あるいはそこに好感を覚えたからかもしれない。

「キリト君……と呼ばせてもらうが、こっちから質問しても良いか？」

達也《たつや》はキリト少年が頷《うなず》くのを待たず、問いを投《な》げ掛《か》けた。

「君たちはプレイヤーなんだな？」

黒一色の剣士《けんし》は背後の少女たち、そして赤い野武士と小声で言葉を交《か》わし、達也《たつや》へ向き直った。

「ああ。俺たちはアルヴヘイム・オンラインのプレイヤーだ」

「アルヴヘイム・オンライン……。それは、エレクトロニクス技術で実現したバーチャルリアリティのオンラインゲーム、という理解で合っているか？」

「……ああ」

「やはり混線していたか」

達也《たつや》の顔に納得《なっとく》と、それに続いて感嘆《かんたん》の表情が浮《う》かんだ。

「しかし、エレクトロニクス技術だけで視覚、聴覚《ちょうかく》、触覚《しょっかく》を完全再現したVR環境《かんきょう》を構築し、更《さら》にそれをネットワークで共有しているとは……。そちらの世界の技術は、こちらの世界より随分《ずいぶん》と進んでいるようだ」

「……何？」

少年の顔に今までで最も濃《こ》い戸惑《とまど》いの色が浮《う》かぶ。達也《たつや》はそれに気づいていたが、特にそれ以上の言及《げんきゅう》はしなかった。

「オンラインゲームには詳《くわ》しくないが、ここに来たのはやはりクエストか？」

少年のすぐ後ろに立つ、長い水色の髪《かみ》の、一際《ひときわ》目立っている美少女が「この人、本当にプレイヤーじゃないの？」と黒の剣士《けんし》に、ではなくその肩《かた》に乗る小妖精《ピクシー》に訊《き》いている。残念ながら、小妖精《ピクシー》の答えまでは達也《たつや》の耳に届かなかった。

「そうだ。俺たちはフレイの依頼《いらい》を受けてゲルズを連れ戻《もど》しに来た」

黒の少年のセリフに、今度は達也《たつや》が戸惑《とまど》いを浮《う》かべる。

「連れ戻《もど》す？　ゲルズは既《すで》にフレイと結婚《けっこん》した後か？　だとすると、お前たちはスキールニルではない？」

今度は緑がかった金色の髪《かみ》の少女がキリト少年に話《はな》し掛《か》ける。

「お兄ちゃん、この人、あたしたちが別のクエストで来てるって勘違《かんちが》いしてるみたい」

「別のクエスト？」

黒の少年は達也《たつや》をそっちのけで緑と金色の少女と会話を始めたが、達也《たつや》も知りたいことだったのでそのまま聞き耳を立てた。

二人の話を要約すると、どうやらこういうことらしかった。

この世界の時間軸《じく》では、フレイとゲルズは既《すで》に結婚《けっこん》済みだ。そして何らかの理由でゲルズは死んでしまったらしい。フレイは死んだ妻のことを諦《あきら》めきれず、配下の妖精《ようせい》に対してニブルヘイムからゲルズを取《と》り戻《もど》した者に褒美《ほうび》を与《あた》えると布告を出した、という経緯《けいい》のようだ。

（おやおや……スキールニルのエピソードとヘルモーズの冥界騎行《めいかいきこう》が混ざっているぞ。するとやはり、深雪《みゆき》を連れてフレイの所へ行くのが現実に戻《もど》る為《ため》の条件か？）

「キリト君」

大体の事情を把握《はあく》した達也《たつや》は、好奇《こうき》心から一つの問いを投げた。

「フレイは何を褒美《ほうび》に出すと言ったんだ？　ゲルズが嫁《とつ》いだ後なら、『勝利の剣《けん》』はもうフレイの手元に無いはずだが」

「『スキーズブラズニル』よ。あの船が次のクエストに必要なの」

少年と仲良く話をしている最中に邪魔《じゃま》をされてへそを曲げたのか、緑金の少女がムッとした声で達也《たつや》の疑問に答えた。

「そういうわけだ」

それまでキリト少年に達也《たつや》の相手を任せていたユージーン青年が、もう待ちきれないとばかり剣《けん》を抜《ぬ》いて一歩進み出る。

「大人しくゲルズを渡《わた》せば良し。さもなくば……」

あからさまな恫喝《どうかつ》に、達也《たつや》の目がスッと細められた。

「ユージーンさん、待って！」

一触即発《いっしょくそくはつ》の空気の中に割り込んで来たのは水色の長い髪《かみ》の少女。彼女はユージーン青年を背で遮《さえぎ》って、達也《たつや》へ目を向けた。

「わたしはアスナです」

その名乗りに何故《なぜ》かサラマンダーの集団からどよめきが起こった。「あれが……」とか「実物は初めて見た……」とか「二次元データよりカワイイ……」とか「えっ、バーサクヒーラーってこんなに美少女だったの？」とかそんな呟《つぶや》きが漏《も》れてきたが、達也《たつや》は妙《みょう》な既視感《きしかん》をもたらすそれらの声を苦笑《くしょう》も浮《う》かべず黙殺《もくさつ》した。

「アスナさんか。それで？」

「……ノーネームさん、ゲルズさんと話をさせてもらえませんか？」

アスナという少女が一瞬《いっしゅん》口ごもったのは、達也《たつや》を何と呼べば良いか迷った為《ため》らしい。——結局、恋人《こいびと》(？)に倣《なら》うことに決めたようだ。

「何を馬鹿なことを！」

アスナ嬢《じょう》の背後から、ユージーン青年の不機嫌《ふきげん》そうな声が聞こえた。

「あれはプレイヤーではない。ということはNPCだぞ。友好的でも中立でもない、敵性のNPC、エネミーだ！　交渉《こうしょう》の余地があるものか」

「敵性といっても、こちらから攻撃《こうげき》を仕掛《しか》けて反撃《はんげき》されただけでしょう？　たとえプレイヤーじゃなくても、あの人には自分の意思があります。話し合いができないとは思いません」

アスナ嬢《じょう》は今、達也《たつや》に背中を向けている。全くの隙《すき》だらけで、しかも彼女の仲間に誰一人《だれひとり》、それを警戒《けいかい》している様子は無い。もしかしてこれは信頼《しんらい》されているということなのだろうか。

達也《たつや》はそう思った。

相手に話し合いの意図があるなら、それに応じるのは達也《たつや》としてもやぶさかではない。現実に復帰することが彼の第一にして唯一《ゆいいつ》の目的だ。その為《ため》には膠着《こうちゃく》状態が最も好ましくない。もしかしたら深雪《みゆき》を「フレイ」に会わせることがイベントクリアの条件かもしれないのだから、アスナ嬢《じょう》の提案は彼にとって十分検討の余地があった。

しかし、彼らのゲームはそんなに平和的なものではなかったようだ。

「自分の意思があるというなら尚更《なおさら》話し合いなどあり得ない！　そいつには昨日だけで仲間が十八人もやられている。その内一人は飛行無効化エリアに足を折った状態で放置して凍死《とうし》させるという残酷《ざんこく》な殺し方だぞ！」

「……ヒールは使えなかったんですか？　ポーションは？」

「魔法《まほう》を使えるヤツは真っ先に殺されたそうだ」

ゲームである以上当然かもしれないが、どうやら昨日の少年たちは無事生き返ったようだ。

ユージーン青年の言葉を聞いて達也《たつや》が思ったのは、それだけだった。

「ポーションを使い切っていたのはヤツのミスだが、それでも止めを刺《さ》さず治療《ちりょう》もせずに放置するようなヤツと話し合いが成り立つはずはない」

達也《たつや》にも言い分はある。一方的に襲《おそ》い掛《か》かっておきながら治療《ちりょう》を期待するなど虫が良すぎると彼は思うのだが、こういうところで「話が通じない」と判断されているなら、そのとおりと受《う》け容《い》れる以外にない。

「さっき話をつけたとおり、まずは俺の方からやらせてもらうぞ、キリト」

赤い青年が話《はな》し掛《か》けたのは黒い少年。

「アスナ、下がって。俺たちのやり方をユージーンに押し付けるのはルール違反《いはん》だ」

キリト少年の言葉に、アスナ嬢《じょう》が後《うし》ろ髪《がみ》を引かれた様子ながら後ろに下がる。

「待たせたな、ベリ！」

なるほど、どうやらユージーン青年は昨日の少年たちから達也《たつや》が深雪《みゆき》に「お兄様」と呼ばれていたことを聞いているらしい。しかしそうすると、ユージーン青年とキリト少年の間に協力関係は無いということになる。報酬《ほうしゅう》が一つなら、むしろ競合関係だろう。それなのに相談して順番を決めるとは随分紳士的《ずいぶんしんしてき》だ、と達也《たつや》は感じた。

そして、羨《うらや》ましくも思う。彼らにとって、戦うことはまだ遊びで済んでいるのだろう。ここまで現実の感覚に近い世界で殺し合いをさせることに達也《たつや》は血生臭《ちなまぐさ》い意図を感じずにいられないのだが、杞憂《きゆう》であって欲しいと彼は思った。

「もう一度言う。ゲルズを渡《わた》せ。さもなくば」

「渡《わた》せないな」

ユージーン青年の言葉を達也《たつや》はそう切り捨てた。「深雪《みゆき》をフレイと会わせろ」ならともかく「深雪《みゆき》を渡《わた》せ」と言われて、達也《たつや》が頷《うなず》けるはずはないのだ。

それ以上の問答をするつもりは、ユージーン青年にも無いようだ。達也《たつや》も押し問答《もんどう》が発生するとは予想していない。ただ、彼にとって予想外のこともあった。

「一人で良《い》いのか？」

「俺を初心者《ニュービー》に毛が生えた程度のあいつらと一緒《いっしょ》にするな！　お前は一騎打《いっきう》ちで仕留めてやる！」

ユージーン青年が達也《たつや》に猛然《もうぜん》と斬《き》り掛《か》かる。

格の違《ちが》いを自ら口にするだけあって、青年の太刀筋《たちすじ》は昨日の少年たちのものと別次元に鋭《するど》かった。手にする両手剣《けん》も見るからに特殊《とくしゅ》な、聖剣《けん》とか魔剣《まけん》とかの類だ。

それに対して達也《たつや》が手にする槍《やり》の柄《え》は鉄の芯《しん》を通すどころか革《かわ》も巻いていない、普通《ふつう》の木製。

ユージーン青年の斬撃《ざんげき》をまともに受ければひとたまりもなく折られるか斬《き》られるかしてしまうだろう。

達也《たつや》もあんな重量級の攻撃《こうげき》をまともに受けるつもりは無かった。ステップに合わせて槍《やり》を回しながら柄《え》を両手剣《けん》の腹に当て、斬線《ざんせん》を直撃《ちょくげき》コースから逃《に》がす。穂先《ほさき》や石突《づ》きで足元を狙《ねら》い、十分な体勢を作れないようにする。

昨日からの話を総合するに、彼らは空を飛びながらの戦闘《せんとう》が本分らしい。その証拠《しょうこ》にユージーン青年も見事な太刀筋《たちすじ》に対して足の動きはそれほど洗練されていない。正直なところ、白兵武器を操《あやつ》る技術は自分よりユージーン青年の方が上だと達也《たつや》は判断していた。足さばき、地に足をつけての体さばきの部分で達也《たつや》は何とか優位に立っている状態だ。

ユージーン青年の顔に苛立《いらだ》ちが浮《う》かぶ。おそらく、有効な斬撃《ざんげき》を入れられないことより十分な体勢を作れないことの方に苛立《いらだ》っている。それともう一つ、達也《たつや》は青年の戦い方に癖《くせ》のようなものを見つけた。ユージーン青年は刃《やいば》と刃《やいば》を合わせる、盾《たて》に刃《やいば》を叩《たた》きつける、そんな間合いを取ろうとする傾向《けいこう》がある……。

達也《たつや》がわざと見せた隙《すき》に、ユージーン青年が無理な体勢から大振《おおぶ》りの一撃《いちげき》を繰《く》り出《だ》した。

達也《たつや》はバックステップして躱《かわ》し、剣《けん》を横に振《ふ》り切《き》った後の一見無防備に思える体勢の青年へ足を踏《ふ》み出《だ》した。

赤い青年がニヤリと笑った。

崩《くず》れた体勢のまま、青年は片腕《かたうで》の力だけで右から左へ剣《けん》を切り返した。

腰《こし》の入っていない斬撃《ざんげき》。これならば達也《たつや》の持つ槍《やり》でも受け止められるだろう。

しかし達也《たつや》は、槍《やり》の柄《え》で青年の剣《けん》を受けなかった。

彼は槍《やり》を手放し、剣《けん》を振《ふ》る青年の右手首に左の手刀を落とした。

青年の手から飛んだ剣《けん》が達也《たつや》の背中を掠《かす》める。

それだけで達也《たつや》の革鎧《かわよろい》がパックリと切《き》り裂《さ》かれる。

刃《やいば》は鎧《よろい》の下に届いていた。だが、現実ならば皮膚《ひふ》を斬《き》られただけだ。達也《たつや》は血が流れない傷に、気を留めなかった。

手刀を落とした左手でそのまま青年の右手首を摑《つか》み、右の掌《てのひら》を顎《あご》の下にあてがう。

左手を引きつつ右の踵《かかと》で相手の右膝《みぎひざ》裏を蹴《け》り押し、達也《たつや》は身体《からだ》を左に捻《ひね》ってユージーン青年の巨体《きよたい》を巻き込んだ。

変形の大外巻き込み。スタンダードな大外巻き込みと違《ちが》う点は、足を刈《か》るのではなく踵《かかと》で膝《ひざ》裏を蹴《け》り押すことで相手に密着しないこと。襟《えり》を摑《つか》むのではなく相手の顎《あご》にあてがった掌《てのひら》をそのまま押し込むことで相手の首を捩《ねじ》りながら頭を地面に叩《たた》きつけること――。

地響《じひび》きを立て、二人が折り重なって地に落ちる。達也《たつや》が上、ユージーン青年が下。達也《たつや》の右手は、ユージーン青年の顎《あご》を摑《つか》んだままだ。

首の骨を折った感触《かんしょく》は無かった。

だが、確かに手応えがあった。

達也《たつや》が立ち上がり、ユージーン青年は立ち上がれない。

息はある。だが、青年は白目をむいて気絶していた。

しんと静まり返った中、達也《たつや》は槍《やり》を拾ってキリト少年に穂先《ほさき》を向けた。

少年の身体《からだ》が何者にも犯《おか》されぬ黒の霊子光《プシオン》を纏《まと》う。黒の剣士《けんし》が、その剣《けん》を抜《ぬ》く。

アスナ嬢《じょう》がキリト少年に手を伸《の》ばしたが、金髪《きんぱつ》の少女とピンクの髪《かみ》の少女がそれを止めた。

倒《たお》れたままのユージーン青年を巻き込まないように、達也《たつや》が半身体勢のまま十歩移動した。

キリト少年は慎重《しんちょう》なサイドステップで達也《たつや》についてきた。

達也《たつや》が足を止め、キリト少年が足を止める。

次の瞬間《しゅんかん》、キリト少年が達也《たつや》へ向かって目にも留まらぬ速さで突進《とっしん》した。

達也《たつや》はすぐに、自分がこの少年の実力を見誤っていたと思い知らされた。

少年は強かった。

剣《けん》を操《あやつ》る腕《うで》は、間違《まちが》いなく達也《たつや》が槍《やり》を操《あやつ》る技術よりも上。

ユージーン青年にあった、足さばきの拙《つたな》さも無い。

まるで何年間も、毎日、剣《けん》を振《ふ》り続けたかのような狂《くる》いの無い太刀筋《たちすじ》。

そして何より達也《たつや》の目を見張らせたのは、時折剣《けん》が光ると同時に見せる、人間離《にんげんばな》れした斬撃《ざんげき》速度。いや、それは完全に人間の出しうるスピードの限界を超《こ》えていた。達也《たつや》が骨の深さまで斬《き》られていないのは、その動作を予測して剣《けん》が振《ふ》り始められる前に回避《かいひ》しているからであり、剣《けん》が光っている時は途中《とちゅう》で狙《ねら》いが変わらないからであり、人間離《にんげんばな》れしたスピードで剣《けん》が振《ふ》られた後に少年の動きが止まるからである。

しかし、その硬直《こうちょく》時間とでも言うべき隙《すき》を達也《たつや》は突《つ》くことができない。何故《なぜ》なら、剣《けん》が振《ふ》られる前に回避《かいひ》を始めていても、完全な回避《かいひ》には一度も成功していないからだ。

最早《もはや》、手段を選んでいる場合ではなかった。斬《き》られたダメージも、おそらく限界に近かった。

黒の剣士《けんし》の、剣《けん》が光る。

達也《たつや》はそれを槍《やり》の柄《え》で受ける。

槍《やり》が斬《き》り折られる直前、柄《え》のたわみも利用して、達也《たつや》は大きく後方へ飛んだ。

仮想のカートリッジは、既《すで》にセットしてある。

「デフォルト、ロード」

槍《やり》を右手一本で持ち、達也《たつや》は左手の人差し指を黒の剣士《けんし》へ向けた。

可視化された想子弾《サイオンだん》がキリト少年に放たれる。

少年が信じがたい反射神経で身体《からだ》を捻《ひね》った。

幻衝《ファントム・ブロウ》の想子弾《サイオンだん》は、少年の脇腹《わきばら》を掠《かす》めてその服を裂《さ》いた。

第二弾《だん》が達也《たつや》の指先に装塡《そうてん》される。

少年が小さく剣《けん》を振《ふ》りかぶる。

達也《たつや》が幻衝《ファントム・ブロウ》を放ち――キリト少年の剣《けん》がその想子弾《サイオンだん》を斬《き》り裂《さ》いた！

思いがけない光景に、達也《たつや》が硬直《こうちょく》する。

黒の剣士《けんし》が猛然《もうぜん》とダッシュする。

達也《たつや》は半ば無意識に、右手一本で槍《やり》を肩《かた》に担《かつ》ぐように引《ひ》き絞《しぼ》った。

黒の少年が光る斬撃《ざんげき》を繰《く》り出《だ》す時、一定の法則があることに達也《たつや》は気づいていた。

剣《けん》が光り出す直前のモーションが常に同じなのだ。

同じ構えから光の斬撃《ざんげき》が繰《く》り出《だ》されるという意味ではない。

それぞれの太刀筋《たちすじ》に応じて、開始のモーションが寸分違《すんぶんたが》わず同じ。

達也《たつや》が人の限界を超《こ》えた剣速《けんそく》に未《いま》だ致命傷《ちめいしょう》を受けていないのは、その法則性を早い段階で見《み》抜《ぬ》いたからだった。

彼がやろうとしているのは、全くの見様見真似《みようみまね》でしかない。

それは苦《くる》し紛《まぎ》れであり、同時に、おそらくは対応しきれないであろう次の攻撃《こうげき》に対して、少しでも牽制《けんせい》になればという希望的計算に基《もと》づくものだった。

黒の剣士《けんし》の目に驚愕《きょうがく》が浮《う》かぶ。

キリト少年は足を滑《すべ》らせながら体勢を作り、左手を前へ、右手で剣《けん》を肩《かた》に担《かつ》ぐように引《ひ》き絞《しぼ》った。

少年の剣《けん》が真紅《しんく》に光る。
達也《たつや》は気づいていない。
自分の槍《やり》も、同じ光を帯びていることに。
達也《たつや》が槍《やり》を突《つ》き出《だ》した。
わずかに遅《おく》れて、少年が剣《けん》を突《つ》き出《だ》した。
達也《たつや》の槍《やり》とキリト少年の剣《けん》は、同時に相手の身体《からだ》に届いた。
達也《たつや》の槍《やり》はキリト少年の左肩《ひだりかた》を貫通《かんつう》し、
キリト少年の剣《けん》は達也《たつや》の胸を刺《さ》し貫《つらぬ》いていた。

絹を裂《さ》く悲鳴が聞こえた。
達也《たつや》が剣《けん》を胸に刺《さ》したまま振《ふ》り返《かえ》る。
いつの間にか深雪《みゆき》が館の玄関《げんかん》から顔をのぞかせていた。
即死《そくし》でないのが不思議だったが、そんなことはすぐにどうでもよくなった。
深雪《みゆき》がその美しい顔《かんばせ》を悲嘆《ひたん》に歪《ゆが》めていた。
妹にあんな顔をさせるのは、兄貴として失格だ……。
達也《たつや》は薄《うす》れ行く意識の中で、最後の力を振《ふ》り絞《しぼ》った。
想子《サイオン》と霊子《プシオン》に絡《から》みついた電子ネットワーク。

その構造情報に干渉《かんしょう》して、達也《たつや》はこの世界を「分解」した。

全方位から聞こえる、何百枚ものガラスが割れるような音。

達也《たつや》の意識は今度こそ闇《やみ》に吸い込まれた……。

◇　◇　◇

「……いさま、お兄様、お兄様！」

必死に自分を呼ぶ愛《いと》しい妹の声。

その声に応える為《ため》に、達也《たつや》は暗闇《くらやみ》の底から意識を浮上《ふじょう》させた。

「深雪《みゆき》……泣くな」

「お兄様、良かった！」

そう言って深雪《みゆき》が達也《たつや》に抱《だ》き付《つ》く。

達也《たつや》は妹の身体《からだ》を受け止めたまま、左右を見回した。

ここは彼の自宅の、彼の部屋だ。

彼は寝間着《ねまき》を着たまま、同じく寝間着《ねまき》姿の妹に、ベッドの上で抱《だ》き締《し》められている。

壁《かべ》のディスプレイに表示された日付は、確かに彼が記憶《きおく》している年月日の翌日のもの。

客観的に見れば、彼は普通《ふつう》に寝《ね》て、普通《ふつう》に起きたことになる。

「寝過《ねす》ごしてしまったな……。朝の鍛錬《たんれん》には間に合わないか」

「もうっ……お兄様ったら」

達也《たつや》の声に、深雪《みゆき》が抱《だ》き付《つ》いたまま泣き笑いの声を聞かせてくれる。

「深雪《みゆき》……お前も、見たんだな？」

その質問を口にするのに、躊躇《ためら》いが無かったといえば嘘《うそ》になる。

だが、訊《き》かずに済ませることもできない。

「……はい。お兄様、深雪《みゆき》はあの時、心臓が止まるかと思いました……」

「あれは現実では無い。分かっていただろう？」

髪《かみ》を優《やさ》しく撫《な》でながら、そう言って深雪《みゆき》を宥《なだ》める。

しかし、深雪《みゆき》は中々達也《たつや》を抱《だ》く手を解こうとしない。

（……まあ、いいか）

そういえば水波はちょうど、里帰りをしている最中だ。誰《だれ》の邪魔《じゃま》が入るわけでもない。

達也《たつや》はしばらく、妹の好きにさせておくことにした。深雪《みゆき》の柔《やわ》らかくしなやかな肢体《したい》から意識を逸《そ》らす為《ため》、というわけでもないが、達也《たつや》は昨夜の不思議な夢のことを考えた。

最初は、その正体について。エレクトロニクス技術で作られたバーチャルリアリティの世界が、霊子《プシオン》で形成された夢幻《むげん》の仮想現実世界と混ざり合ったその原理について。エレクトロニクスで霊子《プシオン》に干渉《かんしょう》する技術の可能性について。

だが、やがて達也《たつや》の意識は、昨夜の戦いに吸い寄せられていった。

黒の剣士《けんし》との死闘《しとう》。あそこまで追《お》い詰《つ》められたのは久《ひさ》し振《ぶ》りだったような気がする。そして
そのプレッシャーの中で、剣《けん》と魔法《まほう》の戦闘《せんとう》に心が躍《おど》ったのを思い出していた。

（あれがこの世界で運営されているただのゲームなら、あの少年にリベンジを挑《いど》む機会もあるだろうに……）

あんな訳の分からない世界に引き込まれるのは二度とごめんだが、彼と再戦が叶《かな》うなら悪くないかもしれない。達也《たつや》はそんな、矛盾《むじゅん》した思いを懐《いだ》いた。

――幸か不幸か、あの世界での再戦の機会は訪《おとず》れなかった。達也《たつや》と深雪《みゆき》にあの夢を見せた聖遺物《レリック》の正体は、結局判明しなかった。

第四章
周藤 蓮×星河シワス

デスゲーム脱落編

Ren Sudo×Shiwasu Hoshikawa

その瞬間《しゅんかん》、僕に起きたのは笑ってしまうような不幸の連鎖《れんさ》だった。

まず索敵《さくてき》から漏《も》れていた鳥型モンスターの突風攻撃《とっぷうこうげき》が、別なモンスターの群れと戦闘中《せんとうちゅう》だった僕を直撃《ちょくげき》した。想定外の方向からの攻撃《こうげき》で僕は吹き飛《と》ばされることになった。

次に体勢を立て直そうとした僕の足を、戦闘中《せんとうちゅう》だった亜人系《あじんけい》モンスターの斧《おの》がぶった切った。モンスターが意図してそうしたのではない。パーティーメンバーを狙《ねら》っていた一撃《いちげき》に、吹《ふ》き飛《と》ばされてきた僕が割り込んでしまった形だ。

さらに踏《ふ》ん張《ば》ることもできずに転がった先にはトラップがあった。踏《ふ》んだ地面が破裂《はれつ》するトラップは、本来さほど悪質なものではない。見た目は派手だがダメージはなく、精々が転んで嫌《いや》な思いをする程度だ。戦闘中《せんとうちゅう》に踏《ふ》めば危険だが十分に注意していれば避《さ》けられるものである。しかし足を欠損し、高速で転がりながら食《く》らうそれは、普段《ふだん》とは話が違《ちが》った。

最後に（あるいは最初に）僕たちはアインクラッドの外縁《がいえん》ギリギリのところにいた。そこでしか取れないクエストアイテムを回収しにきていたのだ。十分に確保していたはずの安全マージンは、想像もしていなかった不幸によって一瞬《いっしゅん》で失われた。

つまり僕はド派手に宙を舞《ま》って、アインクラッドの外へと放り出された。

『アインクラッドの外に落ちたら死ぬ』

ＳＡＯがデスゲームになった最初の日、誰《だれ》かが外へと飛び降りて、黒鉄宮《こくてつきゅう》にある石碑《せきひ》の名前に横線が引かれてから当たり前に知られている知識だ。

　重力が体を捕《と》らえる。存在しない内臓が浮《う》き上《あ》がる錯覚《さっかく》。背筋が総毛立つ。冷《ひ》や汗《あせ》が噴《ふ》き出《だ》す。デスゲームの中での戦いよりも、よほどリアルな死の実感が訪《おとず》れる。

「――――ホノ！」

サブマスであるノーリッジの声が頭上からした。ギルドで一番の敏捷性《びんしょうせい》を活《い》かして、僕の体を摑《つか》もうとしたらしい。

だが、もう遅《おそ》すぎた。

伸《の》ばされたノーリッジの手が遠ざかっていく。

彼の目が驚愕《きょうがく》に見開かれる。

落ちる。

死ぬ。

恐怖《きょうふ》よりも前に湧《わ》き上《あ》がってきたのは、記憶《きおく》だった。走馬灯というわけでもないだろうが、不意に視線が過去を向くのがわかる。

　落ちていられるのはどれくらいの時間なのだろうか。

そんな間の抜《ぬ》けた疑問も頭を過ぎるが、きっと大丈夫《だいじょうぶ》だろう。少し過去を思い出すくらいの猶予《ゆうよ》は、多分あるはずだ。

「この階層のレベリング方法はもう確立されてるだろ？　なんで今更《いまさら》、探索《たんさく》に行こうなんて話になるんだよ」

その夜——僕がアインクラッドから落ちる前日の夜、僕とノーリッジは食堂で二人、向かい合っていた。拠点《きょてん》にしている宿屋に併設《へいせつ》されたそこは、既《すで》に夜の賑《にぎ》わいを抜《ぬ》け、まばらに席が埋《う》まる程度まで空いている。

「経験値効率の悪いことばっか繰《く》り返《かえ》していると、最前線から置いてかれちまうぞ」

僕の所属するギルド『スノウルーフ』は一応、攻略組《こうりゃくぐみ》のギルドということになっている。一応という補足がつくのは攻略組《こうりゃくぐみ》の中ではかなり下に位置するため、人によっては中位ギルドに含《ふく》めることもあるからである。

そのことについて特に思うことはない。今のメンバーが集まった第五層から今攻略《こうりゃく》している第五十九層まで、メンバーを増やすことも減らすこともなく戦い続けてきた。その事実が、身《み》の丈《たけ》に合ったプレイをしてきたことを証明してくれているからだ。

そしてギルドの方針について僕とノーリッジの二人で話し合うのも、ずっと続く習慣だった。他四人のメンバーは方針決めなどを面倒《めんどう》くさがる人たちばかりだし、そのお陰《かげ》で自由に采配《さいはい》を振《ふ》るえることを僕たちは気楽に思っていた。

「むしろ逆だよ」

と僕はノーリッジに答える。

「経験値稼《かせ》ぎは重要だけど、この層での最適効率はもう判明している。それに他の探索《たんさく》をしたからって経験値が全く入らないわけじゃない。最適効率から離《はな》れた時、どれくらい差が生まれるか。それがわかっているからこそ探索《たんさく》に行くんだ」

「それは『そうしていい理由』であって『そうする理由』じゃないだろ」

「『そうする理由』の方を答えると、ゲーマーはマップ埋《う》めをしたがる生き物だからだよ」

SAOはデスゲームだ。クリアされるまで解放されることはなく、ゲーム内での死が現実世界での死につながる。

必然的にプレイヤー——特に攻略組《こうりゃくぐみ》のプレイヤーは最適な効率、最速の進行、そして最大の安全を心がけるようになる。

「最適を辿《たど》るっていうことは必然的にマップの全てを見て回りはしないってことだよ。けれど彼らはみんなゲーマーだから、本質的には隅々《すみずみ》までマッピングしたい衝動《しょうどう》を抱《かか》えている」

ノーリッジはキャラ付けのためにわざわざかけている眼鏡を押し上げた。

「つまり……マップのどこかに攻略組《こうりゃくぐみ》にとって有用な情報が眠《ねむ》っているかもしれない。俺たちはそれを取りに行くってことか？」

「それも少し違《ちが》う。有用な情報なんて見つかったら困るよ。それを独占《どくせん》するのか、どこかのギルドに知らせるのか、どこまで知らせるのか。どうしたって角が立つ」

たとえば明日の探索《たんさく》で『今までよりも経験値効率のいい稼《かせ》ぎ』なんてものが見つかったら、僕は一晩頭を抱《かか》えることになるだろう。

「するとなんだ。俺たちは『何も見つからなかった』って結論を求めて探索《たんさく》するのか？　そうするとどうなる？」

「簡単な話だよ。その情報を攻略組《こうりゃくぐみ》に安く売れる」

「何も有用な情報は載《の》ってないのに？」

「『僕たちが踏破《とうは》した範囲《はんい》に有用なものはなにもない』という事実を売るんだよ。そうすることでみんなは安心できるし、僕たちは彼らと顔見知りになれる。もう知っている顔でもより親密になれる」

僕は手元の野菜スープを飲んで、一度話に間を作った。

アバターであっても、脳は自然と飢《う》えを感じる。温かな液体が胃に落ちる偽《いつわ》りの感覚が、偽《いつわ》りの飢《う》えを緩和《かんわ》させ、偽《いつわ》りの満腹感を生じさせた。

「たとえば、誰《だれ》かがダンジョン内で窮地《きゅうち》に陥《おちい》っている僕たちを見かけた。たとえば、誰《だれ》かが致《ち》命的《めいてき》な初見殺しエネミーの情報を得た。まぁ、後はなんでもいいけど、そういう『もしも』を仮定するでしょ」

それはこれまでの攻略中《こうりゃくちゅう》に何度となく聞いてきた悲劇だ。いつ僕たちに実際に降りかかってもおかしくない、ありふれた不幸。

「その時、僕たちが助けてもらえるか、情報をもらえるかどうかは、その誰《だれ》かと僕たちが顔見知りかどうか、友達かどうか次第《しだい》だよ」

「情報を売るっていうか、恩を売るわけか」

「売るのは顔だよ。いつでも取れる方針じゃないけどね。この層は稼《かせ》ぎ方法《ほうほう》の確立が早かったから。ボス討伐《とうばつ》に必要な安全マージンを確保するまでの日数もわかる。だから周囲に置いていかれない猶予《ゆうよ》がどれくらいあるのかも、割と簡単に見通しが立つ」

「はぁー、なるほどなぁー」

大げさな仕草でノーリッジは天井《てんじょう》を仰《あお》いだ。

「相変わらずお前はものの考え方が俯瞰的《ふかんてき》っていうか、達観しているっていうか……。やっぱそれってあれか。お前が棋士《きし》だったたっていうのが関係してんのかね」

その発言こそが、きっと僕とノーリッジが組んでギルドを立ち上げた理由だった。

SAOのサービスが開始され、茅場晶彦《かやばあきひこ》によってアナウンスが行われるまでの数時間。僕たちはその頃《ころ》に知り合った。そしてその頃《ころ》はまだ「現実の話題を出さない」というSAOの不文律が成立するよりも前だった。

《はじまりの街》でだらだらと会話をしていた僕らは、その時に現実について簡単に明かしていたのである。

僕はC級二組の将棋指《しょうぎさ》しで、ノーリッジはスポーツ用品会社の営業職なんだそうだ。今となっては他人と現実の話題など話せるはずもなく、だから相手の現実を知っている僕らは、二人でいる時なら現実の話題を持ち出せて、それがお互《たが》いを少し特別にしていた。

「やっぱりプロ棋士《きし》の人は頭のできが違《ちが》うのかねー」

「僕のことなんて知らなかったのに、何が『やっぱり』なんだよ」

「自慢《じまん》じゃないけど俺、どんなにすごい棋士《きし》の人がSAOに参加してても、顔だけでわかる気はしないわー」

確かに、今日まで僕を見て「あなたプロ棋士《きし》の人ですよね！」と言い出すプレイヤーには会ったことがない。

そのことをちょっと寂《さび》しく思っていたりなんてしない、断じて。

「とにかく、明日からはマップの隅《すみ》まで埋《う》めていくつもりで、小規模なダンジョンに挑《いど》もう。ちょうど目をつけている湖周辺のダンジョンがあって――」

「――あっりゃぁ、ごめんなさーい」

甲高《かんだか》い声が会話に割り込んできて、僕とノーリッジは同時に顔をしかめた。

一人の女性プレイヤーが僕たちの方へと近づいてくるところだった。見慣れた顔だ。見慣れたいと思ったことはなかったが。

ふわふわとボリュームを持つように整えられた赤いショートヘア。体の線を強調するような軽装防具。目鼻立ちは整っているが、隠《かく》すこともなく浮《う》かぶ嘲《あざけ》りが台無しにしていた。

サナギという名前のプレイヤーである。

「そのダンジョンならもう私たちが今日、クリアしちゃいました。狙《ねら》ってたんですか？　先に潰《つぶ》しちゃったみたいで、本当にごめんなさいね！」

「……あぁ、そう」

ＳＡＯのシステムが露骨《ろこつ》に不機嫌《ふきげん》そうな表情を僕の顔に表示させる。けれど実際のところ、内心で覚えていた不快感はそれ以上のものだった。

「ホノさんたちが欲《ほ》しがってた情報、もう手に入れちゃったので！　でもホノさんたちが遅《おそ》いから仕方ないですよねー」

サナギ、そして彼女がギルマスを務めるギルド『クロノスタシス』は、僕たち『スノウルーフ』のライバルだ。

もし仮に狩《か》り場《ば》を意図的に被《かぶ》せてこちらの効率を落としてきたり、攻略《こうりやく》予定だったダンジョンを先回りして潰《つぶ》してきたり、こちらが必要とするアイテムを買い占《し》めてきたりする相手をライバルと呼ぶのならば、という前提のもとでだが。

「ふふふ、ギルマスの動きが遅《おそ》いと苦労しますよね。ノーリッジさんも、あんまり困ったらうちにきていいんですよ」

「すまん、その予定はないな」

ノーリッジも言葉少なにそうとだけ答え、眼鏡を押し上げた。

昔からレベル帯や進行などが何かと被《かぶ》ったのが悪かったのだろう。サナギから僕たちへの敵視はかなり苛烈《かれつ》で、直接的な攻撃《こうげき》以外の大体の嫌《いや》がらせは受けてきたといっていい。

「じゃあ、いつでも待ってますから！」

そういってサナギが宿の階段を上っていく。

『クロノスタシス』のメンバーもそれに続いたが、彼らは気まずそうな顔をして会釈《えしゃく》をしていた。彼らも僕たちのことをライバル視くらいはしているのだろうけれど、サナギのようにわざわざ嫌《いや》がらせをしてくるほどではない。

というか、サナギの見せる敵意がやはり異常なのだ。

一瞬《いっしゅん》だけ騒々《そうぞう》しくなった食堂に、また元の静けさが戻《もど》ってくる。

「また絡《から》まれてたのか？　苦労してんねぇ」

と顔見知りの別ギルドの人物が声をかけてくる。サナギはそれなりに実力者で、顔も悪くない女性プレイヤーだというのに、こうして僕の方に自然と同情が集まる。

それだけでどれほど理不尽《りふじん》で過剰《かじょう》な嫌《いや》がらせを受けてきたかわかるというものだった。

声をかけてくれた相手に返事をしながら頭の中で予定を組み直す。多分、狙《ねら》っていたダンジョン攻略《こうりゃく》を先回りされたのは、この前情報を人づてに集めたからだ。『僕が集めた情報』という情報を得たサナギは、僕の予定を予想して、先回りし始めたのだろう。

となれば面倒《めんどう》なトラブルの回避《かいひ》のためにも、予定は大幅《おおはば》に変更《へんこう》する必要がある。

「どうするんだ、ホノ」

「よし、決めた。明日はアインクラッドの外縁部《がいえんぶ》のクエストを攻略《こうりゃく》していこう」

地面に叩《たた》きつけられ、回顧《かいこ》が途切《とぎ》れる。

エフェクトが飛び散り、一瞬《いっしゅん》だけ光をもたらす。だがそれはすぐに消え去って、地面にべったりと伏《ふ》せた僕を押しつぶすように、どこまでも続く暗闇《くらやみ》がのしかかってきた。

微《かす》かな酩酊感《めいていかん》と、衝撃《しょうげき》による手足のしびれ。吐《は》き気《け》がじわじわと上ってくるのに、ゲームの体では吐《は》くこともできず、それがどうにも不快だった。

つまり……生きている。

頭の中に無数の疑問と想念が浮《う》かび上《あ》がってくる。とりあえず僕はその中で最もどうでもいいものを口にした。

「……もしかして僕が落ちたのって、サナギのせいかよ」

それからゆっくりと体を引き起こした。別にどこが痛むわけでもないが、今の状況《じょうきょう》が信じられなかったのだ。アインクラッドの外に落ちたのに、どこかに着地した。素早《すばや》く動いたら今のこの奇妙《きみょう》な状況《じょうきょう》が崩《くず》れて、再び落下し始めてしまうような気がしていた。

だが、どうやら夢や幻《まぼろし》ではないようだった。

僕の目に飛び込んできたのは、どこまでも続くゴツゴツとした岩の地面。そして同じくらいに広がっている暗闇《くらやみ》。四方を見渡《みわた》しても他には何も見えない。どこまで続いているのかもわからないが、相当広い空間であることは確かだ。

光源がないために見通しは酷《ひど》く悪いが、じっと目をこらすと頭上には天井《てんじよう》のようなものが見えた。数メートルは上。地面とは違《ちが》う、黒い鉄でできた極《きわ》めて均質な平面である。

「なんだ……どこだ、ここ？」

アインクラッドから落ちたら死ぬ。それが常識だったはずだ。だがここはどう見ても死後の世界には見えないし、僕もあまり死んだという感じではない。

次に思い出したのは『デスゲームというのは実は嘘《うそ》かもしれない』というよくある噂《うわさ》だった。ナーヴギアによって脳を焼かれるところを僕たちは直接は見ていない。だから殺されるというのは嘘《うそ》で、ゲーム内で死んでもただ解放されるだけで済む。そんな楽観的で、本気で信じるにはあまりにも淡《あわ》い噂《うわさ》。

これもすぐに間違《まち》いだとわかった。自分の体を見下ろしてみれば、それがＳＡＯのアバターであることは一目瞭然《いちもくりようぜん》だったからだ。

モンスターに切り落とされた足はそのままなので、そう長い時間は経過していない。とりあえずポーションを飲んで、ＨＰと欠損の回復を待った。

ＨＰが完全に回復した辺りで、ようやく事態を確かめる方法があることを思い出した。

僕は素早《すばや》く指を振《ふ》って、ウインドウを表示させた。普通《ふつう》に開いた。フレンドリストへと移動し、目についた名前へとメッセージを送る。

数秒も待たずに、相手から返信がきた。

『ホノ⁉』

「ノーリッジ。連絡《れんらく》は普通《ふつう》につくんだな」

『お前、どうなってるんだ⁉　落ちてたよな生きてるのか無事なんだな。アインクラッドの外ってどうなってるんだ⁉　生きててよかった、どうなることかと！』

文面でもわかるほど動揺《どうよう》しているノーリッジを落ち着けるには、数分が必要だった。

幸いだったのは僕よりも彼の方が慌《あわ》ててくれたお陰《かげ》で、彼を落ち着けているうちに僕自身も冷静になれたことだ。

『つまり、整理するぞ。お前はアインクラッドの外に落ちた。つい数分前のことだ。そしてお前は今、どこか知らないフィールドにいる。薄暗《うすぐら》い、岩で囲まれたフィールドに』

画面の向こう側で、顔を覆《おお》っているノーリッジの姿が目に浮《う》かぶようだった。

『正直、今でも幽霊《ゆうれい》からのメッセージとかそういう怪談《かいだん》の類いに見えるな』

「そういわないでよ。事態を把握《はあく》するに当たって知恵《ちえ》を借りたくて連絡《れんらく》したんだから」

『知恵《ちえ》も何も、まずアレを使えよ。転移結晶《けつしょう》。持ってるはずだろ』

「あぁ、それがあったか」

僕はアイテムストレージから結晶《けつしょう》を一つ取り出す。目的地までの転移を可能にするそれを、力強く握《にぎ》った。

「転移、マーテン！」

結晶《けっしょう》が砕《くだ》け散《ち》り……しかし何も起きなかった。

手の中で確かに転移結晶《けっしょう》は砕《くだ》けたのに、通常なら発生するエフェクトが発生しない。当然、僕の体が別な階層に移ることもない。

結晶《けっしょう》無効化空間？

一部クエスト中など、結晶《けっしょう》が使えない瞬間《しゅんかん》のことを連想する。けれどそれも違《ちが》う。ああいった空間ではそもそも結晶《けっしょう》が砕《くだ》けることはない。結晶《けっしょう》が砕《くだ》けた上で転移ができないというのは、無効化空間とはまた違《ちが》った現象だ。

それは、何か、致命的《ちめいてき》な事態を示していることにならないだろうか？

ひたひたと近寄ってくる感情から目を逸《そ》らし、僕は強《し》いて冷静に指を動かした。

「なんか使えないみたいだ」

『使えないってなんだよ⁉』

「そうとしかいえないよ。結晶《けっしょう》無効化空間ともちょっと違《ちが》う感じ」

『じゃあ、どうすんだ⁉』

僕は少し考えてから、見えないとわかりつつ首を振《ふ》った。

「とりあえず一旦《いったん》、チャットはやめようか。話し合ってる場合じゃない」

『は⁉　今、話し合うよりも優先すべきことなんてあるかよ⁉』

「あるよ。撤退《てったい》だ。君たちは今、パーティーメンバーが一人欠けた状態で、まだ攻略《こうりゃく》が完全じやない地域にいるんだよ」

改めて考えると、すぐに連絡《れんらく》をした僕の行動もやや迂闊《うかつ》だった。上階ではまだノーリッジたちが戦闘中《せんとうちゅう》の可能性もあった。

「それに現状だと僕もここが何なのか、何もわからない。考える材料もない。モンスターの気配もないし、一通り歩き回ってみるから、そうだな。明日辺りに、また連絡《れんらく》するよ」

『冷静だな、おい！　クソ、でも確かにこんな場所で長話だなんてぞっとしないし……』

ノーリッジが眼鏡を押し上げている図を想像する。

『いいか、なんかあったらすぐ連絡《れんらく》入れろよ！　絶対だぞ！』

そのメッセージを最後にやり取りは途切《とぎ》れた。

画面をしばらくぼんやりと眺《なが》めてから、僕はウインドウを閉じた。もう一つ転移結晶《けっしょう》を取り出して握《にぎ》るが、やはり砕《くだ》けるだけで何も起きない。

「――――つまり」

背筋に寒気が走る。落ちた時よりもずっと冷たく、明確に。

事故であれ故意であれ、これまでアインクラッドから落下した人は相当数いた。しかし今まで『落ちた人から連絡《れんらく》がきた』なんて話を聞いたことはない。だから多分、僕の巻き込まれている事態はかなり稀《まれ》で、もしかすると僕にしか起きたことがない可能性すらある。

知らず手が震《ふる》えそうになり、僕は強く拳《こぶし》を握《にぎ》る。

今見た結晶《けっしょう》の挙動は明らかに通常のゲーム中に起きる挙動ではなかった。有《あ》り体《てい》にいえば、バグっているようにすら思えた。結晶《けっしょう》が通常の動作をせず、しかしゲーム的に無効化されているわけでもない。

だとすれば僕がいるこの場所は、通常のゲームで辿《たど》り着《つ》くことが想定されていない場所ということにならないだろうか。

背後から何かに追い立てられるように、早足に歩き出す。

予感が実感に変わって、パニックを引き起こすよりも前に、その想像を否定する根拠《こんきょ》を見つけ出したかった。そうしながら僕は自然と右手でウインドウを開き、アイテムストレージの中身に目を通し始めていた。

ここがゲームで意図されている場所ならば、きっと脱出《だっしゅつ》手段はどこかにあるだろう。SAOは厳しく辛《つら》い世界だが、無理ゲーではない。不可能を押しつけてくることはしない。

けれどここがバグなどで生まれた、意図していない場所ならば？

ここから出る方法なんてなかったら？

元々遠出をするつもりで準備をしていたわけではない。アイテムストレージの中身はそれなりに潤沢《じゅんたく》だが、あくまでも通常のプレイの範囲《はんい》でだ。特に食料なんて、目的がなければそれほどアイテムストレージの中に溜《た》め込《こ》むようなものでもない。

だとしても……SAOの中では飢《う》えが発生するのだ。

どこにも行けないこの場所で、飢《う》えだけはつきまとい続けるのだ。

「嫌《いや》だ……それは、嫌《いや》だ……！」

僕はその日一日を駆《か》け回《まわ》って過ごした。

結局、見つけ出せたのは『僕の想像は正しい』という傍証《ぼうしょう》ばかりだった。

『多分、そこは第一層よりも下の場所だ。

全部が推測にしかならないけど……アインクラッドの基部のどこかに当たり判定がない場所があるんだろう。わざと作ったとも思えないから、単純に見落としかなんかだろうな。ゲームじゃよくある類いのバグだ。床《ゆか》が表示されているのに、判定はなくてすり抜《ぬ》けたりな。で、落下したお前は偶然《ぐうぜん》そこに当たった……というか当たらなかった。第五十九層から落ちていったわけだからな。アインクラッドは全体で見ると、下層の方が広がっている。だから落ちる途中《とちゅう》でどこかにぶつかって、しかもぶつかった部分に当たり判定がなかった。

だから岩の隙間《すきま》に入り込んじまってる、って感じだ。

そこはゲームの内部としてデザインされた空間じゃないから、ゲーム内のシステムが色々と働いていない。転移結晶《けっしょう》が使えないのもそうだし、落下ダメージがきちんと発生しなかったみたいなのもそうだ。

ホノ、そこはゲームの外だよ、ある意味ではな』

僕は長々と黙《だま》り込《こ》んで、それから頭上を見た。

数メートル頭上に、足下《あしもと》のゴツゴツとした岩とは違《ちが》う、黒い鉄でできた平面が見えている。

「もしかして、頭の上のこれは黒鉄宮《こくてつきゅう》の床下《ゆかした》ってことになるのかな」

『そんなところを見た奴《やつ》は多分、全プレイヤーで初めてだぞ。スクショ撮っとけ』

「後で送りつけてあげるよ。喜ぶといい」

僕は少し笑って、それから長々と溜《た》め息《いき》を零《こぼ》す。

『お前、食料ってどのくらい持ってたっけ？』

「一週間分は突《つ》っ込《こ》んであった。まぁ、健康的に三食取る必要はないから、頑張《がんば》って保たせれば二週間くらいかな」

『二週間か……』

それが意味する絶望を、長々と語る意味はない。

『お前が落ちた辺りから物資を落とせば、お前が受け取れたりしないか？』

「現実的じゃないからやめておこう。資金を無駄遣《むだづか》いするだけだよ。僕と全く同じ落下コースを辿《たど》って、物資がここにくるとは思えない」

推測が正しければこの空間の直径は、アインクラッド第一層の直径にほぼ等しい。そのどこかにあるらしい当たり判定の抜《ぬ》けを探し当てるのは現実的ではないし、天井《てんじょう》はジャンプすれば届くような高さでもない。

ノーリッジはいい奴《やつ》なので、こういう時に向こうから連絡《れんらく》を終わらせることなんてできない。だから僕は気詰《きづ》まりなにらみ合いが発生するよりも前にメッセージを送った。

「よし、ギルマス命令だ。二週間以内にSAOをクリアしろ」

『無茶いってくれるな、おい！』

「そうと決まったら無駄話《むだばなし》している時間はないだろ。チャット、切るぞ」

『ああ、うん。なぁ、その、ホノ。大丈夫《だいじょうぶ》か？』

「どうやらここ、モンスターもポップしないみたいだからね。ある意味じゃ誰《だれ》よりも安全だよ。ノーリッジこそ、攻略《こうりゃく》を焦《あせ》ってヘタを踏《ふ》んだりしないでね」

チャットを切る。

わけもわからず叫《さけ》び出《だ》したいような気分だったが、そうすると腹が減るのが早まるだけなような気がして、結局僕はばったりと倒《たお》れ込《こ》んだ。

ある意味、落ちて死んだのと一緒《いっしょ》だ。

ここから出られないし、もうゲーム攻略《こうりゃく》に寄与《きよ》することもできない。

落下している時間が数十秒か、二週間か、あるいはそれ以上になるか。そうした違《ちが》いがあるだけで、もう僕はなんでもない。何もできない。

ホノというプレイヤーは落ちて死んでしまって、だから――――

「おわっ⁉」

唐突《とうとつ》に訪《おとず》れた通知が、僕の思考を断《た》ち切《き》った。

相手も見ずに開いてしまったのは直前まで鬱々《うつうつ》と考え込んでいたせいだ。それに多分ノーリッジだろうと勝手に思い込んでいた。

僕の目に飛び込んできたのは、画面一杯《いっぱい》に広がる笑いを示す『w』の文字だった。

改めてウインドウを確認《かくにん》するまでもない。溜《た》め息《いき》と同時に文字を打つ。

「サナギ。何の用さ」

『いえいえ、ホノさんが落ちたと聞いて、慰《なぐさ》めてあげようかと！　今頃《いまごろ》は無駄《むだ》な努力でもしているんじゃないかと思いまして！』

どこから話が漏《も》れたんだよ、と思ったが考えてみれば彼女たちとは同じ宿だ。人数が欠けていることなど簡単に気づけるし、ノーリッジだって事態を把握《はあく》するために聞き込みくらいはしただろう。

どこかから噂《うわさ》が漏《も》れる余地なんて、いくらでもあった。

「何しに連絡《れんらく》をしてきたのさ。正直、君と話す気分じゃないんだけど」

『だって、外に落ちた挙げ句に生きているだなんて！　そんな面白《おもしろ》いことになってる人、連絡《れんらく》をしたくなるに決まってるじゃないですか！』

「楽しそうでよかったよ。落ちた甲斐《かい》があるってものだね」

『拗《す》ねないでくださいよー。まだ出口を探してウゾウゾしてるんですかぁ？　それともう諦《あきら》めちゃいましたぁ？　あ、『スノウルーフ』の皆《みな》さんはいざとなったら私が部下にしてあげるので、安心してくださいね』

「好きにいってなよ」

気がついた時には立ち上がっていた。

「そもそも僕は諦《あきら》めてなんていないし」

『でも早めにギルドを脱退《だったい》してあげるのも優《やさ》しさだと思いますよぉ？　ホノさんがずっといたら、新しいギルマスを選びづらいじゃないですか。さっさと無意味なロスタイムを終わらせるか、せめて新しいギルマスを指定した方がいいですよ！　ギルド全体の利益を考えるならそうした方がいいですって、ねぇ！』

「あー、うるさい、うるさい」

ウインドウを閉じる。

アイテムストレージから食料を全て取り出し、日数ごとに丁寧《ていねい》に分類し、一食分だけを残して戻《もど》す。今日の最初の食事を軽くつまんだ。忍《しの》び寄《よ》ってきていた飢《う》えが遠ざかるのを感じる。

それから僕は歩いた。

歩いて、歩いて、ただ歩いた。

昔から体の弱い子供だった。

物心ついた時には生死の境をさまよったことが数度あったし、学校にいた時間よりも病院にいた時間の方がずっと長かった。ベッドの上だけが僕に与《あた》えられた僅《わず》かな領土であり、その小さな領土ですら痩《や》せ衰《おとろ》えた腕《うで》には余ってしまった。

だから、僕は棋士《きし》になった。

病床《びょうしょう》に縛《しば》り付《つ》けられている限り、僕は病人だった。周囲の誰《だれ》にとっても、僕自身にとっても、貼《は》り付《つ》けられた病人というレッテルを引き剝《は》がすことはできなかった。

だがネット上でならば違《ちが》った。そこで将棋《しょうぎ》が選ばれたのは単なる偶然《ぐうぜん》で、少しばかりロマンチックな言い方をすれば運命だったのだろう。

画面上の将棋盤《しょうぎばん》をにらみつけ、震《ふる》える指先でマウスに触《ふ》れる間、画面上の僕と現実の僕は限りなく乖離《かいり》していた。そこにいたのは病人でもなんでもない、純粋《じゅんすい》な将棋《しょうぎ》存在だった。僕を定義するのは僕が摑《つか》み取《と》った将棋《しょうぎ》の実力のみであり、僕という存在は短いハンドルネームと段位だけに集約されていた。

僕は自然と将棋《しょうぎ》にのめり込んでいき、最後には棋士《きし》になるに至った。病を引きずる弱り切った体で、文字通りに血を吐《は》きながら戦い、C級二組にまで上がった瞬間《しゅんかん》のことを、僕は今でも覚えている。

これから戦い続けるのだ。

そう思ったことも、覚えている。自分で選んだ将棋《しょうぎ》という舞台《ぶたい》で、自分で選んだ棋士《きし》という称号《しょうごう》を背負って、血を流し果てる最後まで。

SAOに囚《とら》われさえしなければ、きっと今もそうしていただろう。

曖昧《あいまい》な眠《ねむ》りから覚める。

このどこともしれない地底に落ちてから、どれだけ経《た》ったか。時間感覚はとうに溶《と》けていて、ウインドウを開いて時刻を確認《かくにん》することで、一週間が経過したことをようやく理解する。

腕《うで》を振《ふ》ってウインドウを消してから、その腕《うで》の動きの滑《なめ》らかさに苦笑《くしょう》した。

元々、SAOに参加したのはこれに惹《ひ》かれてのことだった。現実の僕の体はあまりにも弱く、そして痛みを抱《かか》えすぎている。将棋《しょうぎ》の研究をするにしてもそれは邪魔《じゃま》で、だから僕は体の痛痒《つうよう》に悩《なや》まされず研究ができる場所をずっと探していた。

「VRの中っていうのは、悪くないアイデアだと思ったんだけどなぁ……」

偶然購入《ぐうぜんこうにゅう》できたタイトルが、脱出《だっしゅつ》不能のデスゲームと化すとは思っていなかった。

「……まぁ、それも今更《いまさら》か」

一週間。何があったかといえば、何もなかった。

脱出《だっしゅつ》方法はないという結論を再び得るまでに長くはかからなかったし、一度わかれば後はもうやることがない。ただひたすらに退屈《たいくつ》と憂鬱《ゆううつ》で脳味噌《のうみそ》を溶《と》かしていただけ。

こうなってしまうと、空腹に苛《さいな》まれるのはむしろ幸福だった。

まともな精神状態でこんな場所に幽閉《ゆうへい》されていたら、やがて精神を病《や》むだろう。飢《う》えが苛《さい》み、苦痛にまみれている状態なら、少なくとも先のことなんて何も考えずに済む。

まぁ、だとしても食べないわけにもいかないのだが。

先ほど時間を確認《かくにん》してから、どれくらい経過しただろうか。そんなこともわからない腐《くさ》りかけの思考で、一日分の食料を摂取《せっしゅ》する。少しずつ。飢《う》えの辛《つら》さが和《やわ》らぐように、しかしあまり思考が明瞭《めいりょう》になりすぎないように。

上階にいるパーティーメンバーに、僕の方から連絡《れんらく》を取ることはしなかった。

彼らは今も攻略中《こうりゃくちゅう》で、そこから脱落《だつらく》してしまった相手と話し込んでいる時間などないだろう。

その証拠《しょうこ》に、向こうからの連絡《れんらく》も日ごとにまばらになっていっている。

今となってはこまめに連絡《れんらく》してくる相手など、毎日のように煽《あお》りのメッセージを送ってくるサナギくらいなものだ。

『もう死んじゃった方がいいんじゃないですかぁ？』

見慣れてしまった文面が、まぶたの裏に浮《う》かぶ。

確かにそうだ。

「………僕は何を待っているんだろう」

ＳＡＯのクリアを？

まさか。これからどれだけ『スノウルーフ』のみんなが頑張《がんば》ってくれたところで、クリアよりもずっと前に食料は尽《つ》きる。そんな希望は持てない。

こんな環境《かんきょう》、いつかは限界がくるに決まっている。じゃあどうして苦しみを長引かせるためだけみたいに、こうしてここで生きているのだろうか？

苦しみから逃《に》げ出《だ》す選択肢《せんたくし》はいつでも頭の中にあるのに、どうしてか僕はそれを選ぶことができない。だらだらと生き続けている。

僕は、何を待って――

「うわっ、メッセージか」

通知によってまたしても思考が浮《う》かび上《あ》がる。

画面を見ると相手はノーリッジだった。僕は自分の正気を確かめるように、一つゆっくりと呼吸をしてから、ウインドウを開く。

『おい、起きてるか⁉』

「ノーリッジ、どうかしたの？」

『どうかしたのじゃねーよ！　何を落ち着いてんだよ！　こっちはお前が欠けてからパーティーの再編成で大忙《おおいそが》しだっていうのに！』

それはそうだろう。

『スノウルーフ』は一応攻略組《こうりやくぐみ》だったし、ずっと同じメンバーで行動し続けていた。ギルマスであった僕が落ちてしまったことは、ギルド全体に大きな影響《えいきょう》を与《あた》えたはずだ。そして攻略組《こうりやくぐみ》の一ギルドが揺《ゆ》らいだことは、きっと攻略組《こうりゃくぐみ》全体にも波及《はきゅう》する。

僕は淡《あわ》く微笑《ほほえ》みを浮《う》かべ、

「そっか。じゃあまだ苦労して——」

しかし打ちかけた文字は、続いてきたノーリッジのメッセージで止まった。

『けど、朗報だぞ！　今日、第五十九層のボスを討伐《とうばつ》したんだ！』

文字でしか連絡《れんらく》ができないことに感謝しながら、短い文章を打つ。

「そうなんだ」

『これで第六十層に行ける！　クリアまで一歩近づいたぞ！　クリアまではまだかかるだろうけど、待ってろよ、ホノ！　必ずクリアするからさ！』

ノーリッジの力強い言葉が、目を滑《すべ》っていく。

わんわんと響《ひび》く耳鳴り。震《ふる》えそうになる指で、僕はどうにか心にもない言葉を紡《つむ》いだ。

「じゃあ僕に連絡《れんらく》している場合じゃないでしょ。新しい層の下見に早く行かないと」

『いや、確かにそうだけどさ……。もっと喜んでくれよ』

「できるだけ早いクリアを目指して欲しいだけだよ」

『なあ、おい、大丈夫《だいじょうぶ》か、ホノ』

「こんな場所にずっといたら、あんまり大丈夫《だいじょうぶ》ではないかな」

『そうじゃなくてさ、お前、あの時』

半端《はんぱ》に途切《とぎ》れたメッセージは、ノーリッジのためらいだろう。

僕は彼の次の言葉を待たず、首を振《ふ》った。

「じゃあ、切るからね。頑張《がんば》ってね」

なるべく不自然ではないようにチャットを切った。だが不自然であったところで、今更《いまさら》どうだというのだろうという気持ちもあった。

僕は誰《だれ》もいない地の底で立《た》ち尽《つ》くす。

どこまでも続くような暗闇《くらやみ》と、誰《だれ》もいないことで生まれる突《つ》き刺《さ》すような静寂《せいじゃく》。その重みを感じて、僕は小さく笑った。

「――あは」

第五十九層での経験値取得効率は、落ちる前に丁寧《ていねい》に計算していた。だから今日攻略《こうりゃく》されたという事実がどれだけ前倒《まえだお》しされているのかもわかる。

多分、ノーリッジたちが頑張《がんば》ったんだろうと思う。ギルマスを欠いた状態で、それでも僕をなるべく早く地底から引っ張り出すために、きっと色々頑張《がんば》ったんだろう。

それを想像して、そして、僕は素直《すなお》な感想を呟《つぶや》いた。

「あーあ。僕は、みんなに死んで欲しいって思ってたよ」

アイテムストレージから全ての食料を実体化させる。避《さ》けようのない飢《う》えが存在するこの世界で生きていくのならば食料が必須《ひっす》だ。その総量は、僕が生きていける期間の長さに等しい。

それらを見下ろしながら、誰《だれ》にも聞こえないとわかりつつ僕は呟《つぶや》く。あるいは、誰《だれ》かに聞かせてやりたかったと思いながら。

「棋士《きし》は毎年順位戦をやるんだ。その結果によって昇級《しょうきゅう》か据《す》え置《お》き、あるいは降級が決まる。毎年四月から始まる順位戦を、三回欠席するとそれでも降級する」

プロになった最初の年の順位戦に、僕は体調不良で参加することができなかった。

そしてその後ＳＡＯに囚《とら》われ、もう一年半になる。ついこの間、ＳＡＯの中で二回目の四月がきた。それはつまり、僕はＣ級二組からフリークラスへと転落したことを意味している。

「あんなに頑張《がんば》って勝ち取った棋士《きし》としての立場は、もうないんだよ」

僕が落ちたのは、どうしようもない不幸の連鎖《れんさ》によってだった。僕は確かにＳＡＯの中で戦い続けようとしていて、しかし不幸にもアインクラッドの外へとはじき出されてしまった。

その瞬間《しゅんかん》のことを思い出す。

遠ざかっていくノーリッジの手。

驚愕《きょうがく》に見開かれた彼の目。

なぜなら、僕が彼に向かって手を伸《の》ばさなかったから。

落ちていくことを受け入れるみたいに、ただ無気力に落ちていったからだ。

「ねぇ、もう、遅《おそ》すぎたんだよ」

食料を手に取る。

そして、食べた。

今日まで丁寧《ていねい》に日付を計算し、常に飢《う》えに苛《さいな》まれながらもなるべく消費を減らしていた食料を、無造作に。

乾燥《かんそう》させたナッツを。硬《かた》く焼かれたパンを。香辛料《こうしんりょう》の利《き》いたソーセージを。オイル漬《づ》けにされた魚を。

全部ぐちゃぐちゃになればいいって、そう思ったんだ。

アインクラッドの外にはじき出された、その瞬間《しゅんかん》。自分が落ちると思ったその瞬間《しゅんかん》。確かに僕はそう思った。

今更《いまさら》僕は外に戻《もど》ったところで、摑《つか》み取《と》ったはずの肩書《かたが》きは失われている。だからもう攻略《こうりゃく》を頑張《がんば》ってもどうしようもなくて、だからここで落ちれば、攻略組《こうりゃくぐみ》のみんなも困って、きっと全部ぐちゃぐちゃになる。そう思った。

それすらも、無駄《むだ》だったけれど。

飢《う》えが満たされ、満腹感が脳へと訪《おとず》れる。それでも僕は食事を取るのをやめなかった。

酸味の強いピクルスを。塊《かたまり》のままのチーズを。香り高いスモークサーモンを。様々な具材を押し固めたペミカンを。

胃が膨《ふく》らむようなシステムはないのに、体の中で何かが膨《ふく》れていくような錯覚《さっかく》。吐《は》き気《け》がするのに、吐《は》くようなものは何も体の中に詰《つ》まっていない。自分自身が吐瀉物《としゃぶつ》に変わっていくような気分になりながら、ありったけの食料を口に放り込んでいく。

結局、僕にそんな価値はなかった。

僕がいなくても攻略《こうりゃく》は順調に進むのだ。僕が諦《あきら》めたところで、みんなは前に進んでいくのだ。僕にはもう何もないのに、みんなは何かを勝ち取ろうと戦い続け——そしてきっといつかは勝利を手にするのだ。

ぐちゃぐちゃになるところを見たくて、だからきっと僕は今日まで生きていた。みんなが困って、攻略《こうりゃく》に行《い》き詰《づ》まって、そして死ねばいいとそう思っていた。

ガンガンと響《ひび》く頭痛。

不規則に痙攣《けいれん》する胃。

最後に漏《も》らしたのは、どうしようもない溜《た》め息《いき》だけだった。

「あーあ」

そうして僕は気を失った。

眠《ねむ》りを妨《さまた》げたのは、またしても通知だった。

僕はゆっくりと身を起こす。あれだけ食事を取ったのに、どれだけ時間が経《た》ったのか、既《すで》に微《かす》かな飢《う》えの気配がある。

しかしもう、ここに食事は一つとしてない。

「…………」

ウインドウを操作し、落ちた時から外しっぱなしになっていた装備を取り出す。片手剣《けん》を実体化し、その切っ先を自分の首筋に当ててから、ようやく通知に意識が向いた。

相手の名前はサナギになっていた。

「…………」

ほとんど無意識に応じる。多分、誰《だれ》から連絡《れんらく》がきたところでメッセージは開いていただろう。

何をいいたいのかは、自分でもわからなかったけれど。

甲高《かんだか》い高笑いと大量の嫌《いや》み。そうしたものを想像する。

しかし僕の目に飛び込んできたのは、短い文章だった。

『どうsてもどってこないんですか？』

打ち損じを直さず、変換《へんかん》もされていないようなメッセージ。そんな文章がサナギからきたのは初めてだ。

思わず瞬《まばた》きをする。

その乱れたメッセージに、真っ先に浮《う》かんだ感想は『泣いている？』だった。そしてそんな言葉は、サナギというプレイヤーに対しておよそふさわしくない印象だった。

剣《けん》を握《にぎ》ったまま、どうにか片手で文字を打つ。

「えぇっと……何？」

『小豆山《あずきやま》さん、どうして戻《もど》ってこないんですか？』

「なんでもなにも、戻《もど》る手段がないし――」

返事を打っている途中《とちゅう》で、それに気づいて驚《おどろ》く。

もう二年近くも使われていなかった名前で呼ばれていた。『小豆山《あずきやま》』。それは現実の僕を指すもので、SAOの中では一度も出していなかった名前だ。

『なんで戻《もど》ってこないんですか。小豆山《あずきやま》さんがいないから、今日のボス戦で私、死にそうになって、でも大丈夫《だいじょうぶ》です。大丈夫《だいじょうぶ》なんです。私はまだ戦えます』

「僕の名前を、どこで……」

『そうですよね。そりゃ知りませんよね。将棋《しょうぎ》が好きでたまにイベントとかに参加するだけの女子大生とか、取るに足らない存在ですもんね！　覚えていたりなんてしませんよね！　プロの棋士《きし》の人とは違《ちが》いますもんね！』

やっぱり、多分、泣いている。

見ているのはメッセージの文面なのに、僕はどうしてかそう直感する。

『もう、なんでこんなことに！　就活が全然うまくいかなくって、全部嫌《いや》になっちゃって、死にそうな気持ちで、それでちょっと気分転換《てんかん》にゲームがしたかっただけで、命がけでゲームをしろだなんて、どうして、どうして』

支離滅裂な文章が立て続けに届く。

「とにかく落ち着きなよ。大丈夫《だいじょうぶ》だから」

『大丈夫《だいじょうぶ》ですよ!!　私は、大丈夫《だいじょうぶ》です！　そうですよ、そうですよ！　だって私はプロの棋士《きし》の人よりすごいんですから！　小豆山《あずきやま》さんよりすごいんですから！　だから大丈夫《だいじょうぶ》で、なのに小豆山《あずきやま》さんはいないじゃないですか！　小豆山《あずきやま》さんが戻《もど》ってこないと、それよりもすごいって証明しないと、私、でも！』

不意に、僕は今まで想像もしていなかったことを想像した。

僅《わず》かな情報の断片《だんぺん》をつなぎ合わせるようにして、サナギという女性プレイヤーがゲームに参加した瞬間《しゅんかん》のことを。

就活がうまくいっていなくて、将棋《しょうぎ》が好きなだけの普通《ふつう》の大学生が、命がけの戦いに巻き込まれる。戦わなければ解放されないが、戦えば死ぬかもしれない。

だから彼女は縋《すが》ったのだろう。

『自分はすごいから大丈夫《だいじょうぶ》だ』という幻想《げんそう》に。

幸いにして彼女のそばには、彼女が知っている棋士《きし》がいた。現実で棋士《きし》として戦っていた『小豆山《あずきやま》』はすごい。そして自分はその『小豆山《あずきやま》』よりも賢《かしこ》くて、強い。だから自分は死なない。歪《ゆが》んだマウントと三段論法。だがそれはきっと彼女には必要なものだった。

だから彼女は僕たち……僕を敵視し、僕の上を常に行こうとしていた。

「…………」

それは僕たちにかけられた迷惑行為《めいわくこうい》を正当化するものではないが、しかしその行為《こうい》の責任を彼女だけに被《かぶ》せるのも間違《まちが》っている。

現実の彼女のことなんてこれっぽっちも知らないけれど、少なくともSAO内部でのその行いは、SAOという異常な環境《かんきょう》に押し込まれたことにも原因がある。もしかしたら現実の彼女はこんなにも歪《ゆが》んだ性格をしていなかったのかもしれないし、彼女自身も自分がこんなに歪《ゆが》んでいることすら知らなかったのかもしれない。

そしてそれはきっと、普通《ふつう》に暮らしているうちは知る必要もなかったことだ。

「…………」

僕は右手で握《にぎ》っていた剣《けん》を見下ろした。

急にそれを自分の首に向けていることが馬鹿らしく思えてきた。ウインドウを開き、装備を解除してアイテムストレージに放り込む。

しばらく黙《だま》っていたからだろう。窺《うかが》うようなメッセージが飛んでくる。

『小豆山《あずきやま》さん？』

僕は今の気分を、ほとんど無意識に文字にした。

「なんか、腹が立ってきたな」

それはきっと僕が生まれてからずっと感じていた苛立《いらだ》ちと似たものだ。

なんでゲームの攻略《こうりゃく》に参加できない程度で、自分が全くの無価値になったような気分にさせられないといけないのだろう？　別に僕は自由に動ける体が欲《ほ》しかっただけで、プロのゲーマーになりたかったわけでもない。

ぐつぐつとはらわたが煮《に》えくり返《かえ》っていくのに、頭はどんどん冴《さ》えわたっていく。

「腹が立ってきた……というか、ずっと腹が立っていたんだ。あぁ、そうだったんだ」

『えぇっと』

勝手にレッテルを貼《は》り付《つ》けて、否応《いやおう》なく一つの価値観のもとで動かされる。それが嫌《いや》で棋士《きし》になった。なのにどうして今更《いまさら》また同じことで悩《なや》まされていたんだろう。

どうする？　今からまたこの地底からの脱出口《だつしゆつぐち》を探して、攻略《こうりやく》に参加するか？

いいや、違《ちが》う。

それは結局、茅場晶彦《かやばあきひこ》を喜ばせるだけだ。デスゲームに参加させられて、そのデスゲームの中で頑張《がんば》って何になる？『私が用意したゲームを頑張《がんば》ってくれてありがとう』なんてほくそ笑《え》まれるのがオチだろう。

だから……ねじ伏《ふ》せないと。

SAOという世界の中に僕たちを入れて、それで僕たちの人生に大きく陣取《じんど》った気でいる奴《やつ》を、僕たちの方からねじ伏《ふ》せてやらないと。

「サナギ。提案があるんだけどさ」

『は、はい……？』

「君が頑張《がんば》る理由をあげるよ。就活、うまくいってなかったんでしょ？　それなら、現実に戻《もど》れたら、僕が雇《やと》ってあげる。棋士《きし》としての細々した事務仕事に嫌気《いやけ》が差してたからさ。秘書か何かを雇《やと》おうと思ってたんだよ」

『え、えぇっと……？』

「君は就活のために頑張《がんば》るんだよ。聞くところによると、死ぬほど大変なんでしょ、就活って。現実に戻《もど》れば就職できる。そう思えば、頑張《がんば》る理由にならない？」

そして君は、デスゲームなんて無視するんだよ。

心の中でだけそう続ける。君がこれから戦うのは巻き込まれたデスゲームのためでもなく、あるいは茅場晶彦《かやばあきひこ》が用意しているかもしれない何かの別の思惑《おもわく》のためでもなく、単に就職がしたいというそれだけの卑近《ひきん》な理由で頑張《がんば》ることになるんだ。

突然《とつぜん》の提案に驚《おどろ》いたのか、返ってきた言葉は嫌《いや》に冷静だった。

『でも、小豆山《あずきやま》さん。もう降級してますよね？』

詳《くわ》しいな、と小さく笑ってから、僕は決然と首を振《ふ》る。

「ならもう一度上がるだけだよ。僕は戦って、強くなって、いつかは名人にだってなってみせる。その時のために今から秘書になっておくと、将来の君がきっと喜ぶよ」

『それにSAOがクリアされるまでどれだけあると思ってるんですか？　それまで食料が保つわけないじゃないですか』

「僕たちは本当に飢《う》えるんじゃないよ。飢《う》えるという感覚に苛《さいな》まれるだけだ。なら、やりようはあるはず」

突然《とつぜん》こんなことを言い始めた僕のことを、どう思っているのだろうか。サナギは長く沈黙《ちんもく》し、最後にはこうメッセージを寄越《よこ》した。

『言質《げんち》、取りましたからね』

チャットが途切《とぎ》れる。

どこまで本気で信じてくれたかはわからないが、まぁいい。これから彼女が辛《つら》くて、戦えなくなりそうになった時に、就職の約束が少しでも支えになればそれでいい。

後は、僕が僕の戦いをするだけだ。

「――――さぁて」

状況《じょうきょう》を整理しよう。

脱出《だっしゅつ》不可能な地底に僕は閉じ込められている。メッセージのやり取りこそできるが、もうゲームの中で戦うことはできない。食料は全てなくなっているし、やがて絶え間ない飢《う》えと渇《かわ》きが僕の脳を押しつぶそうとしてくることだろう。

全ての要素が、お前はもう無価値なのだと告げてくる。お前が生きていることに意味はなく、生きていても死んでいても同じだといっている。

だからこそ、爆発的《ばくはつてき》な怒《いか》りが体に満ちていた。

そんなものは打《う》ち倒《たお》せと全身が鬨《とき》の声《こえ》を上げている。

裾《すそ》を払《はら》って地面に正座をし、アイテムストレージを開く。適当なサイズの小物を選びながら、僕は言葉を放つ。

「見てろよ、茅場晶彦《かやばあきひこ》」

お前は僕をSAOの中に閉じ込めて、いい気になっている。デスゲームという一つの物語の、一プレイヤーに過ぎない存在にしたと信じている。お前は僕と、一万人に及《およ》ぶプレイヤーを巻き込んだんだと思っている。

だが、逆だ。

お前が僕に巻き込まれたんだ。

これはデスゲームの話の中のほんの一編ではない。

デスゲーム脱落編は僕が将来名人になるまでの長い将棋《しょうぎ》の物語のほんの一編に過ぎない。

いつかSAOはクリアされて、僕は現実に出る。そうしたら再び将棋《しょうぎ》を始め、そしてやがては名人になる。

茅場晶彦《かやばあきひこ》。お前は僕が将来出す自伝の、たった一章を彩《いろど》る脇役《わきやく》になるんだ。お前が僕を閉じ込めたんじゃなく、僕がお前を将棋《しょうぎ》の道における障害の一つにしたんだ。

お前の思惑《おもわく》を、僕が打《う》ち砕《くだ》いてやる。

適当に選んで実体化させたコインを、地面に並べていく。それを将棋盤《しょうぎばん》に見立てて、僕は深呼吸をした。

「見てろよ、どいつもこいつも」

立ちはだかるものを挙げていけば切りがない。

これから襲《おそ》いくるだろう飢《う》えと渇《かわ》き。

だが将棋《しょうぎ》に没頭《ぼっとう》して寝食《しんしょく》を忘れたことなんて珍《めずら》しくもない。それが一晩か、二週間か、数年かの違《ちが》いというだけ。これから将棋《しょうぎ》の研究を始めれば、SAOのクリアまでの時間なんてあっという間だ。

現実のさらに痩《や》せ衰《おとろ》えただろう体。

だがそれはもう一度は打《う》ち倒《たお》した敵だ。もう一度、級を上げるに当たってかなり面倒《めんどう》には違《ちが》いないが、勝てない相手ではない。

そして現実の棋士《きし》たち。

彼らは現実で、今この瞬間《しゅんかん》も研究を重ねている。どんどん強くなっている。だから僕のことなんて置き去りにできると思っているのかもしれない。

だが僕の体は今、自由に動く。今までがハンデ戦だったのだ。まともに動かない体と、絶え間ない痛痒《つうよう》につきまとわれての、僕だけが不利なハンデ戦。

今、僕は自由に動くアバターを手に入れた。困らされてきた病も、ゲームの中では感じられない。だから恐《おそ》れるのは彼らの方だ。本来の力を手に入れた、僕を。

姿勢を正す。

敵を見据《みす》える。

それは果てしなく広がる暗闇《くらやみ》であり、このゲームのシステムであり、飢《う》えと渇《かわ》きであり、茅《かや》場《ば》晶彦《あきひこ》であり、現実の棋士《きし》たちであり、将棋《しょうぎ》というゲームそのものであった。

それらに向けて宣戦布告をする。

いうべき言葉は決まっている。

僕は深く一礼をした。

「――お願いします」

第五章
渡瀬草一郎×ぎん太

名探偵コヨミ／まだらのねこ

Soitiro Watase×Ginta

ソードアート・オンライン オルタナティブ
クローバーズ
リグレット
渡瀬草一郎
イラスト ぎん太
原案・監修 川原 礫
SWORD ART ONLINE
電撃文庫

Story

和風VRMMO《アスカ・エンパイア》。ユウキ達のギルド《スリーピング・ナイツ》結成のきっかけとなったゲーム。そのゲーム内で自称《探偵》クレーヴェルは戦巫女ナユタ、忍者コヨミ、兵法者マヒロと協力し、様々な謎に挑む！

Characters

クレーヴェル／暮居《くれい》 海世《かいせい》

自称《探偵》。細面の美形で、現実世界の外見もアバターと瓜二つ。ステータスボーナスを《運》に《全振り》しておりバトルでは最弱。

ナユタ／櫛稲田《くしいなだ》 優里菜《ゆりな》

俊敏性を重視した徒手空拳の戦巫女。現実世界では17歳の女子高生。暮居海世の食生活を見かね、日々差し入れをしている。

コヨミ／暦原《こよみはら》 栞《しおり》

周囲を飽きさせないムードメーカー。かわいい生き物が大好きで、ナユタによく懐いている。中身は会社勤めの真っ当な社会人。

マヒロ／霧原《きりはら》 真尋《まひろ》

ゲーム内ではテクニカルな立ち回りが要求される兵法者。現実世界では子役タレントとして芸能事務所に所属している。

《アスカ・エンパイア》というVRMMOがある。

ソードアート・オンラインよりも少し後にサービスを開始した、和風のファンタジー世界を舞台《ぶたい》としたタイトルであり、サービス開始以降、それなりに手堅《てがた》くユーザー数を確保している。

侍《さむらい》や陰陽師《おんみようじ》が徒党《パーティー》を組んで妖怪《ようかい》退治をするゲーム──というのが当初のコンセプトだったはずだが、ザ・シードの拡散、VRMMOの世界的な拡大、数多《あまた》あるタイトルとの差別化を進める過程で、その運営方針には少なからず変化が生まれた。

「……ザ・シードって、つまり誰《だれ》でもVRゲームを作れるようになる便利ツールってことだよね？　私でもゲームが作れる感じ？」

女子高生の膝枕《ひざまくら》を堪能《たんのう》する合法ロリのOL、コヨミが発したそんな問いに、膝《ひざ》を提供中の戦《いくさ》巫女《みこ》ナユタは、しばし回答に迷った。

現在のコヨミはカピバラのきぐるみに身を包んでいるが、ゲーム内でのその職業は忍《しのび》である。きぐるみは彼女にとってお気に入りのレア装備であり、VR空間ではあるが、リラックスできる部屋着に近い。

一方のナユタは紅袴《べにばかま》に変形の白衣、耐電《たいでん》素材のインナーというものの姿だが、これはこれでそもそも動きやすさを重視した装備であり、それなりにはリラックスできている。

「ねーねー、なゆさん。なゆさんはザ・シード、使ったことあるんでしょ？　どんな感じ？　私でも使えそう？」

「……そうですね……使おうと思えば……使え……るんじゃないでしょうか……？」

応じながらも、そんな疑問符《ぎもんふ》を消せない。

彼女達がくつろぐ『探偵事務所《たんていじむしょ》』の家主が、事務仕事の傍《かたわ》ら、机から冷徹《れいてつ》なツッコミを寄越《よこ》した。

「すべてのツールは使う人間の技術次第《しだい》だ。そして人間の技術は、当人の根気と努力と才能と知能によって磨《みが》かれるもので……要するに、飽《あ》きっぽい性分《しょうぶん》では何もできないという話になる。生真面目《きまじめ》で勤勉なナユタならともかく、君があのツールを使いこなせるようになるとはどうしても思えない」

「あ？」

コヨミの口から少々ガラの悪い声が出たが、別に怒《おこ》ってはいない。いつものじゃれ合いである。

「そいつは聞き捨てならないなー、探偵《たんてい》さん。コヨミちゃんの根気強さを知らないの？　私が飼ってたブラインシュリンプの三ヶ月にわたる飼育日記読む？　テキストファイルで３００KB超《こ》えてるよ？」

「………………微妙《びみょう》に現実味のある数字から深めの闇《やみ》を感じるな……あまり他所《よそ》では吹聴《ふいちょう》しないように」

ワイシャツの首元にポーラータイを締《し》め、上品なブラウンカラーのベストを着込んだ『探偵《たんてい》』

は、わずかに肩《かた》を震《ふる》わせながら机上《きじょう》のノートパソコンを閉じた。

このノートパソコンももちろん本物ではない。VR空間から使うための作業用端末《たんまつ》を、利便性の観点からこの形状にしている。

雰囲気《ふんいき》を重視するならタイプライター型だろうが、これは画面がないため作業効率が悪い。ハードウェアの形状を用いない、中空に画面とキーボードがただ出てくるタイプのインターフェイスだと、このオフィスのレトロな雰囲気《ふんいき》に対してサイバーすぎる。

実利と雰囲気《ふんいき》作りのどちらを優先するかで迷った挙げ句、どっちつかずの中途《ちゅうと》半端《はんぱ》な選択《せんたく》をするあたりに、この狐目《きつねめ》の探偵《たんてい》『クレーヴェル』のバランス感覚と顔に似合わぬ適当さがにじみ出ていた。

——そう。

このクレーヴェルという青年は、いかにも神経質そうな優男《やさおとこ》ぶった顔をしておいて、意外とおおらかで適当なところがある。

ここ最近、現実世界において彼の部屋へと通《かよ》い詰《つ》めているナユタは、そのことをよく理解していた。

だいたい一社会人にとってはどう考えてもリスク要因にしかならない「女子高生の来訪」などを安易に許容している時点で、彼の危機管理能力は二流以下である。

現在進行系でそこに付け込んでいるナユタが言えた義理ではないが、彼には危機意識がまるで足りていない。よく今まで無事でいられたものだとしみじみ思う。

　年下の女子高生からそんな心配をされていることなど露《つゆ》ほども知らない顔で、クレーヴェルはコヨミをちらりと一瞥《いちべつ》した。

「ザ・シードというツールは、既存《きそん》のゲーム製作ツールと比べれば格段に使いやすい上、その性能はまさに桁違《けたちが》い……もはやパンドラボックス、専門家ですら全容を把握《はあく》できないレベルだ。だが、我々の大半は技術的な仕組みを知らずとも、車を運転できるし電子レンジも使える。VRMMOのフルダイブシステムも同様だ。結局、中身を知らなくても技術は使えるんだよ。その意味では、君でもザ・シードを使うことは可能だ。さて――コヨミ、君には何か、作りたいゲームがあるのかな？」

「ん――……ない！」

「よし。話は終わりだ」

　結論は身も蓋《ふた》もなかった。

　探偵《たんてい》が席を立つ。本日の業務はそろそろ終了《しゅうりょう》らしい。

　彼はこの《アスカ・エンパイア》内で、『三ツ葉探偵社《みつばたんていしゃ》』という会社を経営している。

　その実態はゲーム内の観光案内、及《およ》びゲームとのコラボ、提携《ていけい》を模索《もさく》する各種企業《きぎょう》向けのコンサルタントというもので、看板に偽《いつわ》りはあれどそこそこ忙《いそが》しい。時にはゲームのエラーに関する調査業務までも舞い込《まこ》む。

また、彼は現実社会でも『クローバーズ・ネットワークセキュリティ・コーポレーション』という会社の代表をしており、こちらでは主に企業《きぎょう》相手のバーチャルオフィス提案と構築、さらには保守管理の代行などを行っている。

複数名の社員を雇《やと》う程度には繁盛《はんじょう》しているため、社長たるクレーヴェルは安心してゲーム内で遊んでいる——わけではなく、彼はこの探偵《たんてい》事務所を自分好みのバーチャルオフィスに改造し、いつもここで仕事をしているというワーカホリックだった。

そしてナユタとコヨミは、暇《ひま》があればこの仕事場に入《い》り浸《びた》っている。

ログアウトしようとした探偵《たんてい》を、コヨミが呼び止めた。

「あ。待って待って！　今日金曜じゃん！　明日はお休みでしょ？」

「残念ながら、管理職は休日も働いていいことになっている。むしろ休日に働かせるために、安い給料で名ばかり管理職に据《す》えるという地獄《じごく》が蔓延《まんえん》した時代もあった。今でも稀《まれ》に聞く話ではあるが、その意味で言うと我が社はなかなかブラックだと思う」

「社長の怠慢《たいまん》じゃん」

「耳が痛い」

社長とはすなわちクレーヴェル本人のことであり、その本人に是正《ぜせい》の意志がない。ならば周囲が圧力をかけるしかなく、ナユタはにっこりと微笑《びしょう》を湛《たた》え、クレーヴェルの逃《に》げ道《みち》を塞《ふさ》いだ。

「この後、マヒロちゃんとも合流して、新規配信のクエストに挑戦《ちょうせん》する予定なんです。レアアイテムが欲《ほ》しいので、探偵《たんてい》さんも一緒《いっしょ》に来てください」

「…………はい」

先日の『告白』以降、力関係が定まった。日々の餌付《えづ》けも効いている。

ナユタも無理を言う気はないし、休める時には休ませたいのだが――最近の交流を経て、彼はそもそも「息抜《いきぬ》きが下手」だという重要な事実に気づいてしまった。

新規のクエストはその息抜《いきぬ》きとして格好の場であり、クレーヴェルもなんだかんだと言いつつ、その時間は仕事を忘れて楽しめている。

幸いにもアスカ・エンパイアでは現在、ユーザーが作成したシナリオを配信していく大規模イベント『百八の怪異《かいい》』が進行中であり、新規のクエストには事欠かない。それぞれの出来不出来はあるが、製作者の熱意がダイレクトに反映されているゆえか、意外な掘《ほ》り出《だ》し物《もの》もある。

「で、どのクエストに挑戦《ちょうせん》するのかな？」

クレーヴェルの問いに、コヨミがカピバラスーツの尻尾《しっぽ》を振《ふ》りながら応じる。

「えっとねー。『英国探偵奇談《たんていきだん》・まだらのねこ』っていうヤツ。だいたい二時間くらいで終わる短めのクエストで、戦闘《せんとう》要素はあんまりない推理モノだってさ」

探偵《たんてい》の目が一瞬《いっしゅん》、光を宿した。

「それはもしかして、シャーロック・ホームズのパロディか？」

推理物で『まだらの～』とくれば、真っ先に思《おも》い浮《う》かぶのは『まだらの紐《ひも》』である。

クレーヴェルが愛用しているインバネスコートと鹿撃《しかう》ち帽《ぼう》は紛《まぎ》れもなくあの名探偵《めいたんてい》のコスプレであり、彼が興味を持つのは必然と言えた。

「時代考証はだいぶカオスになっていて、日本の妖怪《ようかい》なんかも普通《ふつう》に登場するようですが……舞台《ぶたい》設定は一応、ロンドン近郊《きんこう》にある貴族のお屋敷《やしき》らしいです」

「あー。ロンドンって言っても、漢字で『龍《りゅう》を呑《の》む』って書いて龍呑市《ロンドンし》なんで、割とアスカ感はある……建物や装飾《そうしょく》なんかは洋風ゴシックだけど、執事《しつじ》さんとか普通《ふつう》に狼男《おおかみおとこ》だし、展開次第《しだい》で骸骨《がいこつ》武者とか妖刀村正《ようとうむらまさ》とか出てくるし——」

「ん？　君はもう挑戦済《ちょうせんず》みなのか？」

「うん。二時間くらいでクリアできるって話だったけど、初回は五分で終わった。部屋のドア開けたらナイフが飛んできてぶっ刺《さ》さってゲームオーバー」

短めの沈黙《ちんもく》が訪《おとず》れた。

「……………………クソゲーでは？」

「ココヨミちゃんもそう思ったけど、攻略《こうりゃく》サイト覗《のぞ》いたら『様式美』なんだってさ。ミシシッピ川がどうとか、最初からやり直せるからなんとかなるとか……そういう突然死《とつぜんし》が多いクエストだから、デスペナルティもなし。普通《ふつう》に何回もリトライできるやつ」

「ミシシッピ川ってアメリカですよね？　ホームズとは関係ないような……？」

「……急に嫌《いや》な予感がしてきた。やはり私はちょっと……」

探偵《たんてい》が怖《お》じ気《け》づいたところで、事務所の扉《とびら》がノックの後に開いた。

「こんにちは！　遅《おそ》くなってすみません。もう皆《みな》さんお揃《そろ》いなんですね」

キラキラの笑顔《えがお》を振《ふ》りまく具足姿の少女は、兵法者のマヒロ――

現役《げんえき》小学生にして子役タレントとしても働く彼女は、貴重な余暇《よか》でこのゲームを純粋《じゅんすい》に楽しんでいる。

その笑顔《えがお》を裏切れるような神経を、ナユタの知るクレーヴェルはもちろん持ち合わせていなかった。

§

高い塀《へい》に囲まれたその瀟洒《しょうしゃ》な洋館は、周辺住民から『ポットランドの猫屋敷《ねこやしき》』と呼ばれていた。

正式名称《めいしょう》はポットランド伯爵邸《はくしゃくてい》。

攻略《こうりゃく》サイトの考察によれば、化《ば》け猫騒動《ねこそうどう》で有名な鍋島家《なべしまけ》――つまり「鍋島《ポットアイランド》」からネーミングの着想を得たのではないかとも言われているが、その真偽《しんぎ》はよくわからない。

クエスト入りした直後、ナユタはコヨミと二人で馬車に乗せられていた。

「あれ？　探偵《たんてい》さん達がいませんね。別の馬車ですか？」

「配役によってスタート位置が変わるの。合流する前にゲームオーバーになっちゃうこともあるらしいけど、その場合は『死体役』だねぇ」

「……クエスト内容って『猫探《ねこさが》し』ですよね？」

「それは建て前。短いクエストだけど、開始後の分岐《ぶんき》がエグいってゆーか……そもそも開始前に犯人とストーリーがランダム抽選《ちゆうせん》されるんだけど、その数が膨大《ぼうだい》で、パターンを読ませてくれない系のクエスト。パーティーメンバーが犯人役にされることもあるみたい」

さっきのナイフが飛んできた話でも気になったが、実はそこそこバイオレンスなシナリオなのかもしれない。

車窓の向こうは霧《きり》の都——

石畳《いしだたみ》を走る馬車の、ガタゴトとした揺《ゆ》れも再現されている。

レンガ造りの古びた町並みはまさに十九世紀ロンドンを思わせるが、ナユタも本物を知らないので正しいかどうかはわからない。夜空を見上げると円盤型《えんばんがた》の未確認《みかくにん》飛行物体が飛んでいたりもするが、あれくらいは許容範囲《はんい》と思われる。

車内に視線を転じれば、二人の衣装《いしよう》はクエストの開始前とは大きく変わっていた。

ナユタはカッターシャツにネクタイ、茶色系の上着に同色のチノパンと、完全に男装へと転じている。

髪型《かみがた》はそのままだし、体のラインはキャラクターの造形に準拠《じゆんきよ》しているため、男と見間違《みまちが》えられることはなさそうだが、少々珍《めずら》しい格好ではあった。

そしてコヨミのほうは、なにやら見覚えのあるインバネスコートに鹿撃《しかう》ち帽《ぼう》とステッキ――口元には、縁日《えんにち》で見かける猫《ねこ》のハッカパイプをくわえている。「どうしてそこだけわざわざソレにした」と突《つ》っ込《こ》むのは、おそらく製作者の術中である。

世界一有名な名探偵《めいたんてい》のコスプレをしたコヨミは、「助手」のナユタにニヤリと笑いかけた。

「今回は私が『探偵《たんてい》さん』かー。このクエストはね、スタート時にプレイヤーの配役も抽選《ちゆうせん》されるの。探偵《たんてい》、探偵《たんてい》助手、道化師《どうけし》、執事《しつじ》、警部、使用人、手品師、詐欺師《さぎし》、殺人鬼《さつじんき》とか、いろいろあって――配役に応じて、能力やクリア条件なんかも変わるんだけど、要するにTRPG《テーブルトーク》みたいな感じ。なゆさんは『探偵《たんてい》助手』だね。よろしく、ワトソン君！」

「なるほど。私達はコンビで事件解決を目指せばいいんですね。配役ごとの能力って、どんな感じなんですか？」

「探偵《たんてい》はねー。シナリオの分岐《ぶんき》に介入《かいにゆう》しやすいの。他の人達よりもとれる選択肢《せんたくし》が増える感じ。探偵《たんてい》助手は護身術と情報収集だったかなー。NPCがスムーズに情報開示してくれるって聞いた。あと、警部は警察権を駆使《くし》して相手を威圧《いあつ》したり、殺人鬼《さつじんき》特効で指名手配犯の情報を持ってたり……一番強いのが殺人鬼《さつじんき》だね。二人きりになったら誰《だれ》でも殺せる。必ずシナリオに入るわけじゃないけど、NPCがコレやってると阿鼻《あび》叫喚《きようかん》の展開になりやすい。人狼《じんろう》ゲームの人狼《じんろう》役って言ったらわかりやすい？」

「……わかりやすいですけど、パーティーメンバーがそれやってたら自滅《じめつ》する流れじゃないですか……」

「だからクリア条件が一人ずつ違《ちが》うんだってば。殺人鬼《さつじんき》は自分以外のプレイヤーキャラを全滅《ぜんめつ》させたら勝ち。探偵《たんてい》と助手は事件の謎解《なぞと》きや『迷子の猫《ねこ》』の発見で、警部は犯人や殺人鬼《さつじんき》の逮《たい》捕《ほ》で、みたいな感じで……で、一人でも成功すればその人は報酬《ほうしゅう》を約束されるから、殺人鬼役《さつじんきやく》が自白して、謎解《なぞと》きを無視してパーティーメンバーを同意の上で順番に殺していくＲＴＡ《リアルタイムアタック》速攻《そっこう》クリアルートもあるの。別名みんなサイコパスルート」

「やっぱりクソゲーじゃないですか」

ナユタはあまり使わないセンシティブな単語ではあるが、これは指摘《してき》せざるを得ない。

コヨミがちっちっと指を振《ふ》った。

「ところがねー。ちゃんとクリアしないと、レア報酬《ほうしゅう》の抽選《ちゅうせん》確率がひっどいことになるから……配信とかネタ以外ではやる価値ないの。クリア時の『パーティーの報酬《ほうしゅう》スコア』が特に大事で、ゲーム中の各行動がこの評価ポイントの増減に直結してってね？　殺人鬼《さつじんき》が『自白』した時点で、報酬点《ほうしゅうてん》が激減するわけ。さらに『自白』した殺人鬼《さつじんき》を警部の『逮捕《たいほ》』で終わらせた場合、報酬《ほうしゅう》点が0になるから、もう完全に時間の無駄《むだ》。さっきの『自白からの同意皆殺《みなごろ》しルート』も、ほぼ最低報酬《ほうしゅう》だからあんまり意味なくて……要するに評価の基準が、『全員がどれだけうまくなりきりロールプレイができたか』っていう……あ。お屋敷《やしき》に着いた」

馬車が停止した。それと同時に、どこからともなく重厚《じゅうこう》な鐘《かね》の音が響《ひび》き渡《わた》る。

《百八の怪異《かいい》》では、「ここから先は敵が出てくる」というクエスト開始の合図を鐘《かね》の音で表現している。場所柄《ばしょがら》、今回はビッグベンあたりが音の出どころかもしれない。

「ここから先は台本のない即興劇《そっきょうげき》！　私が探偵《たんてい》で、なゆさんがその助手。ゆーこぴー？」

「Ｉ《アイ》 ｃｏｐｙ《コピー》．期待してますよ、コヨミ探偵《たんてい》」

「まっかせて！　全員まとめてぶっ殺しちゃる！」

「それは殺人鬼《さつじんき》の台詞《せりふ》なんですよね……」

無闇《むやみ》に戦意の高いコヨミに一抹《いちまつ》の不安を覚えつつ、ナユタは馬車から降りる。

深い霧《きり》に覆《おお》われた夕闇《ゆうやみ》のポットランド伯爵邸《はくしゃくてい》は、コの字型の宮殿《きゅうでん》のような大邸宅《だいていたく》だった。

東西それぞれの屋敷《やしき》の角には、二つの高い尖塔《せんとう》が突《つ》き出《で》ている。

夜霧《よぎり》に浮《う》かぶその影《かげ》は幽玄《ゆうげん》にして荘厳《そうごん》――気のせいか、月明かりが作る屋敷《やしき》の影《かげ》が猫《ねこ》の頭のシルエットになっているようにも見えるが、ナユタは全力で気づかないふりをする。おそらくこのクエストは、いちいち突《つ》っ込《こ》んでいくと面倒《めんどう》くさいことになる。

屋敷《やしき》に踏《ふ》み込《こ》むと、執事《しつじ》と思《おぼ》しき礼服の狼男《おおかみおとこ》が出迎《でむか》えてくれた。

「ようこそおいでくださいました、コヨミ様、ナユタ様。伯爵様《はくしゃくさま》がお待ちです」

「ん。案内よろー」

コヨミが慣れた調子で執事《しつじ》の後ろへついていく。

ナユタも続きながら、この『猫屋敷《ねこやしき》』の異常な状態に呆《あき》れていた。

執事《しつじ》は狼男《おおかみおとこ》である。

出迎《でむか》えてくれたメイド達は全員が首無しである。

そして屋敷《やしき》のエントランスには、そこら中に大量の猫《ねこ》がいる。思い思いに寝《ね》そべり、歩き、走り、爪《つめ》をとぎ、じゃれ合い、水を飲み、踊《おど》っている。相当数の猫又《ねこまた》も交ざっている。

見える範囲《はんい》だけでも数十匹《びき》――

仮に屋敷《やしき》のすべてがこの有様《ありさま》だとすれば、累計《るいけい》では千匹《びき》以上の猫《ねこ》がいてもおかしくない。もしも現実であれば多頭飼育で崩壊《ほうかい》しているが、ゲームの中でさえ狂気《きょうき》を感じる。

「……コヨミさん。このクエスト、運営側が作ったやつじゃないんですか……？」

「うんにゃ、ちゃんと投稿作《とうこうさく》……そもそも運営がアレだから、集まってくる投稿者《とうこうしゃ》もこんな感じになりやすいんじゃない？」

類は友を呼ぶというアレかもしれない。

狼男《おおかみおとこ》の執事《しつじ》に案内されて、二人は応接室へ通される。

そこにはすでに先客がいた。

「あ、ナユタさん、コヨミさん！」

「思ったよりも早く合流できたな」

男装してやや大きめのトレンチコートを羽織った小学生女子のマヒロと、背広姿で片眼鏡《モノクル》を

つけたクレーヴェル──

マヒロのほうは大量の猫達《ねこたち》に群がられており、微笑《ほほえ》ましい。猫《ねこ》も美少女は好きらしい。

狼男《おおかみおとこ》の執事《しつじ》がうやうやしく一礼し、それぞれを手早く紹介《しょうかい》する。

「こちらは伯爵様《はくしゃくさま》がお招きしたゲスト、『教授』のクレーヴェル様と、『警部』のマヒロ様です。お二方、『探偵《たんてい》』のコヨミ様と、『助手』のナユタ様もご到着《とうちゃく》されました。いましばらく、こちらでお待ちを──」

その言葉の途中《とちゅう》で、洋館のどこかから若い娘《むすめ》の甲高《かんだか》い悲鳴が響《ひび》いた。

たちまちコヨミがきびすを返す。

「事件だ！　屋敷《やしき》の主人が出てくる前に事件が起きるパターン！」

「危ないですよ、コヨミさん！　いきなりナイフが飛んでくるようなシナリオなんですよね？」

即座《そくざ》に追いかけながらナユタが問うと、名探偵《めいたんてい》コヨミは不敵に笑った。

「いきなり事件が起きた場合、死体発見現場まで最速で走ると、数％の確率で犯人の後ろ姿を目撃《もくげき》できることがあるの！　そしたら速攻《そっこう》クリア確定！」

「……それもうルート分岐《ぶんき》じゃなくて、やっつけ仕事っていうんですよ……？」

隠《かく》し要素的なお遊び、あるいは仕組まれた裏技《うらわざ》なのだろうが、いくら周回前提のクエストとはいえ少々強引《ごういん》すぎる。

さすがに数％を引き当てるのは難しかったようで、誰《だれ》の姿を目撃《もくげき》することもなく、ナユタ達は犯行現場の書斎《しょさい》へ辿《たど》り着《つ》いた。

室内では、腰《こし》を抜《ぬ》かして座り込んだ首無しのメイドが、震《ふる》えながら死体を指さしていた。

「し、死体！　机に、首無しの、死体がっ……！」

「……いえ、貴方《あなた》も首無しなんですが」

「なゆさん、突《つ》っ込《こ》んじゃダメ。ロールプレイ忘れないで。評価点下がる」

理不尽《りふじん》である。

ともあれ、首無しメイドの言う通り、室内には首無しの死体があった。

オーク材の事務机に突《つ》っ伏《ぷ》した体は、太った男のもの――頭は見当たらない。そして机上《きじょう》に血の跡《あと》もない。傷跡《きずあと》はのっぺりと平面的に灰色で単色処理されている。

この部屋は書斎《しょさい》らしく、壁側《かべがわ》は書棚《しょだな》で塞《ふさ》がれ、鉄格子《てつごうし》のはまった窓の前に事務机が置かれている。あまり飾《かざ》り気《け》はなく、ソファやローテーブルなども見当たらない。

「もとから首無しの人が机で寝《ね》てるだけ――なんてことはないですよね？」

「そういうネタルートもないわけじゃないけど……あ、小学生のマヒロちゃんが一緒《いっしょ》だから、年齢《ねんれい》制限がかかって血が出てないんだ！　やー、犯行現場が汚《よご》れてなくていいねぇ」

「規制が推理に影響《えいきょう》するレベルじゃないですか……」

突《つ》っ込《こ》むなと言われても、つい会話に出てしまう。

遅《おく》れて到着《とうちゃく》したクレーヴェルとマヒロも、首無しの死体を覗《のぞ》き込《こ》んだ。

「手足は普通《ふつう》の人間だな。頭がないから確たることは言えないが……」

「服装は上品なジャケットとシャツ、スラックス――貴族ですかね？　頭はないですが、部屋が部屋ですし、この家の当主の伯爵様《はくしやくさま》で間違《まちが》いないんでしょうか？」

教授のクレーヴェルはいつもの探偵《たんてい》ロールが抜《ぬ》けていないが、マヒロはしっかりと警部になりきっている。子役として芸能界に身を置いているだけあって、このあたりの演技はそつがない。

さらに遅《おく》れて到着《とうちやく》した執事《しつじ》の狼男《おおかみおとこ》が、目に見えて狼狽《ろうばい》した。

「ああ！　伯爵様《はくしやくさま》!?　そんな……いったい誰《だれ》が、このようなむごい真似《まね》を！」

やはり当主だったらしい。会う前に事件の被害者《ひがいしや》となってしまった。

「これ、このまま殺人事件の捜査《そうさ》開始ってことでいいんですか？　本来はこちらのご当主から、依頼《いらい》の説明があるはずなんですよね？」

「本来は、っていうか、ほんとにいろんなルートがあるから。麻薬《まやく》密売が絡《から》んでたり、地下が賭博場《とばくじよう》になってたり、宇宙人に誘拐《ゆうかい》されたり、お屋敷《やしき》の中で虎《とら》が放し飼いにされてたり、メイドさん達が全員殺人鬼《さつじんき》だったり……隕石《いんせき》が降ってきて津波《つなみ》で全滅《ぜんめつ》するのもあった」

「……それ、クリア条件はどうなるんです？」

「制限時間内に飛行機で国外脱出《だつしゆつ》。安易にシェルターへ逃《に》げ込《こ》むと、ゾンビパニックが発生してめんどくさいことになる」

「館ものミステリーっていう前提条件はどこに行ったんですか」

困惑《こんわく》しつつも、ナユタは部屋の状況《じょうきょう》を再確認《さいかくにん》した。

脈絡《みゃくらく》のない数多《あまた》の展開が売りのようだが、推理モノである以上、何らかのヒントは現場に残されている──と、思いたい。

「……天井板《てんじょういた》に……血痕《けっこん》ではないですが、水滴《すいてき》みたいなものがついてますね？」

ナユタが指さした方向を、クレーヴェルが凝視《ぎょうし》する。

「いや、血痕《けっこん》で合っている。年齢《ねんれい》規制で色が変化したんだろう。飛び散ったのか、あるいは──犯人の逃走《とうそう》経路かもしれない。被害者《ひがいしゃ》の頭がここにないということは、犯人が持ち去ったはずだ。しかし廊下《ろうか》には血痕《けっこん》がないし、使用人達の目もある。窓は鉄格子《てつごうし》で塞《ふさ》がれている。床《ゆか》は一面に絨毯《じゅうたん》が敷《し》かれているし──もっとも怪《あや》しいのが、天井裏《てんじょううら》か」

天井《てんじょう》まではそこそこの高さがあるものの、書棚《しょだな》を梯子《はしご》代わりにすれば簡単に届く。

しかもこのゲームの場合、容疑者が「人間」とは限らない。

手長足長コンビなら普通《ふつう》に天井板《てんじょういた》を外してよじ登れるだろうし、天狗《てんぐ》や天女《てんにょ》ならばそもそも空を飛べる。化《ば》け狸《だぬき》や化《ば》け狐《ぎつね》の類でも、空を飛ぶ何かに化けてしまえばいい。

さっそくコヨミが子猿《こざる》のような動きで書棚《しょだな》の上によじ登り、天井板《てんじょういた》を一枚、押し上げた。

「あー、開くね、ここ。開く開く。天井板《てんじょういた》に細工してあ……え。わぷ」

天井裏《てんじょううら》に頭を突《つ》っ込《こ》んだコヨミが、何かに顔を塞《ふさ》がれて声を詰《つ》まらせた。しかし、あまり嫌《いや》そうな様子はない。

「コヨミさん？　大丈夫《だいじょうぶ》ですか？」

「……もっふ。うわ、もっふ……あ、あのね、なゆさん。天井裏《てんじょううら》、すごい……猫《ねこ》しかいない……」

顔にキジトラ柄《がら》の猫《ねこ》をへばりつかせたまま、コヨミが降りてくる。猫吸《ねこす》いをキメているような見た目だが、あえてどかしもせずに、彼女はそのまま喋《しゃべ》り続《つづ》ける。猫《ねこ》も逃《に》げない。

「けっこー広かったよ。私らでも中腰《ちゅうごし》なら進めるかな、ってくらい。だけど大量の猫《ねこ》がいるから……かき分けながらじゃないと進めない感じ」

クレーヴェルが露骨《ろこつ》に嫌《いや》そうな顔をした。

「いつぞや、カピバラに埋《う》もれた悪夢を思い出すな……なるべくなら行きたくない。血痕《けっこん》が見えれば、犯人の逃走《とうそう》経路が掴《つか》めそうなんだが——」

「あー、無理無理。猫《ねこ》さん達ががっつり踏《ふ》み荒《あ》らしてるし、そもそも規制で血の色がついてないから、テクスチャの染《し》みと見分けらんない」

コヨミがあっさりと諦《あきら》めた。彼女の観察力で「無理」と言われたら、それは本当に無理である。

ナユタは狼男《おおかみおとこ》の執事《しつじ》に問う。

「天井裏《てんじょううら》を移動すれば、同じ階ならどの部屋にでも行けるんですか？」

「はい。同じ階どころか、上階の床下《ゆかした》とつながっている部分もありますし、壁《かべ》の裏に猫用《ねこよう》の階段もございますので、人目につかず階下へ移動することも可能です。外へ出るための扉《とびら》もございます」

「防犯意識っていう概念《がいねん》が存在しないことはよくわかりました」

窓に鉄格子《てつごうし》をつける前に、やるべきことがあると思う。

「逃走《とうそう》経路の割り出しは諦《あきら》めましょう。時間の無駄《むだ》になりそうです」

「そだねー……たぶん時間浪費《ろうひ》の罠《わな》だわ、コレ。謎解《なぞと》きまでのタイムアタック要素もあるから、効率的に動かないとね」

顔面にキジトラ猫《ねこ》をしがみつかせたまま、コヨミは部屋を出る方向へ歩き出した。前はほとんど見えていないはずだが、その足取りに迷いはない。さも当然のように歩いている。

「あの、コヨミさん……その猫《ねこ》……」

「あ、ラッキーアイテムのお守りみたいなモノだから、このまま連れていくね。即死《そくし》系《けい》のナイフトラップとか、猫《ねこ》が一緒《いっしょ》にいると一発目は無条件でハズれるの」

「……はあ」

せめて腕《うで》にでも抱《かか》えてほしいが、ナユタはツッコミを放棄《ほうき》して後に続いた。

狼《おおかみ》男《おとこ》の執事《しつじ》も、クゥンと鼻を鳴らしてついてくる。

「現場の保存はメイド達に任せます。しかし、まさか伯爵様《はくしゃくさま》が殺されてしまうとは……一体、誰《だれ》がこんなことを……」

あまり悲壮感《ひそうかん》はなく、台本でも読んでいるような調子だった。

マヒロ警部が思案げに呟《つぶや》く。

「さっきの悲鳴は、首無しのメイドさんが死体を発見した時のもの――つまり伯爵《はくしゃく》は、もっと前に殺されていた可能性が高いですよね。最後に伯爵《はくしゃく》を見かけたのはいつですか？」

「三時間ほどは前かと……皆様《みなさま》が到着《とうちゃく》される前から、伯爵様《はくしゃくさま》はこの部屋で書類仕事をなさっておられたはずです。メイドは皆様《みなさま》の到着《とうちゃく》を知らせに来て、死体を見つけ悲鳴をあげたようで――」

次いで、クレーヴェル教授が首をかしげた。

「犯人がなぜ、わざわざ頭を持ち去ったのかが気になるところだな。死体すべてを隠蔽《いんぺい》する気がないのなら、持ち去ったところで邪魔《じゃま》なだけだ。そのまま部屋に置いていけばいいだろうに」

ナユタも思案を重ねる。

「頭を隠《かく》す理由――思いつくのは、死体の身元を隠《かく》すため、体形の似た替え玉《だま》の死体を本人と偽装《ぎそう》するため、捜査《そうさ》の撹乱《かくらん》――これが本当に館の主《あるじ》の死体かどうか、そこから疑わないといけませんね？」

狼執事《おおかみしつじ》が首を横に振《ふ》る。

「いえ。体形と、服装と……あと手の印象を見た限りでは、伯爵様《はくしゃくさま》で間違《まち》いないかと思われます。指先までよく似た他人だった場合には、なんとも言えませんが……」

「こちらの伯爵様《はくしゃくさま》に、双子《ふたご》の兄弟などはいませんか？」

「邸内《ていない》には弟君がおられますが、体形も顔もまるで違《ちが》いますので、変装は難しいかと……伯爵《はくしやく》様《さま》は四つ目で、弟君は半人半蛇《はんじや》の蛇男《へびおとこ》ですので——」

それは血の繋《つな》がりを疑うレベルだが、妖怪《ようかい》の遺伝特質について、ナユタも別に詳《くわ》しくはない。

そもそも世界観の設定に左右される事柄《ことがら》である。

「……つーかコレ、妖怪系《ようかいけい》のお話だから……『記憶《きおく》を吸い出すため』とか『脳味噌《のうみそ》を食べるため』とか、そういうヤバげな動機も普通《ふつう》に有り得るんだよね……」

コヨミが物騒《ぶつそう》なことを言い出したが、顔面に猫《ねこ》を張り付けたままなせいで、微妙《びみよう》にセリフが頭に入ってこない。

クレーヴェルが、ふと思いついたように呟《つぶや》く。

「ああ、あとは『網膜認証《もうまくにんしよう》を突破《とつぱ》するため』という線も有り得るか……執事《しつじ》さん、この屋敷《やしき》にそういう類の機器はあるのかな？」

「ございます。伯爵様《はくしやくさま》の金庫と、邸内《ていない》のセキュリティ関係は、我々にも一応の権限がございますが……もっとも重要な部分にアクセスできるのは、伯爵様《はくしやくさま》……の、『眼《め》』だけかと。それも『四つの目』の位置関係が合っていないといけないので、眼球を取り出すだけではなく、頭そのものが必要です」

「……つまり、たとえ強盗《ごうとう》目的であっても、金庫を開けるには頭を確保する必要があるわけか。これは思ったより、容疑者の幅《はば》が広くなるな。怨恨《えんこん》、金目当て、どちらの動機であっても矛盾《むじゆん》しない」

強盗《ごうとう》と聞いて、マヒロが反応した。

「ただの強盗《ごうとう》なら、犯人がもうお屋敷《やしき》の外に逃《に》げちゃった可能性もあるんでしょうか？　そうなると、捜査《そうさ》範囲《はんい》が街まで及《およ》びそうですが――」

「いえ、屋敷《やしき》の門は封鎖《ふうさ》してあります。犯人は庭までしか出られません」

執事《しつじ》はそう請《う》け合《あ》ったが、ここでナユタはコヨミの指摘《してき》を思い出す。

「でも、この龍呑市《ロンドンし》って妖怪《ようかい》ばかりですから……空を飛べる妖怪《ようかい》だったら、普通《ふつう》に逃《に》げられますよね？」

「いえ、当家の外壁《がいへき》と上空には結界が張られております。セキュリティを操作して門を開けない限り、ハーピー一羽《わ》すら逃《に》げられません。本日のゲストはこちらの皆様《みなさま》だけですので、外部からの侵入者《しんにゅうしゃ》も考えにくい。すなわち犯人は、庭を含《ふく》めた邸内《ていない》にまだいるはずです」

狼執事《おおかみしつじ》の説明に、クレーヴェルが片目をつむった。

「なるほど、そういう舞台状況《ぶたいじょうきょう》か。となると、容疑者は屋敷内《やしきない》の関係者に絞《しぼ》られそうだ。少なくとも外部からの強盗《ごうとう》などは除外していいと」

廊下《ろうか》を先導していたコヨミが振《ふ》り返《かえ》る。猫《ねこ》はまだ顔面に張り付いている。

「うん。死体の発見状況《じょうきょう》からして、私は、私となゆさんが犯人じゃないってもう知ってる。私らが到着《とうちゃく》する前に、探偵《たんてい》さん……じゃなくて、狐《きつね》教授とマヒロ警部のどっちかが被害者《ひがいしゃ》を殺した可能性もないわけじゃないけど……まぁ今回はフツーに、屋敷内《やしきない》の利害関係者の誰《だれ》かが犯人役だろーねー」

マヒロがぽんと手を叩《たた》く。

「そっか……コヨミさん達から見たら、私達が犯人って可能性もあるんですね。逆に私達から見ると、合流前のコヨミさんとナユタさんが犯人の可能性もある、と——つまり人狼《じんろう》ゲームの要素もあるんですか？」

「あはは、馬車の中でなゆさんにもおんなじこと言った！　まぁ、プレイヤーが犯人役を押し付けられるのはかなりレアなパターンらしいから、あんまり考えなくていーよ。むしろ執事《しつじ》さんとかのほうが怪《あや》しいし」

狼男《おおかみおとこ》の執事《しつじ》が狼狽《ろうばい》する。ＮＰＣにしては芸が細かい。

「ご、ご冗談《じょうだん》を。私は皆様《みなさま》をご案内し、一緒《いっしょ》にいたではありませんか」

「そうですね。ただ、私達もメイドさんの悲鳴で死体を見つけたわけですから……被害者《ひがいしゃ》の死亡時刻が私達の到着前《とうちゃくまえ》なら、私達以外の誰《だれ》にでも犯行は可能です」

ナユタがいかにも助手らしいことを言ってみると、コヨミが嬉《うれ》しげに手を叩《たた》いた。

「お、なゆさん、いいねいいねー。探偵《たんてい》助手は聞き込みに補正がかかるから、そんな感じで突《つ》っついていくと情報が手に入りやすいの。執事《しつじ》さん、疑われてるよー？」

狼男《おおかみおとこ》が牙《きば》を剝《む》き出《だ》しにした。

「滅相《めっそう》もありません！　私は伯爵様《はくしやくさま》に恩のある身。むしろお守りする立場です。しかし残念ながら……この屋敷《やしき》には、伯爵様《はくしやくさま》の命を狙《ねら》う者が複数いるのも事実――財産目当てに結婚《けっこん》した後妻である奥様、伯爵様《はくしやくさま》に多額の借金をしている友人の男爵《だんしやく》、先代からの財産分与《ぶんよ》に不満を持つ弟君、融資《ゆうし》の打ち切りを恨《うら》む商人……」

「……普通《ふつう》に容疑者が多いですね」

「……むしろどうして、そんな動機を持つ連中を一つ屋根の下にまとめたんだ……？」

呆《あき》れるナユタとクレーヴェルをよそに、狼執事《おおかみしつじ》は淡々《たんたん》と続ける。

「さらに、詐欺《さぎ》容疑で伯爵様《はくしやくさま》に訴《うった》えられている教授、伯爵様《はくしやくさま》が賄賂《わいろ》を渡《わた》していたせいで進退の危《あや》うい警部……」

「ちょっと待て。まさか私のことか？」

「ついでに私もですよね？」

クレーヴェルとマヒロがすかさず反応した。この二人も容疑者リストに加えていいらしい。

コヨミがけらけらと笑った。

「マヒロちゃんはともかく、探偵《たんてい》さんが教授で詐欺師《さぎし》かー。似合いすぎでしょ。もう犯人、探《たん》偵《てい》さんでよくない？　自白したら？」

「誤認逮捕《ごにんたいほ》でゲームオーバーだな」

クレーヴェルが目頭《めがしら》を押さえる。

「あと、私は開始時の説明で『教授』と言われただけで、詐欺師《さぎし》の自覚すらないんだが……執《しつ》事《じ》、私にかけられている詐欺《さぎ》容疑というのは、どういうものなんだ？」

「はい。クレーヴェル様が、当家のお嬢様《じょうさま》との結婚《けっこん》の約束を反故《ほご》にしたため、それを前提に支《し》援《えん》していた研究費の返済を、と――」

「……おっと、結婚詐欺《けっこんさぎ》かぁ……探偵《たんてい》さんの顔でそれやられると笑えねぇ……」

「濡《ぬ》れ衣《ぎぬ》が酷《ひど》すぎる」

真顔に転じたコヨミと頭を抱《かか》えるクレーヴェルを横目に、ナユタは改めて思案する。

つまりこのシナリオでは、「自分自身のこと」すら、聞き込みを通じて知る必要があるらしい。

クレーヴェルはまだ難しい顔をしている。

「しかしそうなると、私の配役は容疑者であると同時に、連続殺人事件の二番目、三番目の被《ひ》害者《がいしや》にでもなりそうな立ち位置だな……犯人側に私を殺す動機はなさそうだが、殺人鬼《さつじんき》であればそんなのは関係ないし、あるいは真犯人に気づいてしまって消されるとか――」

探偵《たんてい》コヨミが、クレーヴェル教授の背中をぽんぽんと叩《たた》いた。

「……そこまで真面目に考えなくて大丈夫《だいじょうぶ》。このシナリオ、動機とか一切《いっさい》関係なく、油断してると普通《ふつう》にガンガン殺されるから。さっきの屋根裏の探索《たんさく》を諦《あきら》めたのも、ああいうところに入っていくと高確率で即死《そくし》ポイントがあるからだし」

「コヨミさん、ずいぶん詳《くわ》しそうですけど、何回くらい挑戦済《ちょうせんず》みなんですか？　これ、四日くらい前に配信されたばかりのシナリオですよね？」

マヒロの問いに、コヨミは文字通り猫《ねこ》をかぶったまま遠い目をした。が、その横顔は猫《ねこ》の腹毛に隠《かく》れてなんとなくしか見えない。

「んー……十回くらいかなー……うち六回は、三十分もたなかったよね……それで『あ、これはみんなにサポート頼《たの》まないとダメだ』って理解した感じ」

「そんなに高難度なんですか？　難易度表記は平均的でしたが……」

「や、短時間でリトライできるし、そこまで難しくはないの。ただ突発的《とっぱってき》で理不尽《りふじん》な事故が多いだけ。たとえば……」

──ナユタ達の合間を縫《ぬ》うようにして、びゅん、とひとすじの矢が通り過ぎ、床《ゆか》に突《つ》き立《た》った。

コヨミの顔面に張り付いていた猫《ねこ》が、驚《おどろ》いてそそくさと飛び降り、どこかへ行ってしまう。

「……こういう感じ。今のも、猫《ねこ》さんのお守りが効いてなかったら刺《さ》さってたと思う……」

「……理不尽《りふじん》の意味がわかりました」

罠《わな》を作動させるスイッチを動かしたわけでもなく、唐突《とうとつ》に撃《う》たれた。見れば廊下《ろうか》の天井《てんじょう》がわずかに凹《へこ》み、その先の死角に機械仕掛《じか》けの弓が設置されている。

クレーヴェルとマヒロもやや引いていたが、狼執事《おおかみしつじ》は平然と一礼した。

「たいへん失礼をいたしました。猫《ねこ》と従業員、ご家族相手には作動しないのですが、顔識別式の防犯装置が作動していたようです。本日は来客も多いため、先程《さきほど》までは確かに切っていたはずなのですが……」

ついさっき、犯人の逃走《とうそう》経路に絡《から》んで「防犯意識の欠如《けつじょ》」を嘆《なげ》いたばかりだが、むしろ度を越《こ》して殺意に満ちた防犯の仕掛《しか》けがあった。

そして執事《しつじ》の言葉から、ナユタはある可能性に気づく。

「つまり……何者かが、私達を狙《ねら》って、切れていたはずの防犯装置のスイッチをわざわざ入れたってことですか？」

一応は理由のある理不尽《りふじん》さだったらしい。クレーヴェルも唸《うな》る。

「そうなると、犯人はある程度、屋敷《やしき》の構造に詳《くわ》しい者か、あるいは屋敷内《やしきない》に共犯者がいると考えるべきだな。執事《しつじ》さん、防犯装置をオフに切《き》り替《か》えてくれ。そして犯人が再びオンにできないように、我々の捜査《そうさ》が終わるまで、二人以上の使用人をシステムの監視《かんし》につけてほしい。もしも鍵《かぎ》を掛《か》けられるようならそちらも頼《たの》む」

「はい。承《うけたまわ》りました」

狼《おおかみ》執事《しつじ》がすたすたと何処《どこ》かへ歩み去る。

その背を見送って、コヨミが呆然《ぼうぜん》と震《ふる》え出《だ》した。

「……へ？　え？　ちょ、ちょっとまって……？　罠《わな》って切れるの？　そんな簡単に？　執事《しつじ》さんへの指示一つで？　あ、あれ？　私の……私の、昨日までの苦労って、いったい……」

「……まさかコヨミさん。防犯装置をオフに切《き》り替《か》えないで、そのまま屋敷内《やしきない》を探索《たんさく》していたんですか……？」

「……こういうミステリー系のシナリオは、ＮＰＣに的確な指示を出せるかどうか、その技能も問われるのがお約束だ。君は、正攻法《せいこうほう》の力押し以外は苦手なタイプだからな……」

「だ、大丈夫《だいじょうぶ》ですよ、コヨミさん！　私も気づいてませんでしたし！」

小学生のマヒロにまで気を使われたコヨミは、カタカタと震《ふる》えながらほぼ同じ身長のマヒロにしがみついた。

「マヒロちゃん……そのまま大きくなってね……？　探偵《たんてい》さんみたいな性悪《しょうわる》になっちゃだめだよ……？」

「今の苦言程度で、性悪《しょうわる》とまで言われるのは心外だが……むしろ、攻略《こうりゃく》情報などには出ていなかったのか？　真っ先に記載《きさい》されそうな内容だろう」

「……ネタバレ禁止のとこしか、見てなかったから……」

コヨミがたそがれているうちに、狼執事《おおかみしつじ》が戻《もど》ってきた。

「防犯装置はオフにし、メイドを監視《かんし》につけました。セキュリティキーも掛《か》けましたので、当面、罠《わな》は稼働《かどう》しません。ただし、外壁《がいへき》と上空、及《およ》び門の結界は作動させたままですので、犯人は逃《に》げられないはずです」

「ありがとう。それでは、他の容疑者──いや、客人達と会おう。まずは聞き込みだ」

「はい。広間はこちらです」

教授たるクレーヴェルのほうがよほど探偵《たんてい》らしく立ち回っているが、これは日頃《ひごろ》の言動と同じであり、やはり年季が違《ちが》う。

移動時間を使って、ナユタは執事《しつじ》に話しかける。

「そういえば、教授と警部が呼ばれた理由はわかりましたが……探偵《たんてい》のコヨミさんと、助手の私が呼ばれた理由は、まだ聞いていませんでした。どんなご依頼《いらい》をする気だったんでしょう?」

狼執事《おおかみしつじ》が目元を歪《ゆが》める。

「はい。伯爵様《はくしやくさま》と、だいぶ前に亡《な》くなった前の奥様との間に生まれたお嬢様《じょうさま》……つまり教授と婚約《こんやく》されていたお嬢様《じょうさま》が、現在、行方《ゆくえ》不明でして……失恋《しつれん》の痛手で失踪《しつそう》されたと噂《うわさ》する者もおりますが、そのお嬢様《じょうさま》の捜索《そうさく》を、探偵氏《たんていし》に依頼《いらい》するおつもりだったようです。しかしその矢先に、このような惨事《さんじ》が起きてしまい……」

「あ、はじめて聞くパターンだ」

立ち直ったコヨミがぴこぴこと駆《か》け寄《よ》る。

「ねーねー、執事《しつじ》さん。行方《ゆくえ》不明のお嬢様《じょうさま》って、どこにいると思う?」

「さて、私にはなんとも……」

「それじゃ、行きそうな場所に心当たりは?」

「さて、私にはなんとも……」

「………お嬢様《じょうさま》のスリーサイズは？」

「さて、私にはなんとも……」

発音すら変わらぬ定型の返事が続き、コヨミの目が据《す》わる。

「教授さん、コイツ、壊《こわ》れてる！　聞いてるのに教えてくんない！」

「……答えられない問いを向けるからだ。たとえば……執事《しつじ》さん、お嬢様《じょうさま》がいなくなったのはいつだ？　それから、最後に見かけた場所は？」

「お嬢様《じょうさま》が消えたのは四日前です。最後にお会いしたのは寝室前《しんしつまえ》の廊下《ろうか》で、朝には姿をくらましておりました」

「書き置きなどはなかったのか？」

「はい。特に何も。誘拐《ゆうかい》も疑っているのですが、身代金《みのしろきん》の要求などもないままで……」

クレーヴェルが、「これでどうか」と言わんばかりに肩《かた》をすくめてみせる。

コヨミは感心したように手を叩《たた》きつつも、真顔でぼやいた。

「……スリーサイズぐらい決めときなよ、開発者。基本でしょ……」

「さて、私にはなんとも……」

コヨミが軽く狼執事《おおかみしつじ》の脚《あし》を蹴飛《けと》ばしたところで、一行は広間に着いた。

室内のソファに座しているのは、今回の容疑者候補達——

財産目当ての奥方《おくがた》は巨大《きよだい》な蜘蛛《くも》女《おんな》。彼女はソファに座れず、タランチュラのような脚《あし》を器用に畳《たた》んでじっとしている。

借金男爵《だんしやく》はスラリとした若い吸血鬼《きゆうけつき》で、肌《はだ》は青白い。ほとんど水色である。

財産分与《ぶんよ》が不満な弟は上半身が人間、下半身が蛇《へび》という出《い》で立《た》ちで、融資《ゆうし》を打ち切られた商人は骸骨《がいこつ》の紳士《しんし》だった。

いずれも近代英国風の装束《しようぞく》をまとっているが、ピリピリとした空気から、この四人の仲も険悪なことが伝わる。

部屋の壁《かべ》に飾《かざ》られた額縁《がくぶち》には、美しい少女の写真が収まっていた

おそらくは彼女が『ご令嬢《れいじよう》』だろう。

髪《かみ》は白黒茶色の三色がメッシュになっており、頭には可愛《かわい》らしい猫耳《ねこみみ》が生えている。顔立ちもどこか猫《ねこ》っぽく、おそらくは三毛猫《みけねこ》の猫娘《ねこむすめ》だった。

(まだらのねこ……って、この子のことかな……?)

そんなこと考えつつ、ナユタは最初に別のことを問う。

「こちらの皆《みな》さんは、ずっとこの部屋にいたんですか?」

「いえ。ここに揃《そろ》われたのは十分ほど前かと思います。奥様と弟君は自室に、男爵《だんしやく》は来客用の部屋に、商人は皆様《みなさま》より少し前に着いて、この部屋で待機させておりました」

死亡推定時刻がはっきりしていない以上、全員にアリバイがない。

逃走《とうそう》経路や防犯設備のことを考えると、屋敷《やしき》に詳《くわ》しい奥方《おくがた》と弟が怪《あや》しいものの――この要素も共犯者がいればカバーできるため、男爵《だんしゃく》や商人も容疑者からはまだ外せない。

全員が一室に揃《そろ》ったところで、狼執事《おおかみしつじ》が一礼した。

「こちらでお待ちいただいた皆様《みなさま》にも、先程《さきほど》、メイドからの知らせがあったかと思いますが――このたび、大変残念なことに、伯爵様《はくしゃくさま》が亡《な》くなられました。しかし伯爵様《はくしゃくさま》は、こんな日が来ることを予見されていたのでしょう……執事《しつじ》である私に、遺産の取《と》り扱《あつか》いに関する遺言状《ゆいごんじょう》を託《たく》されております。これより開封《かいふう》し、財産の相続について、皆様《みなさま》にご説明いたします」

展開が速いのはシナリオの都合だろう。警察の到着《とうちゃく》や捜査《そうさ》の待ち時間まで再現されたら、とても二時間ではクリアできない。

容疑者達が騒《さわ》ぎ出《だ》す。

「あの人ったら、そんなものを……！」

「ククッ……なるほど、私への債権《さいけん》もその相続人が引《ひ》き継《つ》ぐわけか」

「兄上の考えは読めている。どうせ俺には何も……」

「あ、あの……そもそも私は、たまたまお邪魔《じゃま》しただけの部外者ですので……」

この四人の中に、おそらく『殺人犯』がいる。

そしてその人物は、『行方《ゆくえ》不明の令嬢《れいじょう》』に関しても、何かを知っているかもしれない。

その言動を見逃《みのが》さぬよう、ナユタはじっくりと観察する。

「伯爵様《はくしゃくさま》の遺言《ゆいごん》は以下の通りです。『私の財産は、すべて娘《むすめ》のマトゥルに相続させる。そしてマトゥルが相続を拒否《きょひ》、あるいは相続できない状態に陥《おちい》った場合には、屋敷《やしき》の猫達《ねこたち》を相続人とし、その財産管理を……』……えっ……あの……ええと……」

狼執事《おおかみしつじ》が言葉に詰《つ》まった。

その先の記述は、ナユタにも想像がつく。

「貸してください。私が読みます。『その財産管理を、執事《しつじ》と顧問弁護士《こもんべんごし》に任せる』——つまり、この家の財産は、どう足掻《あが》いても皆《みな》さんのものにはなりません。この地の法律的なことはわかりませんので、後はそちらでご相談を」

さっさと宣告すると、場がざわめき、狼執事《おおかみしつじ》は巨体《きょたい》を縮めて尻尾《しっぽ》を垂らした。

「そんな勝手な……！　私は妻よ？　せめて半分は私のものでしょう！」

「すると何か？　もしもご令嬢《れいじょう》が行方《ゆくえ》不明のままなら、私は猫達《ねこたち》に借金を返し続けるわけか？　はっ、こいつはお笑いだ」

「……兄上……どこまで俺をコケにすれば……」

「あ、あの……お話が済んだようでしたら、私はこれで——」

容疑者達はテンプレ的な反応に終始しており、どうも判断が難しい。怪《あや》しいといえばもちろん怪《あや》しいのだが、その怪《あや》しさすらわざとらしい。

　ナユタの隣《となり》に、クレーヴェルが立った。

「……さて、君はどう見る？」

「現時点ではまだ絞《しぼ》り込《こ》めません。ルートはもう事前に決まっているようですが、おそらくこちらの容疑者の全員に、それぞれが犯人になるパターンが用意されているはずです。これからすべきことは、そのパターンの絞《しぼ》り込《こ》み——犯人である可能性を、一人ずつ潰《つぶ》していく作業でしょうか……？」

「順当だな。しかしそれだと、人数分の捜査《そうさ》時間を浪費《ろうひ》しかねないのが悩《なや》みどころだ。確か、クリアまでにかかった時間も評価点の対象になるんだろう？　手っ取り早く明確な証拠《しょうこ》を探したほうがいいかもしれない」

「というと？」

「犯人探しより先に、伯爵《はくしゃく》の頭部、あるいは『行方《ゆくえ》不明の令嬢《れいじょう》』を見つける。状況《じょうきょう》からして、『犯人逮捕《たいほ》』でもクリアは可能だろうが、高評価を得るには令嬢《れいじょう》の発見が不可欠だと思う。グッドエンドとトゥルーエンドの分岐《ぶんき》条件がそのあたりだろう」

　様々なパターンを網羅《もうら》したシナリオだけに、明確に「グッド」「トゥルー」という区別はないかもしれないが、評価点には反映されると想像がつく。

　クリアするだけならば、きっと低難度なのだ。評価点を上げて、クリア後のレアアイテム抽《ちゅう》選率《せんりつ》を上げようとすると、相応に難しくなる仕組みである。

「……そのご令嬢《れいじょう》、まだ生きていると思いますか？」

「犯人の目的によるな。現状ではまだ、考慮《こうりょ》すべき点が多すぎる。まず、令嬢《れいじょう》の失踪《しっそう》は『本人の意志によって失踪《しっそう》した』のか、あるいは『誘拐《ゆうかい》』なのか、『殺人』なのか——故意の殺人ではなく、事故という線も有り得る。さらに場合によっては、この令嬢《れいじょう》本人が実は殺人鬼《さつじんき》で、館の主《あるじ》を殺したのも彼女だった……という流れもありそうだな」

クレーヴェルの想定に、ナユタは感心しつつも呆《あき》れた。ミステリーの読みすぎか、あるいはそもそも疑《うたぐ》り深《ぶか》い性格なのか——後者のような気がしないでもない。

「令嬢《れいじょう》が殺人鬼《さつじんき》なルートは筋書きとしてもあり得そうですが、動機はどうなります？」

「さて、そこだ。館の主《あるじ》は、令嬢《れいじょう》に財産を継《つ》がせると遺言状《ゆいごんじょう》に記していた。親子関係は悪くなかったとして、令嬢《れいじょう》には早急《さっきゅう》にその財産を引《ひ》き継《つ》ぎたい理由があり、さらにこの機会に、財産を狙《ねら》う他の連中も一掃《いっそう》してしまおうと——」

「なるほど。その場合、『婚約者《こんやくしゃ》』だったのに自分を裏切った『教授』ももちろん、獲物《えもの》の一人ですね。探偵《たんてい》さん……じゃなくて教授さんは、復讐《ふくしゅう》の対象として真っ先に狙《ねら》われそうです」

クレーヴェルが額を押さえる。

「…………そういえばそんな設定があったな。ゲームの中とはいえ、身に覚えのない憎悪《ぞうお》を向けられるのは理不尽《りふじん》だ……まぁ、今のはただの一例だ。次に、令嬢《れいじょう》が普通《ふつう》に誘拐《ゆうかい》されていただけの場合。犯人の動機を探《さぐ》る必要がある。屋敷《やしき》から急に消えたとのことだから、滅多《めった》に来ない友人の男爵《だんしゃく》と商人には犯行が難しい。来訪の有無《うむ》を確認《かくにん》する必要はあるが、この点はまず、奥方《おくがた》と弟が有力候補だな」

「動機はどうなります？　身代金《みのしろきん》ではなさそうですし……」

「推論は二つ三つ思いつくが、感情面の動機であれば、本人や周囲から確認《かくにん》したほうが早い。聞き込みに関しては役柄上《やくがらじょう》、探偵《たんてい》助手である君のほうに補正がつく。ご令嬢《れいじょう》が消えた四日前、各人がこの屋敷《やしき》にいたかどうか。それから、ご令嬢《れいじょう》との関係について——それぞれ聞いてみてくれ」

　二人が方針を決めたところで、ひそひそ話を切り上げると——

　広間の中央で、コヨミが偉《えら》そうに胸を張っていた。

「わかった！　犯人はお前だッ！」

「なっ⁉」

　勢いよく指をさされたのは、半人半蛇《はんじゃ》の『弟』——

　ナユタ達は戸惑《とまど》う。

　ナユタとクレーヴェルが小声で相談している間、コヨミはわさわさと動き回りつつ、容疑者達にそれぞれウザ絡《がら》みをしていた。

　事情聴取《ちょうしゅ》には見えず、「鱗《うろこ》きれー」とか「牙《きば》かっけー」とか「(蜘蛛《くも》の) 脚《あし》なっが！」とか「カルシウム多そう……」といった鬱陶《うっとう》し……好奇心旺盛《こうきしんおうせい》な子供のような言動だったが、彼女なりに事件に関する情報を収集していたらしい。

唐突《とうとつ》な犯人宣告を受けた半蛇《はんじゃ》の弟は、長い尻尾《しっぽ》をびたんと壁《かべ》に叩《たた》きつけ、怒《いか》りを表明した。

「探偵《たんてい》！　何の証拠《しょうこ》があって、そんな言いがかりを！」

「それは私も気になります。何か見つけたんですか？」

根拠《こんきょ》を問われたコヨミは、不敵な笑《え》みを湛《たた》え、ちっちっと舌を鳴らした。

「簡単な消去法だよ、なゆさん。伯爵《はくしゃく》の頭を持ち去った犯人の逃走《とうそう》経路は、あの猫《ねこ》だらけの狭《せま》い屋根裏──まず、蜘蛛《くも》女《おんな》の奥さんは体が大きすぎて入れない。吸血鬼《きゅうけつき》の男爵《だんしゃく》さんと骸骨《がいこつ》の商人さんは、服に猫《ねこ》の抜《ぬ》け毛《げ》がほとんどついてない。つまり屋根裏を通った可能性があるのは──全身に猫《ねこ》の毛が大量についている弟さんだけ！」

……………思ったよりもまともな推理だったことには驚《おどろ》いた。とはいえもちろん、穴はある。

「バカな！　この屋敷《やしき》で暮らしていれば、猫《ねこ》の毛くらいつくに決まっているだろう！」

弟の反論を耳にして、モブの首無しメイド達もささやき交《か》わす。

「それはそう」

「確かに」

「ちょっと多すぎ」

「にゃーん」

猫《ねこ》まで合いの手を入れた。

マヒロも首をかしげる。

「この四人から選ぶなら、確かに弟さんは怪《あや》しいと思いますが……伯爵《はくしゃく》を殺して頭を持ち去ったのは、ここにいない共犯者っていうケースも有り得ますよね？」

「それどころか、この四人の誰《だれ》かを犯人と断定する根拠《こんきょ》もまだないわけだが……」

さらにクレーヴェルからそう突《つ》っ込《こ》まれてもなお、コヨミは泰然《たいぜん》たる笑《え》みを崩《くず》さない。よほどの自信があるらしい。

「警部も教授もまだまだ認識《にんしき》が甘いね。これはね、『確率』の問題なの」

……消去法の次が『確率』となると、嫌《いや》な予感しかしない。

「当面の犯人候補はこの四人。つまり一人を指定すれば、25％の確率で的中する！　犯人が他にいる場合、あるいは共犯かそうでないかの前提条件を考慮《こうりょ》しても、さっきの消去法と組み合わせればそこそこの高確率でコイツが犯人！　外れたら最初からリトライすればいいだけ！トライアンドエラーは速攻《そっこう》クリアの基本だよ、諸君」

「……一応、理屈《りくつ》はわからないでもないですね……？」

「いや、教科書に載《の》せてもいいくらいの冤罪《えんざい》事例だぞ……」

「コヨミさんがこのクエストでまともな評価点をとれない理由がわかりました。そういうとこですよ」

素直《すなお》なマヒロだけはやや騙《だま》されかけていたが、名探偵《めいたんてい》コヨミはタイムアタックに慣れすぎて、すでにこのクエストの『謎解《なぞと》き』という本質を見失っている。ＲＴＡ走者にありがちな罠《わな》である。

いずれアミュスフィアをホットプレートで温度調整するようになるかもしれないが、オンラインゲームでそれは無意味だろうから早めに止めたいと思う。

メンバーからの苦言などどこ吹《ふ》く風で、コヨミは半蛇《はんじゃ》の弟に向き直る。

「おらおら、神妙《しんみょう》にお縄につけぃ！　だいたいあんた、そもそも血の匂《にお》いがすごい！　隠《かく》す気ないでしょ⁉　てゆーか、もっと血の匂《にお》いがしそうな吸《きゅう》血鬼《けつき》さんはどうしてそんなにフローラルなの⁉」

「ぐっ……⁉」

「……いや、私は血よりワイン派でな……そもそもベジタリアンで……」

吸血鬼《きゅうけつき》男爵《だんしゃく》の嗜好《しこう》はさておき、言われてはじめてナユタも気づいた。

部屋の匂《にお》いは、八割方が猫《ねこ》、残る二割が香水《こうすい》や衣装《いしょう》、妖怪達《ようかいたち》の特殊《とくしゅ》な匂《にお》いだが、そこに血の匂《にお》いも混ざっている。

コヨミは先程《さきほど》、容疑者達にウザ絡《から》みしながら、それぞれの匂《にお》いも確認《かくにん》していたらしい。

「……意外と抜《ぬ》け目《め》ない……」

「……野生の勘《かん》というのか……変なところで機転が利《き》くな……」

感心するナユタとクレーヴェルをよそに、コヨミが畳《たた》み掛《か》ける。

「弁解してもムダだよ！　この名探偵《めいたんてい》コヨミさんはもう、あんたが犯人だって確信してる！　これからあんたを拘束《こうそく》するけど、伯爵《はくしゃく》の頭はまだ処分できていないはず！　明日になれば鑑識《かんしき》も入るだろーし、屋敷内《やしきない》を虱潰《しらみつぶ》しに探索《たんさく》して、頭部が見つかったら――そこにはきっと、あんたの痕跡《こんせき》が残ってる。証拠品《しょうこひん》の処分なんてさせないからね！」

勢いに気圧《けお》された蛇男《へびおとこ》が、顔を引きつらせ、がくりとその場に両手をついた。

「…………ち、違《ちが》う！　違《ちが》うんだ！　俺じゃない！　いや、兄上の頭を持ち去ったのは確かに俺だ！　でも、俺が書斎《しょさい》に行った時には、もう兄上は死んでいたんだよ！」

「……んぁ？」

コヨミが間の抜《ぬ》けた顔で呆《ほう》ける。

「……あれ？　クリアじゃないの？　犯人コイツだよね？」

戸惑《とまど》いをよそに、弟の自白が続く。

「兄上の死体を見て、俺は、俺は……なんとかして、この状況《じょうきょう》を利用できないかって考えた。どうせ兄上は、全財産を娘《むすめ》に渡すか、それが無理なら寄付でもするような遺言状《ゆいごんじょう》を用意しているって、見当はついていたんだ。だから頭を持ち去って、今夜のうちにその頭で金庫を開けて、金塊《きんかい》や宝石類をくすねて行方《ゆくえ》をくらまそうと……」

ナユタは思わず突《つ》っ込《こ》む。

「それだと、姿を消した貴方《あなた》が殺人犯として追われますよね……？」

「真犯人が捕《つか》まろうと、兄上の遺産を横取りできなきゃ、どのみち俺の人生は詰《つ》んだも同然だ！　一攫千金《いっかくせんきん》のチャンスはこれしかなかったんだよ！　他国へ逃《に》げれば警察の手だって及《およ》ばない！」

「相続関係の法律が、日本とは違《ちが》うんだろうが……まぁ、筋は通るか。彼の言葉が事実なら、殺人犯は他の誰《だれ》かということになる。殺した後、頭を持ち出さずにただ書斎《しょさい》を出るだけなら、屋根裏を経由する必要もないだろうし、犯行は誰《だれ》にでも可能か――」

　マヒロが手を挙げる。

「書斎《しょさい》へ最後に出入りした人とか、わからないんですか？　監視《かんし》カメラとかは……」

　執事《しつじ》が悔《くや》しげに一礼した。

「監視《かんし》カメラは故障中でして……四日前、お嬢様《じょうさま》が行方《ゆくえ》不明になった時、何者かによって、セキュリティルーム内の重要な部品が抜《ぬ》かれていたのです。防犯システムの応急修理はできたのですが、監視《かんし》カメラ用のパーツ――特に、録画データ保存用の宝珠《ほうじゅ》がまだ取り寄せ中でして――それで誘拐《ゆうかい》を疑い、警察の方々にも調査に来てもらったのですが、手がかりはなく……」

「なるほど……そのセキュリティルームには誰《だれ》が出入りできるんだ？」

「部屋はナンバーロック式ですので、暗証番号を知っていれば誰《だれ》でも入れます。パーツを抜《ぬ》くのも、簡単な工具があれば誰《だれ》にでも可能かと――」

「では、その暗証番号を知っているのは？」

「伯爵様《はくしゃくさま》とお嬢様《じょうさま》、私とメイド達……あとは設置した業者くらいでしょうか……？」

首無しメイドがおずおずと口を挟《はさ》む。ただし口はない。

「あの……捜査《そうさ》に来ていた警察の方々も……」

「あぁ、そうか。わざわざ教えてはいませんが、開閉するところを見ていた可能性はあります」

「そこそこ多いな……おや？　奥方《おくがた》と弟君は入室できないのか？」

蜘蛛女《くもおんな》の奥方《おくがた》が、扇《おうぎ》で口元を隠《かく》して応じる。

「私は、機械全般《ぜんぱん》が苦手ですの」

「……お、俺は、兄上に信用されていなかったから……」

「男爵《だんしゃく》と商人さんはどうですか？」

ナユタは確認《かくにん》のために問う。仮にこの場で嘘《うそ》をつかれたとしても、それは後々、矛盾《むじゅん》を暴《あば》くきっかけになるかもしれない。

「他家のセキュリティシステムなど、私が知るわけがない。その部屋がどこにあるのかすら知らん」

「……あ、あの……私は、存じ上げております……その、システムを納入したのが私で、操作方法の説明も行いましたので……」

吸血鬼《きゅうけつき》男爵《だんしゃく》の言は嘘《うそ》か真《まこと》かわからないが、骸骨《がいこつ》商人は正直に答えた。調べればすぐにわかることでもあり、嘘《うそ》をつけば心証が悪くなる。

「設置した業者というのが君か。なるほど、容疑者として残されるだけの理由はあったわけだ。しかし、これは——」

クレーヴェルが再度、弟へ視線を向けた。

「君は、セキュリティ関係には本当に触《さわ》れないのか？　捜査《そうさ》する側の我々を狙《ねら》って、防犯システムの罠《わな》をオンに切《き》り替《か》えた者がいるはずなんだが……」

半蛇《はんじゃ》の弟が、首をぶんぶんと横に振《ふ》った。

「断じて俺じゃない。カメラが故障中なのは知っていたし、どうせ今夜、兄上の頭で金庫を開けて、すぐに出奔《しゅっぽん》するつもりだったんだ。あんた達が来ていたこともさっき知ったばかりだし、同居している俺は、顔認証《かおにんしょう》のおかげで罠《わな》が発動することもない。セキュリティなんか気にもしていなかった」

気にしたところで、彼は『入室できない』とも明言している。

クレーヴェルが嘆息《たんそく》を漏《も》らした。

「それでは、ご令嬢《れいじょう》の行方《ゆくえ》不明についても……」

「知らん。俺がやったのは、殺されていた兄上の頭を切り落として、屋根裏経由で持ち去っただけだ。どうせ俺は逮捕《たいほ》されるだろうし、もう今さら、信じてくれなくてもいいが……兄上を殺した奴《やつ》は、まだこの中にいるぞ。死体損壊《そんかい》と金庫からの窃盗未《せっとうみ》遂《すい》は素直《すなお》に認めるから、せめて本当の殺人犯は見つけてくれ。姪《めい》の行方《ゆくえ》不明についても、俺にはまったくわからん」

そう易々《やすやす》と、クリアはさせてくれないらしい。

「伯爵《はくしゃく》の頭はどこに隠《かく》したんですか？」

「……屋根裏を経由して、姪《めい》の部屋の天井裏《てんじょううら》に隠《かく》してある。姪《めい》も……もしも誘拐《ゆうかい》でないとしたら、天井裏《てんじょううら》から外へ出たのかもしれん。動機はわからん」

「わかりました。まずは証拠《しょうこ》の確認《かくにん》ですね」

容疑者達の見張りを、モブの首無しメイド達に任せ——伯爵《はくしゃく》の首を探すため、ナユタ達は『令嬢《れいじょう》』の部屋へそそくさと移動した。

§

「……あったねぇ……」

「四つ目ですねぇ……」

「……しかし、目の付き方が、こう……想像と違《ちが》ったな……」

コヨミ探偵《たんてい》、マヒロ警部、クレーヴェル教授の感想を聞きながら、ナユタは天井裏《てんじょううら》から取り出した『伯爵《はくしゃく》』の生首を鏡台に置いた。

一応、革袋《かわぶくろ》に収まってはいたが、見つけるのは容易《たやす》かった。

殺された伯爵《はくしゃく》は、『四つ目の怪人《かいじん》』。

その目は真正面に一つ、左右の耳の位置に一つずつ、後頭部に一つという配置で、四方向に向いていた。正面から見ればむしろ一つ目の怪人《かいじん》である。

「背後を警戒《けいかい》するのに便利そうですね」

「なゆさんらしい感想でいいと思う。でもコレ、傷口は年齢《ねんれい》規制で隠《かく》れてるけど、切断するの大変だっただろうねぇ……」

「そこは妖怪《ようかい》ですから、妖術《ようじゅつ》とかいろいろ……あれ？　もしかして、姿を消す妖術《ようじゅつ》とかも考慮《こうりよ》して推理しないといけない感じですか？」

ナユタがいまさら抱《いだ》いた疑問に、コヨミが遠い目で頷《うなず》いた。

「もちろん。まぁ、みんながみんな使えるわけじゃないけど……推理モノとしては『それズルい！』って言いたくなるネタもあるよ。念力でどうこう、みたいな」

クレーヴェルが薄《うす》く笑う。

「ノックスの十戒《じっかい》は適用外か。まぁ、そもそも妖怪《ようかい》モノだからな」

「ノックする猪八戒《ちょはっかい》？　なにそれ？　野球ゲーム？」

「君は気にしなくていい」

説明するのが面倒《めんどう》だったようだが、ナユタも「そういうものがある」と聞いたことはあるものの、中身まではよく知らない。

確か、推理小説で『未発見の薬物を使うな』とか『探偵《たんてい》が超自然《ちょうしぜん》能力を使うな』といった、創作者の心得をまとめたようなものだったと記憶《きおく》しているが——作成者のノックス本人もこれを破った作品を出しており、一種のユーモア、自虐《じぎゃく》や冗談《じょうだん》の類と見る向きもあるらしい。

コヨミが令嬢《れいじょう》の部屋のベッドに腰《こし》掛ける。

「さて、頭は見つかったけど……犯人、誰《だれ》かな？　なんか、あの執事《しつじ》さんも怪《あや》しくなってきてない？」

「……令嬢《れいじょう》が遺産を継《つ》げない場合、代わりに遺産を管理させるという遺言状《ゆいごんじょう》が出てきたからな……あの遺言状《ゆいごんじょう》がもしも偽物《にせもの》だとすると、一気に怪《あや》しくなる」

マヒロが困り顔で笑った。

「そこまで疑わないといけないのも大変ですね……でも、スピードクリアを前提にしたクエストですし、あんまり複雑すぎる流れにはしないと思うんです。出てきた証拠《しょうこ》はとりあえず一度、信じてみて、矛盾《むじゅん》や疑問点が出てきたら疑う、くらいでいいんじゃないでしょうか？」

「それはそうだな。何から何まで疑っていては八方塞《はっぽうふさ》がりになる。現実の捜査《そうさ》では、冤罪《えんざい》防止のためにも細かい部分を気にしないといけないが……これはあくまでゲームだ。さっきもコヨミが言っていたが、ある程度はリトライ前提の決め打ちで動いたほうがいいのかもしれない」

「じゃ、みんなで誰《だれ》が怪《あや》しいか、一人ずつ挙げてみましょうか？　とりあえず、殺人犯と誘拐《ゆうかい》犯について」

そう提案して、ナユタはまずクレーヴェルに視線を向ける。

「殺人犯については、まだわからない。だが、『男爵《だんしゃく》』の存在が気にかかっている。彼だけ、妙《みょう》に疑念が向きにくい立ち位置にいる気がするんだ。一番犯人らしくないから疑わしい——という考え方は好きじゃないんだが、まだ何か隠《かく》していることはあると思っている。誘拐犯《ゆうかいはん》についても同様だな」

「んー。弟が犯人じゃないなら、私は奥さんかなー。義理の娘《むすめ》をどっかに閉じ込めて、旦那《だんな》を殺して……っていう悪女ムーブ。わかりやすいよね？」

「セキュリティシステムをいじれる商人さん……はフェイクで、私は『行方《ゆくえ》不明のご令嬢《れいじょう》』が、実は今も屋敷《やしき》に潜伏《せんぷく》していて、父親を殺したんじゃないかと疑っています。それを捜査《そうさ》する私達のことが邪魔《じゃま》だから、セキュリティをオンにして、罠《わな》の発動を狙《ねら》ったのかな、とか……」

コヨミとマヒロの見解も聞き、最後に皆《みな》がナユタを見る。

「私は、殺人犯はわからないんですが……ご令嬢《れいじょう》の失踪《しっそう》については、マヒロちゃんと同じく、自発的なものじゃないかと疑っています。綺麗《きれい》に片付いているので、荒《あ》らすのはちょっと心苦しいんですが……この部屋に、令嬢《れいじょう》の日記とかないでしょうか？」

「冴《さ》えている。探そう」

クレーヴェルがさっそく、本棚《ほんだな》を漁《あさ》り始《はじ》めた。コヨミはベッドの下を、マヒロは机の引き出しを開け、ナユタも鏡台の周囲を探《さぐ》り始《はじ》める。

探索《たんさく》はあっという間に終わった。

「あった！　ベッドの下の収納スペースに、日記帳！　ここに乙女《おとめ》の秘密が赤裸々《せきらら》に……！」

「わざわざ悪趣味《あくしゅみ》な言い方をしなくていい。捜査《そうさ》の一環《いっかん》だ」

ゲームの中とはいえ少々の罪悪感を抱《いだ》きながら、皆《みな》で覗《のぞ》き込《こ》む。

──そこに書かれていた内容は、ナユタにとって想定外のものだった。

「……令嬢《れいじょう》には『恋人《こいびと》』がいた……でもこれ、あの『男爵《だんしゃく》』のことですよね？　令嬢《れいじょう》の婚約者《こんやくしゃ》は『教授』だったのに」

クレーヴェルも戸惑《とまど》っている。

「……心当たりはないが、私への感謝が綴《つづ》られているな……？　『自分の想《おも》いを察して、父に逆らえない弱い自分の代わりに、自ら婚約破棄《こんやくはき》の汚名《おめい》をかぶってくれた』と──」

「……なのに父は事情を知らず、教授を悪《あ》し様《ざま》に罵《ののし》って、詐欺《さぎ》容疑で訴《うった》えようとしている……ご令嬢《れいじょう》は、そんな父を説得したいって書いてますね。でも詳《くわ》しく説明するには、男爵《だんしゃく》との付き合いを明らかにしないといけなくて……」

「その男爵《だんしゃく》も借金持ちだからねぇ……しかし趣味《しゅみ》悪いなぁ……あんな青《あお》っ白《ちろ》い吸血鬼《きゅうけつき》のどこがいいんだか」

コヨミの意見はわからないでもないが、好意というのは自分で制御《せいぎょ》できるものでもない。ナユタも、別に好みのタイプというわけでもなかった気障《きざ》な優男《やさおとこ》に好意をもっている。

その優男《やさおとこ》は、化《ば》け狐《ぎつね》のように細い目をさらに細め、じっと思案を重ねていた。

「……最後に書かれた日記は、『教授から受けた恩を仇《あだ》で返すわけにはいかない。すべてを話して、父を説得することに決めた』で終わりか……真面目な性格だったようだな。日付は抜《ぬ》けているが、結局、話せたのかどうか——」

「たぶん、話せていないと思います。話せていたら、『教授』への訴《うった》えを取り下げるよう、伯爵《はくしゃく》も部下に指示していたはずです」

「ふむ……それが後回しになっていて、お詫《わ》びのため、あるいは事実確認《かくにん》のために私が呼び出された可能性もありそうだが？」

「確かに有り得ますが、執事《しつじ》さんが教授を『詐欺師《さぎし》』と誤解したままでした。呼び出す前に、執事《しつじ》さんに調査を指示したり、あるいは相談する程度のことはすると思います。もしもご令嬢《れいじょう》が、父親としっかり話をする前に、失踪《しっそう》したと考えれば——」

「誘拐犯《ゆうかいはん》は……『男爵《だんしゃく》』か」

関係をバラす前に、本当の恋人《こいびと》に事前に相談をしておく——彼女はきっと、そう決意したのだろう。そして深夜、屋敷《やしき》を抜《ぬ》け出《だ》し、男爵邸《だんしゃくてい》へ向かった。

「監視《かんし》カメラの故障も、おそらく彼女の仕業です。セキュリティをいじって、自分の脱出《だっしゅつ》を録画されないように処置した上で、門を開けたんでしょう。そうして抜《ぬ》け出《だ》して、朝までには帰るつもりで……」

「そのまま帰ってきていない、と——よし、男爵《だんしゃく》を問《と》い詰《つ》めるぞ」

部屋を出ようとしたところで、マヒロが立ち止まった。

「あ！　生首……あの、この部屋に置いたままなのは、さすがにちょっと……ひどいですよね？」

ご令嬢《れいじょう》が戻《もど》ってきたら、自室の鏡台に父親の生首——この流れは悪趣味《あくしゅみ》にも程《ほど》がある。ゲームの中ではあるが、この気遣《きづか》いはいかにもマヒロらしい。

「あの、教授さん、革袋《かわぶくろ》に仕舞《しま》い直《なお》すので手伝ってください。ナユタさんとコヨミさんは、先に男爵《だんしゃく》の尋問《じんもん》を。タイムアタックもありますし、効率よくいきましょう」

「おっけ。じゃ、お先にー！」

たったかと廊下《ろうか》を走り出したコヨミを追って、ナユタも先程《さきほど》の広間へ向かう。

「伯爵《はくしゃく》の殺害犯も男爵《だんしゃく》かな？　動機がよくわかんないけど」

「むしろわかりやすくないですか？　令嬢《れいじょう》が真実を告白したら、伯爵《はくしゃく》は激怒《げきど》するかもしれない。男爵《だんしゃく》との結婚《けっこん》を許すどころか、令嬢《れいじょう》を遺産の相続人から外す可能性だって……」

「そうなる前に、令嬢《れいじょう》の身柄《みがら》を確保して、伯爵《はくしゃく》を殺して……たぶん存在する遺言状《ゆいごんじょう》の通りに令《れい》嬢《じょう》に遺産を受《う》け継《つ》がせて、横取りしようとした……？　え。極悪人《ごくあくにん》じゃん！　殺そう！」

「……捕《つか》まえるだけにしてください。ご令嬢《れいじょう》本人はたぶん今、『誘拐《ゆうかい》された』じゃなくて『恋《こい》人《びと》に匿《かくま》われている』感覚なんでしょうね。男爵《だんしゃく》が、『自分から伯爵《はくしゃく》を説得したいから、数日だけ待ってくれないか』みたいに言いくるめたんじゃないかと——もしかしたら殺意はなくて、その交渉《こうしょう》の流れでつい、殺してしまったのかもしれませんが……」

広間に踏《ふ》み込《こ》むと、容疑者達は退出時と同じ姿勢で待機していた。

「伯爵《はくしゃく》の頭部は見つかったかね？」

吸血鬼《きゅうけつき》の男爵《だんしゃく》が薄笑《うすわら》いで問う。その不遜《ふそん》な態度を睨《にら》みながら、コヨミが指を突《つ》きつけた。

「謎《なぞ》はすべて解けた！　ご令嬢《れいじょう》を誘拐《ゆうかい》……いや、監禁《かんきん》しているのはあんただ！」

男爵《だんしゃく》が眉《まゆ》をひそめる。

「……監禁《かんきん》などとは人聞きの悪い。彼女は客人として、我《わ》が家《や》にお招きしている。別に外出を禁じてもいないし、むしろこちらの環境《かんきょう》のほうがよほど『監禁《かんきん》』だ。伯爵《はくしゃく》は実の娘《むすめ》を、鳥籠《とりかご》の鳥と同じように扱《あつか》っていた」

あっさりと認めたことに驚《おどろ》いた。

「……ご令嬢《れいじょう》は、無事なんですね？」

「当たり前だ。大切な恋人《こいびと》に害など加えるものか」

男爵《だんしゃく》はやや憤然《ふんぜん》として呟《つぶや》き、ワイングラスを傾《かたむ》ける。

「……私の家の借金は、私の父が、男爵家《だんしゃくけ》を守るために作ったものだ。私が父から相続したのは、その借金だけ――はじめは金目当てで彼女に近づいた。それは認める。しかし、今は――彼女を幸せにしたい。今日は返済計画について相談しつつ、彼女との関係についても、伯爵《はくしゃく》に告白するつもりだった……」

幸せにしたい、などという言葉が出てきたことには驚《おどろ》いたが、概《おおむ》ね読み通りだったらしい。

「……それで話がもつれて、伯爵《はくしゃく》を殺してしまったんですね？」

男爵《だんしゃく》が首をかしげた。

「私を疑っているのか？　しかし私は今日、まだ伯爵《はくしゃく》に面会すらしていないし、もちろん殺人などしていない。伯爵《はくしゃく》から関係を許されなければ駆《か》け落《お》ちをする予定だったが、あんな男でも彼女の父親だ。殺せるわけがなかろう。そんなことをすれば、彼女が悲しむ」

声は平坦《へいたん》だが、妙《みよう》に誠実な響《ひび》きをはらんでいた。

さらに問《と》い詰《つ》めるべきか、あるいは事実関係を整理すべきか……戸惑《とまど》っていると、廊下《ろうか》を駆《か》けてくる足音が聞こえた。

扉《とびら》を開けたのはマヒロ警部である。

「ナユタさん！　教授さんが、さっきの部屋で、ご令嬢《れいじょう》あての手紙を見つけたんです！　でも暗号になっているので、ちょっと確認《かくにん》して、知恵《ちえ》を貸してほしいって……それから、コヨミさんにはこれを」

「え？　なになに？」

マヒロがコヨミへ手渡《てわた》したのは、三毛猫柄《みけねこがら》の髪色《かみいろ》をした、美しい娘《むすめ》の写真だった。

ただし、広間にある写真とは明らかに別人である。顔立ちは似ているのだが、髪《かみ》の配色や骨格、耳や鼻の形も少しずつ違《ちが》う。

「この写真を容疑者達に見せて、『行方《ゆくえ》不明のご令嬢《れいじょう》』かどうか、確認《かくにん》してください。すり替《か》わり、もしくは双子《ふたご》トリックの可能性が出てきたって……」

「まじか。ここで登場人物増えるのか……おっけー、やっとくね！」

「すみません、お願いします！　じゃ、ナユタさんも」

「……あ、うん」

マヒロに手を引かれて廊下《ろうか》を歩き出しながら、ナユタは違和感《いわかん》を覚えた。

(手紙くらいなら、こっちに持ってくればいいのに。他の容疑者には見られたくない内容だったのかな？)

釈然《しゃくぜん》としなかったが、マヒロは急いでいる。あるいはそれ以外にも、内密の話があるのかもしれない。

「そういえばマヒロちゃん。男爵《だんしゃく》は、令嬢《れいじょう》の誘拐《ゆうかい》……じゃなくて滞在《たいざい》までは認めたんだけど、伯爵《はくしゃく》を殺したのは自分じゃないって言い張っていて……どう思う？」

「あ、そうなんですね……うーん……あ、こっちです！」

マヒロは空き部屋に踏《ふ》み込《こ》んだ。

さっきの令嬢《れいじょう》の部屋ではない。まだ調査していないただの空き部屋で、中は無人である。

「え？　ここ？　探偵《たんてい》さ……教授さんは？」

まるで天使のように可愛《かわい》らしい笑顔《えがお》で、マヒロが振《ふ》り返《かえ》った。その手には小さなナイフが光っている。

「……ごめんなさい、ナユタさん。先に探偵《たんてい》事務所で待っていてくださいね」

「え？」

直後、胸のあたりに、熱い感触《かんしょく》が一瞬《いっしゅん》走り――

ナユタの意識は、あっさりと数秒間の暗転に追い込まれた。

§

「……………………りふじん」

「……………………見抜《みぬ》けないです、あんなの」

「……………………名子役の本気を思い知った」

いつもの『三《み》ツ葉《ば》探偵社《たんていしゃ》』・事務所にて。

新規クエスト、『英国探偵奇談《たんていきだん》・まだらのねこ』から、ゲームオーバーにより弾《はじ》き出《だ》された

ナユタ達一行は、ソファにぐったりと埋《う》もれていた。

探偵《たんてい》クレーヴェルと戦巫女《いくさみこ》ナユタが隣《とな》り合《あ》い、ナユタの膝上《ひざうえ》には忍者《にんじゃ》コヨミが陣取《じんど》っている。

そんな疲《つか》れ切《き》った大人達を苦笑いで見つめ、唯一《ゆいいつ》の勝者たる兵法者マヒロは、人数分のお茶

を用意してくれていた。

「あはは……すみません。皆《みな》さんが騙《だま》されてくれたので、評価点、一人で荒稼《あらかせ》ぎしちゃいました」

ぺろりと舌を出す姿は本当に可愛《かわい》らしい。そして今となっては少し怖《こわ》い。

――説明はされていた。

人狼《じんろう》ゲーム的な要素もある、殺人鬼《さつじんき》と二人きりになったら抵抗《ていこう》できずに殺される、プレイヤーが殺人鬼《さつじんき》になる場合もある――その要素に、もっと注意を向けるべきだったのだ。

「マヒロちゃんの配役の引きが強すぎた……『警部で殺人鬼《さつじんき》』って何。殺人鬼《さつじんき》への特効が警部なのに、弱点を自分で潰《つぶ》してるじゃん……」

コヨミがぼやくのに合わせて、ナユタも問う。

「結局、マヒロちゃんの動機はなんだったの？　賄賂《わいろ》を受け取っていたのが警察側にもバレそうになったから、その口封《くちふう》じに？」

「それもありますが……終盤《しゅうばん》でコヨミさんに、『双子《ふたご》のすり替《か》わりかも』って言って、女の子の写真を渡《わた》しましたよね？　あれは亡《な》くなった前妻……つまり、ご令嬢《れいじょう》の実の母親の若い頃《ころ》の写真なんです。その人を昔、殺したのが、殺人鬼《さつじんき》の私で――伯爵《はくしゃく》はそうとは知らず、私的な敵《かたき》討《う》ちのために、捜査《そうさ》情報のリークを私に依頼《いらい》していた、っていう流れでした。で、伯爵側《はくしゃくがわ》の捜《そう》査《さ》がだんだん私に近づいてきたので、バレる前に殺した――これが動機ですね。犯人役には、最初にある程度の情報開示があったんですが、ドラマの脚本《きゃくほん》みたいで憶《おぼ》えるのがちょっと大変でした」

「ええ……わかるわけないじゃん、そんなの……」

コヨミが肩《かた》を落としたが、マヒロはくすくすと笑っている。

「伯爵《はくしゃく》の周辺をもうちょっとしっかり調べれば、伯爵《はくしゃく》が奥さんを殺した殺人鬼《さつじんき》を今も追っていて、その捜査《そうさ》に私も加わっていたことがわかったはずなんですが……ナユタさん達が他の容疑者に目星をつけてくれたので、うまく立ち回れました！」

クレーヴェルが降参のポーズで両手を挙げた。

「掘《ほ》り下《さ》げるべきは、君の『賄賂《わいろ》』の背景事情だったのか……捜査《そうさ》の初手を間違《まちが》えたな。セキュリティのスイッチを入れたのも君だね？」

「はい。あのお屋敷《やしき》にはメイドさんも多いですし、『二人きり』になって私が手を出せるタイミングは少ないだろうと思ったので……自分も危険なのを覚悟《かくご》して、教授さんと合流する前にトラップを発動させておいて――それで一人でも二人でも減らせればって思ったんですが、そっちは失敗しちゃいましたね」

てへ、と笑うマヒロが、もはや小悪魔《こあくま》にしか見えない。

「セキュリティルームの暗証番号も最初から知っていたんです。元から伯爵《はくしゃく》とのつながりがありましたし、四日前に起きたご令嬢《れいじょう》の誘拐疑惑《ゆうかいぎわく》の調査にも、警察側の一員として呼ばれていた――っていう設定だったみたいで。監視《かんし》カメラの故障についてもその時に把握《はあく》していて……ちなみに、ご令嬢《れいじょう》も私のターゲットの一人でした！」

「……こわい……マヒロちゃんが……こわい……」

コヨミがガタガタと震《ふる》えてナユタにしがみつく。やや鬱陶《うっとう》しいが、気持ちはわかる。

「コヨミさん、マヒロちゃんにもけっこう抱《だ》きついてましたよね？　血の匂《にお》いとかしなかったんですか？」

「わかんなかった……弟さんよりは全然薄《うす》かったし……あ、猫《ねこ》の匂《にお》いはけっこーした」

「犯行後、教授さんと客間で待っている間は、ずっと猫達《ねこたち》の相手をしていたので……そのせいですね。別に意識して匂《にお》いを消していたわけじゃなくて、ただの偶然《ぐうぜん》なんですが」

結果、クレーヴェル、ナユタ、コヨミの順で順当にその毒牙《どくが》にかかり、マヒロの一人勝ちとなった。

マヒロはティースプーンをナイフに見立て、自身の装備の胸元《むなもと》に添《そ》えてみせる。

「そもそも、返り血を浴びないように、後ろに回り込んでから心臓を一刺《ひとさ》し――っていう流れだったので、血の匂《にお》いはつかなかったと思います。わざわざ伯爵《はくしゃく》の首を切り落とした弟さんは大変だったでしょうね」

クレーヴェルがソファから立ち上がり、大きく伸《の》びをした。

「まぁ、今回一番大変だったのは、引いた配役を完璧《かんぺき》にやり遂《と》げた君なんだが……しかし結局、令嬢《れいじょう》の行方《ゆくえ》不明、伯爵《はくしゃく》の死亡、死体頭部の隠蔽《いんぺい》と、全部の犯人がバラバラという話だったわけか……実に捜査員《そうさいん》泣かせの事例だった」

「ですよね。令嬢《れいじょう》の行方《ゆくえ》不明と死体頭部の隠蔽《いんぺい》については、犯人役の私にも状況《じょうきょう》がさっぱりわかってなかったので……その謎《なぞ》を解かないとまともな評価点がつかないので、あのタイミングまで待っていたんです」

「ああ、それで……殺人鬼《さつじんき》役《やく》も、手当《てあ》たり次第《しだい》に殺せばいいってわけじゃないんですね」

「事件に目処《めど》がついたタイミングが一番危ないってことかー……べんきょうになった……」

慣れない探偵役《たんていやく》でさすがに疲《つか》れた様子のコヨミに、ナユタは微笑《ほほえ》みかける。

「じゃ、そろそろ解散にしましょうか。まだ夕飯も食べていませんし――」

頷《うなず》いたコヨミが、のそのそとナユタの膝《ひざ》から降りる。

「うぇーい……はー、明日休みで良かったぁー……そうそう、マヒロちゃん！　獲得《かくとく》したレアアイテム、明日見せてね！」

「あ、じゃあ、その時に山分けしますね。今回、評価点を稼《かせ》げたのは皆《みな》さんの推理のおかげなので。確か忍者《にんじゃ》向けの装備もあったと思います」

「マジで!?　マヒロちゃん神!?」

……気の使い方に、小学生らしからぬ老獪《ろうかい》さがうかがえる。今日の演技もさることながら、将来性も含《ふく》めてやっぱり怖《こわ》いかもしれない――が、基本的には素直《すなお》で良い子だと思う。

「それじゃ、私も落ちますね。コヨミさん、マヒロちゃん、おやすみなさい」

「うぃー。おやすー」

「はい！　また明日！」

——ゲームからログアウトして、ナユタはアミュスフィアを外した。

時刻は二十時過ぎ。まださほど遅《おそ》い時間帯ではないが、窓の外はすっかり暗い。

ソファから身を起こし、ぐいっと体を伸《の》ばしていると、寝室《しんしつ》から見慣れた狐目《きつねめ》の青年が出てきた。

「お疲《つか》れさまです、探偵《たんてい》さん。夕飯、遅《おそ》くなっちゃいましたね。今、支度《したく》しますから」

「……………あー。うん……ありがとう……」

若干寝《じゃっかんね》ぼけたような声からして、疲《つか》れが溜《た》まっているらしい。キッチンに立ったナユタは、手早く味噌汁《みそしる》を作り始める。

クレーヴェルはノートパソコンを立ち上げ、何かの仕事を始めた。

調理と仕事、それぞれ別の作業をしながら、雑談が始まる。

「今日のクエストは、ちょっと呼び方がややこしかったですよね。コヨミさんが探偵役《たんていやく》で、探《たん》偵《てい》さんが教授さんで——」

「ああ、マヒロ嬢《じょう》も呼びにくそうだったな。しかし、思っていたよりも頭を使う内容で、割とおもしろかった。いろいろと想定外はあったけれどね」

「あー……マヒロちゃんには、完全に手玉に取られました。私、殺されて事務所に戻《もど》った後も、しばらく呆然《ぼうぜん》としてたんですよ。先に探偵《たんてい》さんが殺されていて良かったです」

「良くないが？……いや、私もあの一瞬《いっしゅん》はわけがわからなかったよ。ステータスの都合で一《いち》撃死《げきし》には慣れているはずなんだが……事務所に戻《もど》された後、しばらく笑ってしまった。あそこまで綺麗《きれい》に騙《だま》されると、逆に爽快《そうかい》だな」

クレーヴェルはおかしげに笑う。彼にしては珍《めずら》しく、気の抜《ぬ》けた表情だった。

ナユタは並行《へいこう》して炒《いた》め物《もの》を始める。

「そういえば今日、『探偵《たんてい》さん』っていう呼び方を避《さ》けていて、ふと思ったんですが……ゲームの中ではともかく、こっちでその呼び方を続けるのって、ちょっと違和感《いわかん》がありますね」

「ん？　まぁ……そうかな？　私は慣れてしまったけれど、確かに外で買い物をしている時などは、『探偵《たんてい》さん』だと人から驚《おどろ》かれるかもしれないな」

「はい。ですからこれからは、なるべく『海世《かいせい》さん』って呼ばせてもらいます」

クレーヴェル——もとい、暮居《くれい》海世《かいせい》がむせた。

咳《せ》き込《こ》む彼の返答を待たず、ナユタは畳《たた》み掛《か》ける。

「海世《かいせい》くん、とも迷ったんですが、さすがに私のほうが年下ですし、ちょっと失礼かな、って。むしろ呼び捨てのほうがよければ改めますが？」

「げほっ……い、いや……名字のほうにしないか？　普通《ふつう》にほら、暮居《くれい》さん、とか……」

「名字はいやです。理由は察してください」

「……ええ……」

戸惑《とまど》う海世《かいせい》が、しばし天井《てんじょう》を仰《あお》いだ後、呻《うめ》くように呟《つぶや》いた。

「えー……と。完全に胃袋《いぶくろ》を掴《つか》まれている身で、今更《いまさら》、君にこんなことを言うのも恐縮《きょうしゅく》なんだが……君はやはり、もっと警戒心《けいかいしん》を持つべきだと思う。好意は嬉《うれ》しいが、危機感が足りなすぎるし、私だって聖人君子の類じゃない」

この反応に、ナユタは殊更《ことさら》に大きな溜息《ためいき》を返した。

「何を言い出すかと思えば——まだ理解できていないんですか？　危機感が足りないのはそっちですよ？」

「……うん？」

彼は何もわかっていない。自分が今、どれだけ危機的な状態にあるのか——この期に及《およ》んで、まだ何も理解できていないのだ。

その驚《おどろ》くべき無防備さと危なっかしさに呆《あき》れ返《かえ》りつつ、哀《あわ》れな子羊ならぬ子狐《こぎつね》に、ナユタはしたくもない指摘《してき》を続ける。

「海世《かいせい》さんはひどい勘違《かんちが》いをしています。現状は明らかに、私が『狩《か》る側』で、貴方《あなた》は『獲物《えもの》』です」

「えっ」

海世《かいせい》が絶句した。

ナユタは淡々《たんたん》と、事実を並べ続ける。

「困らせることはしないという約束がありますので、私も自重《じちょう》はしていますが……警戒心《けいかいしん》と危機感を持つべきなのは、海世《かいせい》さんのほうです。こんな時間に、自分を狙《ねら》う娘《むすめ》を易々《やすやす》と部屋に入れて、一服盛られる可能性も気にせずに夕食を作らせて、あまつさえ応接室に寝床《ねどこ》まで提供して……もしも私が、好きな相手に有無《うむ》を言わせず襲《おそ》いかかるような性格だったらどうする気ですか？　少しは貞操《ていそう》の危機を自覚してください。危なっかしくて仕方ありません」

「逆。逆だ。その注意喚起《かんき》は、私から君に向けるべきものだ」

「ですから、そういう油断が命取りだと言っているんです。こちらにとっては都合がいいので、別に責める気はないんですが――今の海世《かいせい》さんが私に『危機感を持て』なんて注意するのは、あまりに失笑《しっしょう》ものというか……自分の置かれている危機的状況《じょうきょう》をまったく理解できていないことに、いい加減、気づいてください。そんなに隙《すき》だらけで、よく今まで悪い女にも引っかからず無事に過ごしてこられましたよね？　奇跡的《きせきてき》です」

「ええ……」

喋《しゃべ》りながらも、ナユタは淡々《たんたん》と夕食の準備を進める。

「あ、お味噌汁《みそしる》できました。テーブルに持っていってください」

「…………はい」

「ご飯の量、どうします？　少なめにしておきますか？」

「…………うん」

今のやり取りには、彼なりに意表を突《つ》かれたのだろう。妙《みょう》に口数が少ない。炒《いた》め物《もの》と白米、味噌汁《みそしる》、常備菜に卵焼きを添《そ》えて、ごく家庭的な夕食ができあがった。夕食は軽めがいいと言われて、そのリクエストに応えた結果である。

向かい合い、少し遅《おそ》めの夕食をとりながら——

海世《かいせい》が、意を決したように箸《はし》を置いた。

「……ナユタ。さっきの話の続きなんだが……」

「はい」

さすがに放言を叱《しか》られるかとも思ったが、表情こそ真剣《しんけん》ながら、海世《かいせい》の耳がやや赤い。

「……慣れがあるから、しばらくはちょくちょく呼《よ》び間違《まちが》えると思うが……私も、ゲームの外側では、なるべく君を『優里奈《ゆりな》』と呼ぶようにする——それでいいかな、優里奈《ゆりな》」

「え」

今度は逆に、ナユタ——櫛稲田《くしいなだ》優里奈《ゆりな》のほうが、言葉に詰《つ》まらされた。

この反撃《はんげき》は予想外で、しばらく思考が停止する。

ゲーム内での呼び名を実生活でも通すことで——今のこの生活が、ゲームの延長線上にあるかのような感覚が、どこかにあったのかもしれない。

実の名前で呼ばれてみてはじめて、彼女はそのことを意識した。

「……あの……わ、私のほうから言っておいて今更《いまさら》ですが……名前で呼ぶのはともかく、呼ばれるのってけっこう恥《は》ずかしいですね……？」

「よし。なら、やめ……」

「いえ、そこは頑張《がんば》ってください。私も頑張《がんば》ります」

早速《さっそく》へたれかけた海世《かいせい》を食い気味に諌《いさ》めて、優里奈《ゆりな》は頬《ほお》を染めて微笑《ほほえ》む。

お互《たが》いに少々ぎこちないが、どうせすぐに慣れるという確信もあった。

「――それじゃ、改めて。これからもどうぞよろしくお願いします、海世《かいせい》さん」

「……うん。手加減はしてくれ。私は君ほど強くない……」

暮居《くれい》海世《かいせい》も、ようやく自分が狩《か》られる側だと理解できた様子だった。

――後日、ゲーム内でもうっかり「海世《かいせい》さん」と呼んでしまい、コヨミから真顔で詰《つ》められることになるものの――そんな未来を、今の彼女はまだ知るよしもなかった。

了

第六章
高野小鹿×rin

at the Children's Steps

Koroku Takano×rin

これもまた一つの「もしも」の物語だ。

俺──桐ヶ谷和人《きりがやかずと》が本来体験してきた数多くの事実とは、わずかながらに違《ちが》った時空、少しだけ〝小さな歩幅《ほはば》〟で歩かざるを得なくなった世界の話。

そもそも、歩幅《ほはば》の違《ちが》いって奴《やつ》は中々厄介《やっかい》なモノだ。

ただ一人でまっすぐ歩くだけなら歩幅《ほはば》なんて正直あまり気にしない。そしてVRMMOの中ならば基本的に歩幅《ほはば》は「移動速度」という単語に置《お》き換《か》えられる。キャラクターの移動速度は種族毎《ごと》の特性だとかステータス配分の差でしかない。アバターが男キャラだから足が長くて移動に有利だったりすることも基本的にはない。

ゲーム内で、俺が言いたい意味での〝歩幅《ほはば》〟を気にする機会なんて滅多《めった》にないわけだ。

逆に現実世界だとどうなるか。

男が他人の歩幅《ほはば》を気にするシチュエーションといえば……やっぱり、女の子と一緒《いっしょ》に行動する場合だろう。

男という生き物が、女の子と並んで歩いて初めて気付くことがある。

女の子はそんなに大股《おおまた》で歩かない、と。

向こうに早足を強制するのは気が引ける。だから当然、慌《あわ》ててこちらが歩幅《ほはば》を抑《おさ》える。普段《ふだん》よりも少しだけ手前に靴《くつ》を着地させ、気を遣《つか》っていることを出来るだけ悟《さと》られないようにしながら……。

だが、これはあくまで自分の方が体格的に勝《まさ》っている場合の話だ。

──それがもし逆だったとしたら?

さて、みんなは知っているだろうか──かつてSAO事件に巻き込まれたとき、俺が何歳だったか、ということを。

一つの正解は、十四歳だ。俺が生まれたのは二〇〇八年の十月七日。SAO、つまりは《ソードアート・オンライン》のサービスが開始された二〇二二年十一月六日の時点で、誕生日を迎《むか》えてから一ヶ月ほど経《た》った中学二年生だったことになる。

俺はそこから二年の間、SAOの舞台《ぶたい》である《浮遊城《ふゆうじょう》アインクラッド》で戦い続けた。

このデスゲームが終わったのは二〇二四年十一月七日。アインクラッド七十五層にて最終ボスである《神聖剣《しんせいけん》》ヒースクリフを俺が撃破《げきは》した瞬間《しゅんかん》だった。

つまり、SAOがクリアされたとき、俺は十六歳になっていた計算になる。幸いなことにソードアート・オンラインの世界は時間の流れが現実世界と一緒《いっしょ》だった。身体《からだ》は二歳しか(それでもこの二年という歳月《さいげつ》はとんでもなく大きかったが）歳《とし》を取っていないのに、精神の方は百年、二百年という時間の流れを体験していた——なんてことがあるはずもない。

だが、すまない——それは、間違いなんだ！

うっかりしていた。ちょっとした情報の行き違《ちが》いって奴《やつ》だ。桐ヶ谷《きりがや》和人《かずと》が、《黒の剣士《けんし》》キリトがＳＡＯをクリアしたときの年齢《ねんれい》が十六歳だったなんて……そんなはずがない。

みんなも、そう思うよな？

そうだ。あの頃《ころ》の俺は……もう少しだけ、小さかった。

正確に言うと年齢《ねんれい》にして三歳ほど違《ちが》う。俺が生まれたのは二〇〇八年じゃなくて二〇一一年だし、ＳＡＯのサービスがスタートしたとき、俺は小学五年生で、まだ十一歳だった。

もちろんコレは規約違反《いはん》も甚《はなは》だしい。ナーヴギアの対象年齢《ねんれい》は一応、十三歳以上ってことになっている。俺はちょっとした違法《いほう》手段で、あの悪魔《あくま》のデバイスを入手したってわけだ。

ただ、俺の年齢《ねんれい》に多少の間違《まちが》いがあったところで現実は変わらない。

俺はその二年後、十三歳でヒースクリフを倒《たお》したし、ゲームからログアウトした後は《アルブヘイム・オンライン》において、ゲーム内に囚《とら》われた三百人余りのＳＡＯサバイバー達を救出したりもした。

その後、総務省の菊岡《きくおか》に頼《たの》まれて《ガンゲイル・オンライン》に潜入《せんにゅう》し、「デス・ガン事件」を解決したのなんて今月の話だ。

今は西暦《せいれき》二〇二五年、十二月。俺は先月十四歳になったばかりだが、ＳＡＯをきっかけに出来た仲間達と日々、楽しい時間を過ごしている。ただ、困ったことに……俺は仲間達の中で最年少なのだ。

一番上のアスナは今十八歳で、俺とは四歳差だし、仲間に女性が多いこともあって、彼女達はどうも俺を舐《な》めているというか、子供扱《こどもあつか》いしすぎるところがある。

だからこそ、時々、俺は考えることがある。

——さっきの間違《まちが》いのように、俺の年齢《ねんれい》がもう少し上だったら、きっと皆との関係は全く違うモノになっていたに違いない、と。

俺の歩幅《ほはば》は小さい。女性である仲間達と身体《からだ》の大きさはさほど変わらないとしても、やはり精神的に引け目を感じずにはいられない。

大人になったとき、こんな三、四歳の年齢差《ねんれいさ》なんて何の意味もないのだろうとは思う。

だが、今は。

今、この瞬間《しゅんかん》を生きる俺達にとって、誰《だれ》が年上で、年下で、具体的に年齢《ねんれい》がいくつ離《はな》れているのかということは、とんでもなく重要なことだった。

俺にとってもそうだし、そして、それは彼女達にとってもそうなんじゃないかと、言葉にこそしないが感じる瞬間《しゅんかん》があって——

＊＊＊

「もうっ。遅《おそ》いわよー、シリカ」

「あ、す、すみませんっ、リズさん！」

ううう……あ、あたしだって寄り道をしていたわけじゃないのに……！

帰還者《きかんしゃ》学校が終わってすぐに十二月の寒空の中を必死に走って、VRMMORPG《アルヴヘイム・オンライン》にログインしたあたしだったけど、既《すで》に集合場所になっている《イグドラシル・シティ》の貸し宿屋には見慣れた面々の大半が揃《そろ》っていた。

息を切らして駆《か》け付《つ》けたあたし（ゲーム内の「シリカ」と違《ちが》って、現実世界でアミュスフィアを装着してベッドに寝転《ねころ》んでいる「綾野《あやの》珪子《けいこ》」は、まだ全力疾走《しっそう》の疲労《ひろう》ダメージから立ち直っていない）だったが、そこでリズさんに先制パンチを食らってしまった格好だ。

「シリカちゃん。気にしないでいいからね」

と、次にあたしに声を掛《か》けてくれたのはアスナさんだった。

意地悪くあたしにお説教をしたリズさんと違《ちが》い、アスナさんの反応ときたら！

「で、でも遅《おそ》かったのは事実ですし……」

とはいえ遅刻《ちこく》は遅刻《ちこく》だ。

引け目を感じたあたしは頭を下げるが……。

「ううん。偉《えら》そうに言ってるけど、リズだって一分前に来たばかりだったんだよ」

「ええっ！」

「ちょっ……アスナ！　ネタバレ早いってば！」

衝撃《しょうげき》の事実を耳にして思わずリズさんを批難の眼差《まなざ》しで見つめるあたしだったが、本人はアスナさんにとんでもないことを言っていた。たった一分、ログイン時間が違《ちが》っただけで、それを弄《いじ》りのネタにしようなんて……リズさん、それはちょっと考えが甘いですよっ！

「なに言ってるのよ。シリカちゃんをムダに責める必要なんてないでしょ」

「でも、あたふたするシリカは可愛《かわい》いでしょ？」

「まぁ、うん」アスナさんが小さく頷《うなず》いた。「それはそうなんだけど」

「せ、説得されないでください、アスナさんっ」

「うふふ。ごめんね、冗談《じょうだん》だよ。ほら、立ってないで座って」

「は、はい」

促《うなが》されてあたしは空いていた椅子《いす》に座る。

イグドラシル・シティに通って、中で作業をしたりする面子《メンツ》は決まっている。単純にクエストをやるときはエギルさんやクラインさんにも声を掛《か》けるけど、仕事をしている二人が平日の夕方にログインしてくるのは稀《まれ》だからだ。

結果的に、この時間に貸し宿屋にやって来るのは学生組だけになる。

あたしとリズさん、アスナさん。そして――

「今日は早く来いって言っただろ、シリカ」

黒髪《くろかみ》の男の子が隣《となり》に座ったあたしをじろりと睨《にら》みつける。

今日の彼は少しだけ機嫌《きげん》が悪いようだ。おそらくはあたしが遅《おく》れたせいで、つい先ほどまで皆《みな》さんの「弄《いじ》り」が彼に集中していたに違《ちが》いない。

仲間の中では最年少。けれど、間違《まちが》いなくあたし達の中心にいる男の子――

彼の名前は、

「ご、ごめんね、キ、キ、キリト君……！」

――キリト。

本名は桐ヶ谷《きりがや》和人《かずと》。年齢《ねんれい》は今、十四歳で実際の学校だと中学二年生相当だ。

もちろん、キリト君も《SAOサバイバー》である以上、同じ帰還者《きかんしゃ》学校に通っている。あたしが十五歳なので、キリト君の年齢《ねんれい》は一つだけ下だ。中学課程を履修《りしゅう》しているのはあたし達二人だけということもあって、イグドラシル・シティで勉強をするとき、自然とあたし達二人は隣《とな》り合《あ》って座るようになった。

というか、それ以外でもあたしとキリト君は一緒《いっしょ》に行動する機会はそこそこ多くて……。

「頼《たの》むぜ。シノンの奴《やつ》がちょっかい出してきて面倒《めんどう》でさ」

「あら。言うじゃない、キリト。あなた、あまり学校の成績が良くないんでしょ？　私は勉強を見てあげようとしただけなのに、どこに面倒臭《めんどうくさ》がる理由があるのかしら？」

「そ、それはだな……！」

キリト君が言《い》い淀《よど》んだ。

対照的《たいしょうてき》に小さな笑《え》みを浮《う》かべているのはシノンさんだ。シノンさんがALOをプレイし始めたのは本当に最近のことで、元はGGO——《ガンゲイル・オンライン》のトッププレイヤーだったらしい。キリト君が政府の人に頼《たの》まれて、発生していた事件を解決するとき、色々とお世話になったとは聞いている。その後、シノンさんはみんなと仲良くなって、こうしてALO内にも新キャラクターを作成したというわけだ。

「しののん。キリトくんをいじめちゃダメだよ」

キリト君の対面の席に座ったアスナさんがにっこりと微笑《ほほえ》む。

シノンさんはその忠言に肩《かた》を竦《すく》めて、

「人聞きが悪いわね。私は可愛《かわい》がってあげてるだけよ」

「でも、ダメ。ほら、キリトくんも困ってるし」

「そうなの、キリト？」

「……ふん」

「ほら。拗《す》ねちゃった」

くすりとアスナさんが笑った。瞬間《しゅんかん》、キリト君が不機嫌《ふきげん》そうに言い返す。

「す、拗《す》ねてなんてないっての！」

「ふーん。じゃあ、いじけてたのかしら？」

連携《れんけい》プレーだ。シノンさんも同じように笑《え》みを浮《う》かべて、あたふたするキリト君に追撃《ついげき》を仕《し》掛《か》ける。一方、キリト君は頑《かたく》なな様子で、

「いじけてもない！」

腕組《うでぐ》みをして、アスナさん達から顔を背《そむ》けてしまった。アスナさんとシノンさんは顔を見合わせ、ふふふ、と何だか満たされた感じで笑《え》みを濃《こ》くする。

これは何となく、あたしにもわかる。

意地を張っているキリト君は、可愛《かわい》い。あまり男の子に対して使って喜ばれる表現でないことは重々承知なのだが、そういう表現しか出来ないのだから許してほしい。

可愛《かわい》い、のである。

キリト君が幼さを感じさせるのは、戦っていないときだけだ。

年下で、まだ身長なども成長途中《とちゅう》ということで、目線の高さもアスナさんなどと比べてハッ

キリと低い。けれど、ひとたび剣《けん》を握《にぎ》れば、キリト君の雰囲気《ふんいき》は一変する。あたしはキリト君ほど頼《たよ》れる人を、大人を含《ふく》めて一人も知らない。おそらく、皆《みな》さんも同じことを思っているはずだ。そんな彼が日常で見せる愛らしさのギャップときたら――

「あ！　もうみんな来てたんだね～」

「リーファさん！」

と、そこで扉《とびら》が開き、見慣れた顔が姿を見せた。

金色の艶《あで》やかなポニーテイル。きりっとした眉《まゆ》と眼《め》――リーファさんだ。

「……ふんっ」

「キリト。お姉ちゃんに挨拶《あいさつ》は～？」

「うわっ！　だ、抱《だ》き付《つ》くなよ、バカ姉貴！」

そして、リーファさんはキリト君のお姉さんでもあるわけで。

リーファさんの本名は桐ヶ谷直葉《きりがやすぐは》さんといって、キリト君と二人はリアル姉弟《してい》だった。そんなリーファさんにとって、キリト君は可愛《かわい》くて仕方のない弟――という感じで、とにかく二人は傍《はた》から見ても仲が良《い》い姉弟《してい》だった。

いや……リーファさんと違《ちが》って、キリト君の方はそこまで、かも？

というか、リーファさんの「キリト君好き好きオーラ」が凄《すご》すぎるのだ。

今みたいにスキンシップも豊富で、キリト君が顔を赤らめて抵抗《ていこう》する場面をよく見る。シル

ぷ

フ族は細身のイメージが強いが、リーファさんのアバターはとてもスタイルが良《い》い。そんな相手に抱《だ》き付《つ》かれれば、年頃《としごろ》の男の子であるキリト君といえど顔を赤らめてしてしまうのが当然で——あたしには兄妹《きょうだい》がいないので、血の繋《つな》がった相手でも、そういう「照れ」みたいなモノがあるのかどうかはよくわからないけれど。

こんな風にじゃれ合う二人を見ていると、あたしはどうしても、あのときのことを思い出してしまう。

あたし「シリカ」と、キリト君が初めて会ったときのこと。

アインクラッド第三十五層《迷いの森》でドランクエイプに襲《おそ》われていたあたしを助けてくれた、黒衣を纏《まと》った小さな男の子の姿を。

＊＊＊

横一文字に真白い光が瞬《まばた》き、一瞬《いっしゅん》で残った二匹《ひき》の猿人達《えんじんたち》は光の粒子《りゅうし》へと還《かえ》っていった。

——寸前のところで彼に命を救われた。

だが、何もかも無事というわけにはいかなかった。

あの瞬間《しゅんかん》、あたしはこのゲームが「ゲームであっても遊びではない」と言われる意味を初めて理解したのだ。

今しがた、アイテム分配を巡《めぐ》るいざこざで組んでいたパーティーから離脱《りだつ》し、ソロで行動する羽目になっていたあたしは三匹《びき》のドランクエイプと遭遇《そうぐう》し、彼らに危《あや》うく殺されかけたのである。

ドランクエイプは三匹《びき》以上集まると独自の回復剤《かいふくざい》を用いてHPを回復させ、他の猿《さる》にスイッチするという戦法を用いてくるため、三十五層に出現するモンスターとしては考えられないほど撃破《げきは》難易度が上昇《じょうしょう》する。その事実をあたしは知らず、死が脳裏《のうり》をよぎる寸前まで追《お》い詰《つ》められてしまった。

そして死の恐怖《きょうふ》に晒《さら》され、動揺《どうよう》したあたしを守るために——目の前で命が一つ、儚《はかな》く散っていった。

ピナ。

幸運な出会いの末に《使《つか》い魔《ま》》になってくれた、あたしの大切な友達だ。

けれど、ピナはもういない。

愚《おろ》かな主人を、あたしのことを守るために命を——

「……すまなかった」

彼が沈痛《ちんつう》な面持《おもも》ちで頭を下げる。

黒い髪《かみ》に黒いコート。そして高い声。あたしは溢《あふ》れ出《だ》す嗚咽《おえつ》を必死に収めながら、

「……いいえ……あたしが……バカだったんです……。ありがとうございます……助けてくれ

て……」

ゆっくりと首を振《ふ》って、相手にお礼を言った。涙《なみだ》が頬《ほお》を伝っていくのを意識する。そしてハッとなった。

もしかして、今、目の前にいるのは女性なのだろうか？

髪型《かみがた》と格好だけで男性だと決めつけてしまったけれど、よくよく見ると相手は自分と大して上背が変わらない。となると男性プレイヤーとしては珍《めずら》しいくらい小柄《こがら》ということになる。長めの前髪《まえがみ》に隠《かく》れた眼《め》はナイーブそうで、輪郭《りんかく》からは極《きわ》めて女性的な線の細さを感じる。

いや、だが――

「ああ、ごめん。こんな子供に助けられて不安だよな」

黒衣の人物が再度頭を下げた。あたしが胸に抱《かか》えていた疑問とはまるで違《ちが》うことをこの人は考えていたようだ。

「俺はキリト。怪《あや》しいもんじゃない」

「キリト……さん？」

「さん付けなんてやめてくれ。まだ俺は十二歳なんだぜ」

「十二歳!?　あ、あたしより一つ年下……」

「へぇ、一個上か」彼は眼《め》を細めた。「お互《たが》い、よく今まで生きてこられたよな」

「そ、そうですね……。あの……キリト君、でいいですか……？」

「ああ。そっちの方がしっくりくるな」

そう言って彼は小さく笑った。

——この瞬間《しゅんかん》のキリト君の笑顔《えがお》が、あたしの脳裏《のうり》には今もしっかりと刻まれている。

命を救ってくれたのは、年下の男の子だった。

更《さら》に年少プレイヤーの大半はゲーム開始地点である《はじまりの街》で共同生活を送っていると聞いたことはあるが、そこまで詳《くわ》しくは知らなかった。

だが、少なくともあたしと同じ年頃《としごろ》の人間で実際に剣《けん》を握《にぎ》って、冒険《ぼうけん》に出ているプレイヤーは本当に少なかったし、年下なんて以《もっ》ての外《ほか》だ。

十二歳ということは、まだ小学生である。

つまりゲームが開始した一年前は五年生だったということになるが……本当に？

——そんな小さな子供が、どうすれば一人で、このデスゲームを生《い》き抜《ぬ》くことが出来たんだろう？

キリト君は一人で行動することに慣れているみたいだった。あたしみたいにパーティーから離脱《りだつ》して、結果的に一人になったわけでもないだろうし……。

その後、キリト君はピナを失い、目を赤く腫《は》らしたあたしのために手を尽《つ》くしてくれた。

まず四十七層のフィールドダンジョン《思い出の丘《おか》》に使い魔《つかま》を蘇生《そせい》させる手段があると教

えてくれた。だが、四十七層で安全に行動するためには、あたしのレベルは十以上足りなかった。そこでキリト君はあたしに同行してくれた上に、持っていたレア装備をプレゼントしてくれたのである。

あたしは目を丸くした。

まさに至《いた》れり尽《つ》くせりの一言だ。今、出会ったばかりの相手に対して、ここまでサポートをしてくれるなんて意味がわからない。

だから、一瞬《いっしゅん》だけ、キリト君のことを疑った。

なにか下心があるのではないか、と。

ソードアート・オンラインの世界は女性プレイヤーが極めて少ない。そのため現実世界では一度も告白されたことのないあたしですら、様々な理由を付けて言い寄ってくる男性プレイヤーは後を絶たなかったのだ。

彼は返答に困ったように頭を掻《か》き、何度か口を開いてはまた閉じた。だが、最終的に意を決した様子で視線を逸《そ》らし、小さな声で言った。

「……マンガじゃあるまいしなぁ。……笑わないって約束するなら、言う」

「笑いません」

そう答えたとき、あたしは真顔だった。

本当にこれっぽっちも笑う気なんてなかった。

真剣《しんけん》だったのだ。

けれど、キリト君の答えはあたしの想像を超《こ》えていた。しかも良《い》い意味ではなくて、悪い意味で、だ。このとき、彼が何と言ったかというと——

「君が……姉貴に、似ているから」

＊＊＊

「やめろよ、姉貴！　みんなの前だろ！」

「えー、いいじゃん。別に照れなくてもさぁ」

「照れてるわけじゃない！　人前でみっともないって言いたいんだよ、俺は！」

隣《となり》では相変わらずキリト君とリーファさんがやり合っている。

ALOのアバターは課金しない限りは無数のパラメータからランダム生成されるため、こちらの世界のリーファさんと現実世界のリーファさん——つまり「桐ヶ谷直葉《きりがやすぐは》」さんとは、正直そこまで外見が似通っているわけではない。だが、リーファさんのトレードマークとも言える金髪翠眼《きんぱつすいがん》は除くとして、いくらか共通点がある。

その最たる特徴《とくちょう》が十六歳とは思えないほど、抜群《ばつぐん》のスタイルだ。

それもあって、あのときのキリト君の一言を思い出す度《たび》、あたしは首を傾《かし》げずにはいられなくなってしまう。

――あたしと直葉《すぐは》さんって……言うほど、似てるか？

実際、キリト君の姉と似ていると言われたとき、キリト君のお姉さんは相当に幼い容姿なのだろうなと思ったものだ。

あたしは小柄《こがら》で顔立ちが子供っぽいこともあって妹系の扱《あつか》いをされることが多い。だからきっとキリトくんのお姉さんも小柄《こがら》で、あたしと同じく貧弱《ひんじゃく》なスタイルに苦悩《くのう》しているのではないかと親近感を覚えすらしたのである。

でも、この予感は探偵《たんてい》モノに出てくる無能な刑事《けいじ》さんの推理ぐらい的外れなモノだった。

SAOがキリト君とアスナさんによってクリアされ、ALOに囚《とら》われたアスナさん達をキリト君が救いに行ったあとで、初めてリーファさん、そして直葉《すぐは》さんに直接お会いしたときのことは鮮明《せんめい》に記憶《きおく》に刻まれている。

ハッキリ言って、あたしは結構な衝撃《しょうげき》を受けたものである。『どこがお姉さんと似てるんですか！　全然似てないじゃないですか！』とキリト君を問《と》い質《ただ》したくなったのも、一度や二度ではない。

体形から顔立ち、性格、果ては髪型《かみがた》まで含《ふく》めて、むしろ似ているところを探す方が大変なぐらい、あたしと直葉《すぐは》さんはタイプが違《ちが》ったのだ！

キリト君は二つ上《十五歳》の直葉《すぐは》さんを「姉貴」と呼んでいて、傍《はた》から見てもかなりの仲良し姉弟《してい》なのは間違《まちが》いない。今みたいに直葉《すぐは》さんの方から積極的にキリト君にじゃれついている光景もしばしば見かける。そして、その度《たび》、あたしは思うのだ。

当時のキリト君は、何を思って、あんなことを言ったのか、と。

シリカ《あたし》のどの辺りに直葉《すぐは》さんを感じたのか――もはや、それはあたしにとって人生最大の謎《なぞ》と言っても過言ではなくなっていた。

可能性があるとしたら、当時の直葉《すぐは》さんは今とは全く見た目などが異なり、あたしと近い要素がちょっとはあった――という線だけだが、正直全く想像が出来ない。

まさかとは思うが……当時の直葉《すぐは》さんは今とは違《ちが》って年相応のスタイルをしていたとか？

それがあの発言に繋《つな》がった？

……もしそんな裏事情があったとしたなら、あたしはいずれキリト君と決着を付けなければならなくなってしまうだろう。この謎《なぞ》は墓場まで持っていくしかないのかもしれない……。

「（どちらにしろ誰《だれ》にも話せないコトなのは変わらないけどね……）」

実際、この話は、リズさんやアスナさんにもしたことがない。

というか、言えるわけがないのだ。もし、リズさん辺りにこの話をしたら『キリトの奴《やつ》、実は適当なことを言ってシリカに近付こうとしたんじゃない？』などと言い出すのが目に見えている。アスナさんだって黙《だま》ってはいないだろう。当事者である直葉《すぐは》さんもキリト君の謎《なぞ》めいた発言に黙《だま》ってはいられなくなるはず。

となると、何が起こるか。

──過去に類を見ないような「キリト君弄《いじ》り」の始まりである。

そもそも、みんなで集まると基本的にあたしを除いた全員がキリト君にちょっかいを出したがるのである。

何と言うか、それはあたし達がSAOの中にいた頃《ころ》からの名残《なごり》とも言える。

当時のキリト君は《黒の剣士《けんし》》と呼ばれる凄腕《すごうで》のソロプレイヤーだったが、彼が注目を集めたのはその卓越《たくえつ》した腕前《うでまえ》と《二刀流》のユニークスキル、そして何よりも「攻略組最年少《こうりゃくぐみ》」であることだった。

十二歳、十三歳という年齢《ねんれい》なのに恐《おそ》ろしいほどに強い──だが逆に言えば、戦っていないときのキリト君は女性的な顔立ちのただひたすら可愛《かわい》い子供だった。

強さが過ぎるあまりか、どうしてもキリト君の幼い容姿を会話の取《と》っ掛《か》かりにすることが多かった。これは女性陣《じん》だけでなくて、クラインさんやエギルさんといった男性の皆《みな》さんも同じだ。『その歳《とし》なのにホント強《つえ》ぇなぁ、キリの字!』などとクラインさんがキリト君の頭をぽんぽん叩《たた》きながら笑っていたのを見たのは一度や二度ではない。

やはり大半のプレイヤーはキリト君を可愛《かわい》がったり、ちょっかいを出したりといったアプローチで関わることが多い。それは彼が強すぎるあまり、そこに多少の「可愛《かわい》げ」を求めたくなるのが人情だからなのかもしれない。

この傾向《けいこう》は仲間にシノンさんが新たに加わって更《さら》に加速し始めている。そんな状況《じょうきょう》で、過去のSAOでのキリト君の発言を蒸《む》し返《かえ》すのはあまり良《い》いことではないだろう。

キリト君が皆《みな》さんに「可愛《かわい》がられる絶好のネタ」を提供してしまうことになる。

それはちょっと、なんというか……可哀想《かわいそう》に思える。

そういう風に感じるのは、そもそもあたしだけ、普段《ふだん》のキリト君との関わり方が皆《みな》さんと違《ちが》うからだろう。

性格的に他人を弄《いじ》ったり、からかったりするのが苦手だから、というのもある。

でもそれ以上に、あたしとキリト君は一歳差でしかなく、そこまで年齢《ねんれい》が離《はな》れていないというのが一番大きかった。

あまり歳《とし》の変わらない男の子を「可愛《かわい》い」みたいな感じで弄《いじ》れるほど、あたしは自分が「お姉さん」である自覚が全くなかった。SAOの頃《ころ》からキリト君には頼《たよ》りっぱなしで、自分の方が年上であることに申し訳なさを感じていたくらいなのだから。

むしろ妹みたいなポジションの方が収まり良く感じる一方で、そうは言っても皆《みな》さんみたいにちょっとぐらいはお姉さん風を吹《ふ》かせたいという欲求にも揺《ゆ》らいでいて――

「あー、もうっ！　皆《みな》がちょっかい出すから、全っ然宿題進まないっての！」

と、そのときだった。

髪《かみ》の毛《け》をガシガシと掻《か》いて、堪《たま》り兼《か》ねた様子でキリト君がバンと机を叩《たた》いて立ち上がった。

「シリカ、ちょっと外に行こうぜ！」

「え？」

不意に名前が呼ばれる。ビックリしてあたしは立ち上がったキリト君の顔を見上げた。

まだ幼くて、だけど初めて会ったときよりも――ちょっとだけ大人になり始めている男の子があたしをじっと見下ろしていた。

「気分転換《てんかん》に狩《か》りに行ってくる。一緒《いっしょ》に来てくれ」

「あ、あたしでいいんですか？」

「そうだよ。だって――」

キリト君が恨《うら》みがましい目で、他の皆《みな》さんの顔をぐるりと見回した。

「他の奴《やつ》らは、俺をおもちゃにするのにご執心《しゅうしん》みたいだからなぁ……ほらっ、行こうぜ！」

「わわっ！」

キリト君はあたしの返事を待たずに手を握《にぎ》って、貸し宿屋の外へと飛び出した。

＊＊＊

剣閃《けんせん》が瞬《また》き、キリト君と対峙《たいじ》していたモンスターがホログラムになって霧散《むさん》する。だが、相手は一体だけではない。キリト君の攻撃後《こうげきご》の硬直《こうちょく》を狙《ねら》って、もう一体のモンスターが雄叫《おたけ》びと共に武器を振《ふ》り下《お》ろした。

キリト君は左の片手剣《けん》を切り上げ、モンスターの一撃《いちげき》を打《う》ち払《はら》う。

剣戟《けんげき》による攻撃《こうげき》の受け流し――パリィだ。

「スイッチ！」「はい！」

言葉と共に、あたしはキリト君と入《い》れ替《か》わる。スイッチ。元々はSAO内でソードスキルを発動したあとに硬直《こうちょく》が発生する。そこで攻撃主《こうげきぬし》を疑似的《ぎじてき》に入《い》れ換《か》えることでキャンセルし、ソードスキルを連続で繰《く》り出《だ》し、強敵を打破するために生まれた戦術だ。

SAOは地に足を付けた一対一での戦闘《せんとう》が基本だったこともあり、スイッチは一定層以上のプレイヤーにとっては必須《ひっす》技能とされていたが、魔法《まほう》が存在し、飛行を用いた高速戦闘《せんとう》が可能であるALOでは必ずしもスイッチを会得《えとく》する必要はない。

けれど、今回のように地上で武器を持った亜人種《あじんしゅ》のモンスターと戦闘《せんとう》する場合、スイッチはやっぱり有効な戦術だし、あたしとキリト君にはやはり「慣れ」があるからか、自然とスイッチを行う前提で戦闘《せんとう》に挑《いど》むことが多かった。

「やぁっ！」

短剣《たんけん》のソードスキルを発動し、もう一体のモンスターを撃破《げきは》する。ガラスが割れたようなホログラムの雨から短剣《たんけん》を引《ひ》き抜《ぬ》き、あたしは小さく息を吐《は》いた。

「良《い》い感じだな」

キリト君が辺りを見回しながら言った。

イグドラシル・シティの貸し宿屋を飛び出し、近くのエリアであたし達は些細《ささい》な狩《か》りを行っていた。特に狩《か》り自体に目的があるわけではない。強《し》いて言えば皆《みな》さんに弄《いじ》られまくり、溜《た》まりに溜《た》まったキリト君のフラストレーションを晴らすことぐらいだ。

こういうことは、実は珍《めずら》しくない。

時々、ゲームの中だけで、リアルでは全然なのだけど、あたしとキリト君は二人でクエストに挑戦《ちょうせん》することがあった。その度《たび》に、あたしは思う——他のみんなも誘《さそ》えばいいのに、って。

でも、キリト君が声を掛《か》けてくれるのは、なぜかいつもあたしだった。

——あたしは、アスナさん達とは違《ちが》う。

アスナさんやリーファさん、シノンさんと違《ちが》って、あたしはあまり強くない。

精神的にもだし、何と言ってもプレイヤーとしての戦闘力《せんとうりょく》が桁違《けたちが》いだ。

だから〝相棒〟にするには物足りない部分が多いはずだ。それでもキリト君はあたしを選んでくれる。その理由があたしにはわからない。

どうしてなんだろう。

もしかして、キリト君は、あ、あたしのことが…………！

「（いや、それはないか……）」

頬《ほお》がわずかに紅潮した瞬間《しゅんかん》、頭のどこかに居座《いすわ》った冷静なあたしがスイッチを切る。フッと熱は冷める。舞《ま》い上《あ》がった心を戒《いまし》める。

あたしを相棒にしたがる以上に、キリト君があたしを好きだと考える方が余計に意味不明なのだ。

キリト君の周りにはたくさんの素敵《すてき》な女の人がいる。自分が安易に彼に選ばれたと考えられるほど、あたしは脳天気ではなかった。

「シリカ？　どうかしたか？」

不意にキリト君があたしの顔を覗《のぞ》き込《こ》んだ。何も答えず、黙《だま》り込《こ》んでいたから心配してくれたのだろうか。

ふと、目線が合う。女の子みたいに綺麗《きれい》で、優《やさ》しい顔。

でもキリト君は男の子で、あたしより一つ年下だからまだ身体《からだ》もあまり大きくない。

なのに、あたしよりもずっと強くて、頼《たよ》りになって——

「なーんか、変な感じだな。俺が話を聞いてもらいたくて連れ出したのに、シリカの方がよっぽどそういう感じの顔をしてるように見えるぜ」

「す、すみません……」

「謝らなくてもいいよ。気がつかなかった俺が悪いんだし」

そう言って、じっとキリト君があたしの顔を見た。

鳶色《とびいろ》の綺麗《きれい》な瞳《ひとみ》——ALOのアバターが生成した外見に過ぎないのに、こっちの「キリト君」

は現実世界の桐ヶ谷《きりがや》和人《かずと》君と似た眼《め》をしている。

「……ってことは、まず俺が先に話すべきだな」

「え？」

「簡単な理屈《りくつ》だよ。どうもシリカは悩《なや》みがあるみたいだ。けど、じゃあ今すぐ話してみてくれって言っても、ちょっと『うっ』ってなるだろ？　だからまず俺が先陣《せんじん》を切る。普段《ふだん》、ゲームの中でやってるのと同じことさ」

キリト君が微《かす》かに微笑《ほほえ》んだ。冗談《じょうだん》めいているけど、その表情は真剣《しんけん》だった。彼が本当にあたしのことを心配してくれているのが真摯《しんし》に伝わってくる。

「俺の悩《なや》みは……まぁ大した話じゃないし、シリカも薄々《うすうす》気付いてるとは思うんだけど……みんな、俺のことをさすがに子供扱《こどもあつか》いしすぎじゃないか、ってことなんだ！」

グッと拳《こぶし》を握《にぎ》り締《し》め、力強く宣言するように言った。

「な、なるほど」

「今、明らかに『それは知ってました』って感じの顔をしたな……」

「あ、あはは……」

キリト君がため息を漏《も》らし、頭を抱《かか》えた。完全に心を読まれてしまったあたしは苦笑《くしょう》するしかなくなる。

「呆《あき》れられても仕方ないよな。結局、子供の言うことなんだから……」

「そ、そんなことないです！」

「いや、そんなことある！　シリカも想像してみてほしい。もし、俺の年齢がもう少し上だったとしたら——結構色々なことが変わっていたと思わないか？」

「キリト君が、もう少し年上だったら……？」

「ああ！　想像してみてくれ！」

「えっと……例えばクラインさんぐらいの年齢《ねんれい》でいいですか？」

「い、いや、それはちょっと老《ふ》け……違《ちが》う、ちょっといきすぎだ！　もう少し抑《おさ》えめで頼《たの》む！」

大人になってしまうほど年上ではいけないらしい。

たまに《ダイシー・カフェ》でクラインさんがスーツを着ていることがあるけど、ああいう格好をしたキリトさんもあたしとしては別に悪くないと思うのだが……。

となると、今キリト君は十四歳だから……十七歳ぐらいだろうか。

なるほど、そうなると——

「……シリカよ。今、俺の頭の上辺りを見てしまったな？」

「うっ⁉」

じろり、とキリト君があたしを不穏《ふおん》な眼差《まなざ》しで睨《にら》みつけた。またしても心を読まれてしまったあたしの肩《かた》が自然と跳《は》ね上《あ》がる。キリト君が強い口調で言い放つ。

「勿論《もちろん》、しっかりと身長も伸《の》びてもらわなくちゃ困る！　今の俺の身長なんて、他のみんなより余裕《よゆう》で低いぐらいだしなっ！」

現実世界のキリト君は中学生の男子としては背が低い部類だと思う。さすがに一五〇センチすらないあたしよりは上だと思うけど、大半の女性陣《じん》はキリト君よりも高身長だ。

ただ、これはどうしようもないことに思えてならなかった。男子の背が大きく伸《の》びるのは平均して中学半ばくらいからで、それまでは女子の方が体格に勝《まさ》るケースも珍《めずら》しくないのだ。

まぁ、その……あたしは昔からずっと小さかったですけどね？

とはいえ、これでもキリト君の身長はSAOで初めて会ったときと比べても結構伸《の》びた方だと思うし、そもそも十四歳の男子ならば身長が一六〇センチに満たないのはそこまで珍《めずら》しくない気もする。個人的には、そこまで気にする必要はないように思えるが……。

「ゲームの世界は学校とは違《ちが》うからな。SAOなんて大体、大人ばかりだっただろ？　身長なんて大きいほど良《い》いに決まってるのさ。まぁ……単純に背が伸《の》びたら、子供扱《こどもあつか》いされなくなるかって言うと、それもまた違《ちが》う気がするんだけどなぁ」

ぽつり、とキリト君が言った。

「俺だって全力でやってるんだぜ。なのにわざわざ『子供なのに凄《すご》い』とか言われるのは納得《なっとく》出来ないよ。今思えば、茅場《かやば》の奴《やつ》ぐらいだったぜ。今よりガキだった俺と対等に接してくれたのは……」

茅場《かやば》、茅場晶彦《かやばあきひこ》。SAOの開発者であり、一万人のプレイヤーを電脳空間の中に閉じ込めた張本人。そして同時に血盟騎士団《けつめいきしだん》の団長、ヒースクリフでもあった——

「みんなだって、そうさ。なんでアスナ達は俺のことを、子供としてじゃなくて一人の男として対等に見てくれないんだろうな……？」

噛《か》み締《し》めるようにキリト君が言う。

あたしは、ああ、と思った。

これこそがキリト君が一番言いたかったことなのだ、と。

キリト君はあたし達と、もっと分《わ》け隔《へだ》てなく接したいのだ。年下だとか年上だとか、そういうフィルターを抜《ぬ》きにして。

実際、年長組であるクラインさんやエギルさんとはキリト君以上に歳《とし》が離《はな》れているのに、みんな、全く問題なく関係を築けている。なのに自分だけ、どうしてこんなにも年齢《ねんれい》を引き合いに出されるのか——キリト君はそう思っているのだ。

その疑問に、あたしは一つの答えを出すことが出来る。

キリト君は気付いていない。

みんな、キリト君のことが大好きだから、捻《ひね》くれた接し方しか出来ないということに。

もちろん、この「好き」は、単に人間として好きという意味じゃない。男の子として、立派な恋愛《れんあい》対象として好き——そういう意味だ。

確信がある。

というか、こういうのは女の子の間では、言わなくても勝手に伝わるモノなのだ。鈍感《どんかん》な男の子が気付かないだけで。

あたしだけじゃなくて、アスナさんも、シノンさんも、リズさんも、もしかしたら、リーファさんも——同じ想《おも》いを胸の内に抱《いだ》いている。

けれど、だからこそ。

あたし達が本当にキリト君のことを好きだからこそ、やっぱりキリト君の年齢《ねんれい》は気になってしまうモノなのだ。

恋《こい》に年の差なんて関係ない、とはよく言う。例えばあたし達が学校の先輩後輩《せんぱいこうはい》みたいな関係性だったら二、三歳の年齢差《ねんれいさ》なんて障害にならないと思う。

けれど、あたし達の出会いは違《ちが》った。

あたし達は穏《おだ》やかな学校の中ではなくて——剣《けん》と血が支配するデスゲームの中で彼と出会ったのだ。

だから対等に、同じ目線でキリト君と接するというのは少し難しかった、はずだ。

だって、キリト君は明らかに子供だったから。

どれだけ強くて、頼《たよ》りになって、大きくなったらどれだけ格好良くなるんだろうと想像してしまっても、現実にはあのときのキリト君はまだ小学生でしかなかった。

あたしも似たような体験をしているからわかるが、命が懸かった空間で子供と一緒《いっしょ》に戦うことを嫌《いや》がる大人は非常に多い。

加えて恋愛的《れんあいてき》な意味でも、キリト君の年齢《ねんれい》は大きな意味を持っている。

例えば一歳年上のあたしはSAO内で男の人に何度も言い寄られたことがあるし、一度だけだけど結婚《けっこん》してくれと突然《とつぜん》言われたこともある。

それでは性別が逆の場合も似たようなパターンになるかというと、ちょっと違《ちが》うはずだ。女の人が面と向かって、年が離《はな》れた男の子に好意を伝えるのは、きっと……中々難しいことだと思うから。

アスナさんもシノンさんもリズさんも、みんなキリト君への好意を直接は口にはしない。出会った場所がSAOでもALOでもGGOだったとしても。

そして、次の一歩を踏《ふ》み出《だ》すのが途轍《とてつ》もなく難しいことにも気付いているのだ。

もしもさっきキリト君が言ったように、彼の年齢《ねんれい》がほんの少しでも上だったら、こんな悩《なや》みを誰《だれ》も抱《いだ》くことはなかっただろう。

きっともう既《すで》に、誰《だれ》かが、彼の隣《となり》にいたと思う。対等な目線で、互《たが》いに心を寄せ合って、想《おも》いを告げて――

「(でも、それは……たぶん、あたしじゃなかった、はず)」

とても悲観的な考えだとは思う。けれど、半ば確信めいた予感でもあった。

だって、あたしがアスナさん達に勝てるわけがないのだから。

あたしは小さい。あたしは弱い。あたしはヒロインにはなれない。

——あたしの〝歩幅《ほはば》〟は、小さい。

間違《まちが》いなく、他の誰《だれ》よりも。

だからキリト君と並んで一緒《いっしょ》に歩いていくのは、あたしにはたぶん無理だ。彼のスピードに追い付ける自信がない。

彼がこんなに小さい今この瞬間《しゅんかん》ですら、いつも不安で潰《つぶ》れそうなのに。

今のキリト君はみんなから子供扱《こどもあつか》いされている。だから恋《こい》の魔法《まほう》は機能しない。彼がどう見ても子供だからこそ、誰《だれ》もが一線を引いていて、あたし達は他愛ないじゃれ合いの日々を過ごしている。

けれど、状況《じょうきょう》はおそらく一瞬《いっしゅん》で変わる。

それがいつかはわからない。あたし達はほぼ毎日一緒《いっしょ》にいて、一緒《いっしょ》に学校に通って、些細《ささい》な変化があったとしても、それに気付くことが出来ない。

でも、いずれ必ず気付く。

身体《からだ》が大きくなって、彼の女の子みたいな顔付きが、少しだけ大人びたとき——こうして今みたいな距離感《きょりかん》で、あたし達は接することが出来なくなってしまう気がするのだ。

あたしは思う。

きっと、こんなことを考えているのは世界で一人だけだ、と。

キリト君に子供のままでいてほしい、なんて。

——そうでなくなった瞬間《しゅんかん》、キリト君があたしの目の前から飛んでいってしまうことがわかりきっているから。

「……別に慌《あわ》てる必要はないと思いますよ」

だとしても、あたしは彼に、背を向けたりはしない。

「え？」

「キリト君は、キリト君ですっ。今は確かに成長途中《とちゅう》かもしれませんが、十分カッコいいですし、本当に強くて頼《たよ》りになりますし、既《すで》にみんなの中心というか……何も悩《なや》む必要はないと思います！　だって——」

キリト君が呆《ほう》けた顔であたしの方を見た。あたしは満面の笑《え》みで、答える。

「時間が経《た》てば、絶対に大人になれるんですから。だから、その……今の時間を大事にするのも悪くないんじゃないでしょうか？」

——絶望的な現実と、そして一握《ひとにぎ》りの希望を添えて。

笑顔《えがお》は崩《くず》さない。

別に〝良い子〟を演じているわけじゃない。

あたしは、ちょっと意地を張っているだけなのだ。もしもこの場にリズさんがいたら『よく言ったわね』みたいな感じで、たぶん褒《ほ》めてくれるはず。

確かに、こんな風にキリト君と特別な関係でいられるのは、あたし達がまだ「子供組」だと周囲から思われている短い時間の中でだけなのだろう。

でも、それでいい気がした。

いつか途轍《とてつ》もなくカッコ良くなるキリト君を——彼の後ろで、見ていることが出来たなら。

あたしは、キリト君の足手まといにだけはなりたくないのだ。

《思い出の丘《おか》》で《プネウマの花》を手に入れて、ピナを蘇生《そせい》させたときの記憶《きおく》が胸をよぎった。

あたし達を助けてくれたあと、攻略組《こうりゃくぐみ》であるキリト君は前線に戻《もど》ろうとしていた。

あのとき、キリト君のレベルは78。一方であたしのレベルは45——33という途轍《とてつ》もないレベル差があった。

彼と一緒《いっしょ》にいたいという気持ちは本当に強かった。でも、あたしはキリト君に「連れていってください」とは、言わなかった。溢《あふ》れ出《だ》す想《おも》いを涙《なみだ》に変えて、必死に奥歯《おくば》を噛《か》み締《し》めた。

それがあたしの意地だ。

小さな歩幅《ほはば》しか持たず、大好きな人に追い付くことが出来ない人間の精一杯《せいいっぱい》。絶対にカッコ良くなんてなれない弱い人間の精一杯《せいいっぱい》のカッコ付け——

「……俺、焦《あせ》りすぎなのかな」

頬《ほお》を小さく掻《か》きながら、キリト君がぽつりと言った。あたしは頷《うなず》く。

「はい。なんとなくですけど……」

「うーん……確かにシリカの言うことには一理あるなぁ。SAOに囚《とら》われた頃《ころ》の俺なんて本気でガキだったのに、今は割合デカくなったもんなぁ」

「そうですよ！　だって《迷いの森》で初めてキリト君とお会いしたとき、女の子にしか見えませんでしたもん！」

キリト君の言葉に調子を合わせる。

これでいい。

いや――これがいいのだ。

「はは……あれは俺としても自覚があったからな……。あの頃《ころ》は俺のことを女の子だと勘違《かんちが》いした野郎《やろう》に告白されたり、求婚《きゅうこん》されたりするのが日常茶飯事《にちじょうさはんじ》だったし」

「えっ！　プロポーズされたこともあったんですか？」

「ああ、あるよ。ただ『小さい』だけじゃなくて、どうもコアなMMOプレイヤーは『強くて小さい』に魅力《みりょく》を感じる奴《やつ》が多いみたいでさ。不本意ながら、片手で数えられる数で収まらないくらいは求婚《きゅうこん》された。中には俺が男だと知っていた上でプロポーズしてきた奴《やつ》までいたからな……はぁ」

本気で落ち込むキリト君とは対照的にショックを受けるあたし。

まさか、キリト君の方がSAO時代、あたしよりも男性プレイヤーにモテていた……？

なんてことだろう。こんな飛び道具的なエピソードで、女としての自信が揺《ゆ》らぐことになろうとは……。

「……ま、今となっては笑い話だけどな。ありがとう、シリカ。なんとなく気が楽になったよ」

「そ、それなら良かったです……」

衝撃《しょうげき》を受けて、あたしは曖昧《あいまい》な返事をすることしか出来なくなる。一方で、キリト君は霧《きり》が晴れたような表情を浮《う》かべて、

「焦《あせ》るのはやめることにする。菩薩《ぼさつ》のような心で、アスナ達の過酷《かこく》な弄《いじ》りにも俺は耐《た》えてみせるぜ」

「す、素敵《すてき》だと思います」

「時間が経《た》てば、絶対に大人になれるんだもんな」

「は、はい……」

「だよな」

そしてキリト君が当たり前のように言った。

「俺も、シ、シ、シリカも……まだまだ、成長途中《とちゅう》だもんな」

一瞬《いっしゅん》、何を言われたか、わからなくなった。

あたしは眼《め》を見開いて、キリト君の顔を見る。小さく微笑《ほほえ》んだキリト君があたしの眼《め》を見返した。

「ん？　だって、俺が大人になるくらい歳を取るなら、シリカだって同じだけ歳を取る計算になるだろ？　俺もシリカも、まだまだ小さいし、みんなからは子供扱《こどもあつか》いされるけど……そんなの今だけさ。身体《からだ》だってまだまだ大きくなるだろうし、ゲームの腕《うで》も上がるはずさ」

キリト君の言葉が、胸《むね》の奥にスウッと染《し》み込《こ》んでいく。

あたしも？

成長するのは、キリト君だけじゃなくて……。

「俺達よりデカい奴《やつ》らを一緒《いっしょ》に見返してやろうぜ。な、シリカ？」

そう言って、キリト君があたしに手を差し出した。

——瞬間《しゅんかん》、あたしは幻影《げんえい》のようなモノを見た。

おそらくはアミュスフィアの軽微《けいび》なエラーか、ささやかなバグの一種だと思うのだが——見慣れたキリト君の背後に、もう一人、半透明のキリト君が出現して見えたのだ。

しかも、そのキリト君はあたしの知っているキリト君ではなかった。明らかに背が高い。顔立ちも女性的ではあるが、間違《まちが》いなく男性だと断言出来る凛々《りり》しい容姿をしている。

言うなればそれは数年後のキリト君みたいで——

『——』

そのキリト君はスッと手を伸《の》ばし、あたしの頭を小さく撫《な》でた。

直接的な感覚はない。

ただ半透明《はんとうめい》の手がそこにあるだけだ。なのに、どうしてだろう。なんだか馴染《なじ》み深《ぶか》いという
か、心の内側に温かいものが込《こ》み上《あ》げてきたのだ。

でも、同時にハッキリと理解した。

今だけは、この瞬間《しゅんかん》だけは――

その右手の置かれた場所に、喜んでいてはならないということに。

「シリカ？」

「す、すみません！」

次の瞬間《しゅんかん》にはもう一人のキリト君は視界から消え去っていて、怪訝《けげん》な表情であたしに手を差
し出している小さな男の子がそこにいるだけだった。

あたしはゆっくりと頷《うなず》き、そして決心した。

「そうですね、キリト君！」

キリト君の手を握《にぎ》り締《し》めることを。

あたしの大好きな男の子の手を。

今までずっと――彼の後ろで、彼がどれだけのスピードで、どこまで行けるのかを眺《なが》めてい

られれば良《い》いと思っていた。

それがあたしの歩幅《ほはば》の限界だと思っていたのだ。

でも、もしかしたら、それは違《ちが》うのかもしれない。

彼が、あたしに手を差し出してくれたら、二人の歩幅《ほはば》は一緒《いっしょ》になる。

ううん、それだけじゃない！　あたしがもっと大きく、自分の一歩を前に踏《ふ》み出《だ》すことが出来たなら——

もしかしたら、あたしは彼の歩幅《ほはば》に追い付くことが出来るかもしれないのだ。

そうですよね。

キリト君。

いいえ……キリト、さん？

（了）

第七章
牧野圭祐×かれい

この呪いをどう解いたらいいの
—シリカと幽霊少女《ゴーストガール》—

Keisuke Makino×Karei

1

清流沿いの暗い木陰から、音もなく少女が飛び出してきた。

「わああっ!?」

小走りしていたシリカは避けられず、少女とぶつかった——はずが、衝撃はない。その代わり、凍りつくような悪寒が身体を貫き、次の瞬間、背後に異様な気配を感じた。何が起きたのかわからず、動転しながら振り向く。

「ひっ……!」

それを見たシリカは、とっさに一歩飛び退き、短剣を握りしめる。

半透明の幽霊少女が、ゆらゆらと浮遊している。見た目は一三歳のシリカよりも少し幼く、小学生くらい。顔立ちは整っていて人形のように美しいが、茶色の瞳に生気はなく、頬と首に深い傷がある。質素な薄桃色のワンピースは土で汚れ、袖から突き出す棒のような腕は青白い。ぼさぼさの黒髪には、木の葉や蜘蛛の糸が絡みついている。そして、足はない。

これが自分の身体を通り抜けたのかと思うとゾッと怖気立ち、そそくさと逃げようとしたところ、カラー・カーソルが敵を表す赤色ではなく、黄色だと気づいた。

イベントMob? 表示名は【Momo：Ghost Girl】。《ゴーストガール》は低レベルのモンスターだが、これには《モモ》という固有名があり、見た目が少し違う気がする。

頭上には、クエストの進展を知らせる《?》マークが点滅《てんめつ》している。

いつのまにか、イベントが始まっていた。受注した記憶《きおく》はなく、ひょっとして、さっきの接触《せっしょく》がきっかけだろうか。

あれこれ考えていると、モモは両手を前に突《つ》き出《だ》して、ふわふわと接近してくる。

「こ、こっち来ないでぇぇぇ！」

たまらず短剣《たんけん》を振《ふ》り回《まわ》すと、モモはビクッと震《ふる》えて身を縮め、眉《まゆ》をハの字に下げて両手をひらひらと振《ふ》る。

「戦う気がないの……？」

モモは何やら口をパクパクと動かすが、声は聞こえない。

いずれにしても、アンデッドのクエストなど受けたくない。気持ち悪いものが苦手で、アンデッドはエンカウントすら避《さ》けていたほどだった。

逃《に》げるが勝ち。シリカはイベントを放棄《ほうき》し、踵《きびす》を返《かえ》して森の遊歩道を駆《か》ける。

森を抜《ぬ》けたところで、草むらに腰《こし》を下ろす。

「はぁ、びっくりしたぁ……」

ひと息吐《いきつ》いたとき、首筋をひんやりとした冷気が舐《な》めた。ふっと顔を上げると、ツヤのない黒髪《くろかみ》が視界に入る。その髪《かみ》と髪《かみ》の隙間《すきま》から、くりくりとした子どもの瞳《ひとみ》が覗《のぞ》いている。

「ぎゃあああああ!」

シリカは再び駆け出す。全力で走っても全然モモを振り切れない。追いかけられるうちに、モモの頭上にあった《?》マークが消滅《しょうめつ》し、視界の左側に新たなＨＰバーが表示された。なんと、モモが勝手にパーティーインしてきた。

「やだやだやだやだぁ！　あたしクエスト受けないですぅ！」

いくらわめいても、モモは寂《さび》しげな表情をして接近してくる。わけのわからない混乱の中、ひとまず近場の街に戻《もど》ることにした。

最寄《もよ》りの街に着く頃《ころ》には、シリカはすっかり疲《つか》れ果《は》てていた。一方、隣《となり》には、疲《つか》れなど微塵《みじん》も見せない幽霊《ゆうれい》が憑《つ》いている。

「まさか、街の中までついてこないよねぇ……」

嫌《いや》な予感をいだきながら街の門をくぐろうとすると、門番の衛兵に道を塞《ふさ》がれる。

「待て。アンデッドは通せない」

「え、コレは、あたしとは関係ないんですけど……」

衛兵は聞く耳を持たず、怖《こわ》い顔でにらんでくる。

「アンデッドは通せない。立ち去れ」

するとモモはぷるぷるとリスのように怯《おび》えて、シリカに半身を重ねる。

「ちょ、離《はな》れてよぉっ……！」

「立ち去れ。《呪《のろ》われし少女》よ！」

「呪《のろ》われっ⁉」

「立ち去れ！」

押《お》し問答《もんどう》をつづけていると、街を出入りする冒険者《ぼうけんしゃ》たちに訝《いぶか》しまれる。

「おわっ、なんやあの子、幽霊《ゆうれい》がくっついとるやないけ！」

「幽霊《ゆうれい》を使《つか》い魔《ま》にしてるのか？」

「まさか。そんなの聞いたことないぞ。取《と》り憑《つ》かれてるんだろう」

プレイヤーがモンスターを使《つか》い魔《ま》にする《ビーストテイマー》ならシリカは知っている。テイミングはとても珍《めずら》しいらしく、みんなに羨《うらや》ましがられるそうだ。

それだったらよかったのに……どうして。

シリカは心の中で叫《さけ》ぶ。

どうしてあたしはアンデッドなのぉ！

騒《さわ》ぎの輪は徐々《じょじょ》に広がり、町人NPCまでもが野次馬になる。「きゃあああオバケ！」「呪《のろ》いじゃ……呪《のろ》いじゃあ！」「近づくな！」

もはや針のむしろで、シリカはいたたまれない気持ちになる。

「あ、あたしは、そんな……」

「立ち去らぬのならば、連行する！」

ついに衛兵は武器を向けてきた。

「ごめんなさいぃぃ！」

慌《あわ》てて門を離《はな》れ、近くの林に身を隠《かく》す。もちろん、モモもついてくる。このままでは、ホームにしている第八層の主街区《フリーベン》にも帰れない。どうしたものかとウィンドウを開き、クエストの内容を確認《かくにん》する。

【クエスト名《幽霊少女《ゴーストガール》》：タスク《共に行動する》】

クエストを破棄《はき》したくても、なぜかキャンセル不可能。

「完全に呪《のろ》われてる……」

何の予備知識もなく、気まぐれで降り立った層の理由もなく踏み込んだ森の中で、呪われてしまうなんて……途方もなく不幸だ。

「森で倒《たお》しちゃえばよかった……」

泣き言をこぼした瞬間《しゅんかん》、シリカは気づいた。

倒《たお》せばいいんじゃない？

気味が悪くて逃《に》げ回《まわ》っていたけれど、ゴーストガールは低レベルの雑魚《ざこ》だ。

よしやるぞ、と心の中で気合いを入れ、短剣《たんけん》を構える。すると、モモは命乞《いのちご》いをするようにあわあわと手を振《ふ》る。

「な、なんなの……」

モモは今にも泣きそうに表情を歪《ゆが》める。その哀《あわ》れな姿を見たとき、現実世界で自分の身に起きた《あのこと》を思い出し、胸がキュッと痛んだ。目の前にいるのはアンデッドだというのに、他人事《ひとごと》ではなく感じてしまい、心が縮こまる。

戦意を喪失《そうしつ》して短剣《たんけん》をおさめると、木にもたれかかるようにして座り込み、重いため息を吐《つ》く。

こういうときに相談できるパートナーがいればいいのに、そんな相手はいない。この世界には女性プレイヤーが少ないせいで、男性プレイヤーによく声をかけられたが、欲望が透《す》けて見えて怖《こわ》かった。そして、女性プレイヤーとも関わりを避《さ》けていた。その理由は、SAOを始めるきっかけとなった《あのこと》が尾《お》を引いているから。あのつらい出来事のせいで現実世界の《綾野《あやの》珪子《けいこ》》に居場所はなくなり、《シリカ》として救いを求めたのに、ここでも行き場を失ってしまった。

自分が何をしたのだというやるせない気分で、モモのワンピースの裾《すそ》がひらひら揺《ゆ》れるのを見ていると、何者かが近づく足音がした。

「——君が《呪《のろ》われし少女》か」

不本意な名を呼ばれてじろりと見上げると、黒いコートを纏《まと》った男性プレイヤーが立っている。その男性はシリカには目もくれず、モモを興味深そうに観察する。

シリカは警戒心《けいかいしん》を露《あら》わにして問いかける。

「何の用ですか……」

するとと男性は少し焦《あせ》った様子で振《ふ》り向《む》く。

「あっ、いや、すまない。《アンデッドに取《と》り憑《つ》かれたプレイヤー》って初めて聞いたから、どんなものかと思って」

事実だが認めたくない噂《うわさ》の拡散に絶望を覚える一方で、彼は呪《のろ》いを気にせず、ふつうに接してくれるので、ほんの少しだけ心が和《やわ》らぐ。

「困ってるんです。勝手にクエストが始まって……」

思いが、口をついて出た。すると彼はシリカとモモを交互《こうご》に見て、腕組《うでぐ》みをする。

「くわしく教えてくれたら、手伝ってやれるかもしれない」

他の男性プレイヤーとは違《ちが》って不思議と下心を感じず、純粋《じゅんすい》にクエストに興味がありそうな雰囲気《ふんいき》の彼を信じて、シリカは事情を話そうと決める。

「えっと、その前に、あたしは《呪《のろ》われし少女》じゃなくて、《シリカ》って名前がありますから」

黒ずくめの男性はフッと微苦笑《びくしょう》し、後頭部を掻《か》く。

「それは悪かった。俺は《キリト》だ」

キリトと名乗ったプレイヤーに、シリカは取《と》り憑《つ》かれた経緯《けいい》を事細かに伝える。すると彼はすぐに答えを出す。

「自分の手で倒《たお》すのが嫌《いや》なら、《除霊《じょれい》》はどうだ？　《圏外《けんがい》》にも教会はある」

解決の糸口が見つかったかのように思えたが、隣《となり》で話を聞いていたモモはスーッと上昇《じょうしょう》して、手の届かない空中に浮《う》く。明らかに拒絶《きょぜつ》している。このまま離《はな》れてくれることを願うも、シリカが歩き出すと、浮《う》いたままついてくる。

「どうしたらいいんでしょう……」

「クエストをクリアするしかないかな」

「でも、《共に行動する》としか表示がなくて、意味不明なんです」

キリトは顎《あご》に手を当てて小考する。

「ＳＡＯに限らず、幽霊系《ゆうれいけい》クエストのパターンとして《生前に叶《かな》えられなかった思いを成就《じょうじゅ》させる》という方法がある。つまり《成仏《じょうぶつ》》だ」

「成仏《じょうぶつ》……」

言い終えるや否《いな》や、モモは空中から降りてきて、切実な視線でシリカを射貫《いぬ》く。生気のない瞳《ひとみ》に見つめられるのは少し怖《こわ》くて、シリカは顔を逸《そ》らし、キリトに目を向ける。

「叶《かな》えてほしいんでしょうか……？」

「だろうな。まずは幽霊《ゆうれい》になった理由を調べよう」

「そうは言っても、会話ができないんです……」

「うーん、それなら……」と、キリトはウィンドウを何やら操作して、無料配布されていたという《アルゴの攻略本《こうりゃくぼん》》をオブジェクト化した。

「言葉の通じない相手とコミュニケーションする方法を試《ため》してみる。幸い、モモはこっちの会話を単語レベルでは判断できるみたいだし、NPCなら《YES》か《NO》で答えてくれるはずだ」

そう言うとキリトは攻略本《こうりゃくぼん》をモモに向けて開き、項目《こうもく》を指す。

「このページは、モモに関係があるか？」

指差し会話の問いかけに、モモはわずかに首を横に振《ふ》る。

「《NO》だな。じゃあ、次」

面倒《めんどう》な作業を、キリトは地道に、延々とつづける。次第《しだい》に、シリカは彼に対して疑問が湧《わ》いてくる。クエストへの興味だけとは思えない。本当は下心があったり、高額の報酬《ほうしゅう》を請求《せいきゅう》されたりするのではないか。

「なんで……ここまでしてくれるんですか……？」

慎重《しんちょう》に訊《たず》ねると、キリトは返答に困ったように頭を掻《か》き、視線を逸《そ》らすと、小声で呟《つぶや》く。

「……マンガじゃあるまいしなぁ。……笑わないって約束するなら言う」

「笑いません」

「君が……妹に、似てるから」

「ぷふっ」

思わず吹《ふ》き出《だ》してしまった。

「わ、笑わないって言ったのに……」

いじけたように俯《うつむ》くキリト。悪い人ではないようだ。知識も豊富で心強い。ひとりだったら、ただただ呪《のろ》われたことに落ち込んでいただろう。考えてみれば、人との会話で自然に笑えたのは久しぶりだ。プレイヤーとはずっと距離《きょり》を置いていたので、話す相手はNPCばかりになっていた。

その後もページをめくって質問を重ね、指差しの動作に疲《つか》れてきた頃《ころ》、モモは初めて大きな反応を示した。《桃色貝《ももいろがい》の首飾《くびかざ》り》――輪状の細い革紐《かわひも》に一枚の小さな貝殻《かいがら》がついているアクセサリーで、三〇〇コルの安物だ。さしたる効果はなく、価値は低い。

「これを買えばいいの？」

シリカが問うと、モモは何か言いたげに首を横に振《ふ》る。

「違《ちが》う……？」

「モモは森を彷徨《さまよ》ってたんだよな？　だったら、森で落として、捜《さが》してたのかもしれない」

キリトの推測に、モモはこくりと頷《うなず》く。シリカは感心してしまう。

「よくわかりましたね」

「一般的《いっぱんてき》に、幽霊《ゆうれい》は思いが強い場所に出る傾向《けいこう》があるからな。さあ、もうちょっと情報を入手しよう」

モモの情報を探《さぐ》った結果、悲しい事情が見えてきた。

どうやら、生前の彼女は森の小川に首飾《くびかざ》りを落とした。首飾《くびかざ》りは素材が軽く、川下に流されてしまい、拾おうとしているところを、自走捕食《ほしょく》植物のモンスター《ロットン・ネペント》に襲《おそ》われ、死んでしまったようだ。

成仏《じょうぶつ》できない理由がわかり、攻略《こうりゃく》に一歩前進した——かと思いきや、なぜかキリトは納得《なっとく》いかない様子で首をかしげて、攻略本《こうりゃくほん》に載《の》っているゴーストガールとモモを見比べる。

「どうしました？」

「いや、何が元になって、モモの色に統一感があるんだろうと思ってさ」

キリトはそう言って、モモを指す。

「ワンピースの色が、通常のゴーストガールは白なのに、この個体は薄桃色《うすももいろ》なんだ。それに加えて固有名が《モモ》で、捜《さが》し物《もの》が《桃色貝《ももいろがい》の首飾《くびかざ》り》だろ？　こういう設定がクエストのイベントMobっぽくないんだよな。こだわり方が、まるでプレイヤーっていうか……」

シリカはハッと気づいた。現実世界のクラスメイトに、同じような女の子がいたのだ。その子は《さくら》という名前だったが、服やアクセサリーに桜色をよく取り入れていた。

つまり、モモはもしかして——

キリトも同様の推測をしたらしく、半信半疑といった顔つきで言う。

「クエストの生成に、死んだプレイヤーのデータが利用された……とか」

「そんなこと、あるんですか？」

キリトは肩《かた》をすくめる。

「ただの想像だ。でも、俺や君と幽霊《ゆうれい》の存在は、この世界に限っては大きく違《ちが》わない。俺たちに身体《からだ》はあるように見えるけど、《衝突判定《しょうとつ》》のあるデジタルなデータでしかない。記憶《きおく》も記録も、電気信号にすぎない」

そう考えると、シリカは急に自分という存在が希薄《きはく》で不確かなものに思えてくる。同時に、モモがプレイヤーを元に作られたというのなら、彼女の願いは、死んでも死にきれないほど切実なものだ。そう気づいた途端《とたん》、モモの半透明《はんとうめい》な身体《からだ》に、輪郭《りんかく》が生まれたように感じる。

「とにかく、モモを成仏《じょうぶつ》させるには、《桃色貝《ももいろがい》の首飾《くびかざ》り》を見つければいいんですよね」

キリトは頷《うなず》きつつ、渋《しぶ》い顔をする。

「それは首飾《くびかざ》りが《クエスト用のイベントアイテム》だった場合だ。クエストのタスクは《共に行動する》で、《落とし物を見つけろ》とは明示されていない。もしプレイヤーの記憶《きおく》が《失《な》くした首飾《くびかざ》り》を求めてるなら、それはとっくに消滅《しょうめつ》してる」

確かに、彼の言うとおりだ。捜索《そうさく》が徒労に終わるかもしれないなら、この場でモモを倒《たお》して、クエストを強制的に終了《しゅうりょう》させるのが賢《かしこ》い。そうすれば街の衛兵に追《お》い払《はら》われず、呪《のろ》われる前と同じ生活が送れる。

しかし、モモの寂《さび》しそうな瞳《ひとみ》を見ていると、やはり倒《たお》せない。首飾《くびかざ》りがないとしても、《共に行動する》というタスクを遂行《すいこう》したい。なぜならシリカは昔、同じように、落とし物を捜《さが》してもらい、助けられたことがあるから。

小学校二年生の冬。塾《じゅく》から帰ろうとしたとき、カバンにつけていた猫《ねこ》のキーホルダーがなくなっていた。お祭りの露店《ろてん》で買った一〇〇円の安物だけれど、飼《か》い猫《ねこ》のピナに似ていて、大切な宝物だった。それをどこかで落としてしまい、いくら捜《さが》しても見つからなくて道ばたで泣いていると、たまたま通りかかったクラスメイトの女の子が「どうしたの?」と声をかけてきて、捜索《そうさく》を手伝ってくれた。

雪の舞《ま》う夜、寒さで歯の根が震《ふる》えて、お腹《なか》が空いて倒《たお》れそうで、もういいよと言おうとしたとき――

「あったよ!」

彼女がキーホルダーを見つけてくれた。本当にうれしかった。ひとりでは絶対に諦《あきら》めていただろうし、いっしょに親に怒《おこ》られてくれた彼女に心から感謝した。あのときから、彼女と親友になれたと思っていた。

シリカにとって一〇〇円のキーホルダーが宝物だったように、モモの首飾《くびかざ》りもきっと、金額では計れない価値があるものなのだろう。死後も孤独《こどく》に森を彷徨《さまよ》い、見知らぬプレイヤーに頼《たよ》ってまで捜《さが》したいほどの思い出が詰《つ》まっているはずだ。

それで助けを求められていたのなら、この世界で初めて誰《だれ》かの役に立てるのなら、応えたい。

だから、決意し、キリトに告げる。

「あたし、捜《さが》します。ひとりで」

「え、ひとりで？」

オウム返しして目を丸くする彼に対し、シリカは硬《かた》い微笑《ほほえ》みを作る。

「この層のモンスターはそんなに強くないですし、モモも戦ってくれるはずなので」

それは嘘《うそ》。正直、恐《おそ》ろしい。低レベルのモモは戦力にならないかもしれない。捜《さが》すといっても、首飾《くびかざ》りが流れたと思われる川下には行ったことがなく、未知の冒険《ぼうけん》になる。それでも、取《と》り憑《つ》かれたのは自分だし、彼をこれ以上巻き込むのは違《ちが》うと思った。

「俺的には、NPCだろうと、人間と変わりないと考えてる。だから、君の気持ちはわかるし、行くというなら止めないけど……危険だぞ」

キリトに、真剣《しんけん》な眼差《まなざ》しで警告される。その心配はもっともだ。

ただ、もし死んだら、それが運命だとシリカは考える。自ら死を選ぶつもりはないけれど、SAOを始めたのは現実逃避《とうひ》で、生還《せいかん》してもつらいだけなのだから、いつゲームオーバーになってもいい。現実と違《ちが》い、死んだときに傍《そば》にいるのが幽霊《ゆうれい》だけなら、誰《だれ》にも迷惑《めいわく》をかけずに済む。フレンドがいない自分は、人知れず、この世界から消えるだけ。

そんな仄暗《ほのぐら》い気持ちを見透《みす》かしたのか、キリトは攻略本《こうりゃくほん》をシリカに差し出してきた。

「ロットン・ネペントとエンカウントしたときのために、データを頭に叩《たた》き込《こ》んでおいたらどうだ。君なら、身体《からだ》の小ささを活《い》かせるはずだ。戦うにしても、腐蝕《ふしょく》作用のある粘液《ねんえき》には注意しろよ」

素っ気ない口ぶりながら、彼なりの気遣《きづか》いを感じる。そのアドバイスを素直《すなお》に受け止め、攻《こう》略本《りゃくほん》を熟読する。

データによるとロットン・ネペントは、第一層に出現する《リトル・ネペント》よりも一回り大きく、身《み》の丈《たけ》は二メートル超《ちょう》。腐敗《ロットン》の冠《かんむり》が示すように、特徴的《とくちょうてき》な腐臭《ふしゅう》を放ち、粘液《ねんえき》は毒性を持つ。通常のリトル・ネペントでも逃《に》げ出《だ》したくなるほど気持ち悪いが、毒々しさが増し、ゾンビのようにおどろおどろしい。こんな敵に殺されるなど、モモはさぞかし怖《こわ》かっただろう。自分だったら絶対に嫌《いや》だし、戦闘《せんとう》は避《さ》けたい。

「——いろいろと、ありがとうございました」

シリカは攻略本《こうりゃくほん》をキリトに返し、感謝を告げると、モモと共に、最初に出会った森へ向かう。

「なあ、シリカさん」

歩き出すとすぐに、キリトが声をかけてきた。まだ何か用があるのだろうか。

「……シリカでいいですよ」

そう言って振《ふ》り向《む》くと、彼は目を逸《そ》らし、ぶっきらぼうに右手を差し出してくる。

「またどこかで会おう、シリカ」

黒いコートの袖口《そでぐち》から伸《の》びる少年の手を、シリカは戸惑《とまど》いながら、無言でそっと握《にぎ》る。握《にぎ》り返してくる強い力は、生きて戻《もど》れと伝えているようだった。

2

濃緑《のうりょく》の木々の下を、清らかな小川がゆるやかに流れる。川幅《かわはば》は二メートルほど。水位は腰《こし》の高さくらいで、透明度《とうめいど》が高く、水底がはっきりと見える。

川沿いには石畳《いしだたみ》の遊歩道が整備されていて、モンスターの気配はない。だからあのとき、シリカは何も警戒《けいかい》せずに可愛《かわい》い小鳥を追いかけて走っていたのだが、油断の結果、幽霊《ゆうれい》と衝突《しょうとつ》して呪われた旅をするハメになってしまった。

「それじゃ行こ」

ひと声かけ、首飾《くびかざ》り捜索《そうさく》に出発する。丈《たけ》の短い草が繁茂《はんも》している川縁《かわべり》に目を配りながら、木漏《こも》れ日《び》がまだら模様を描《えが》く石畳《いしだたみ》を歩く。首飾《くびかざ》りがすでに消滅《しょうめつ》している可能性も踏《ふ》まえ、とりあえず《共に行動する》というタスクをこなしながら、川の終着点である湖を目指す。湖まで行ってタスクに変化がなければ、またそのとき考える。

さらさらと絹が擦《こす》れるようなせせらぎや、そよそよと風に揺《ゆ》れる葉音がシリカを包む。時折、鳥がけたたましく鳴き、ドキッとさせられる。

後ろをついてくるモモはまったく音を発しないので、たまに存在を忘れかける。遭遇《そうぐう》したときは悲鳴をあげてしまうほど不気味だったけれど、アンデッド系のＭｏｂだというのにまったく害意がなく、いつしか慣れてしまった。むしろ頼《たよ》られていて、変な気分になる。

それでも、事情を知らないプレイヤーが見たら、哀《あわ》れな《呪《のろ》われし少女》が街を追放されて彷徨《さまよ》っていると誤解するのだろう。


「――見つからないね……」

成果をあげられないまま数時間が過ぎた。首飾《くびかざ》りを捜《さが》しながらなので進みが遅《おそ》く、木々は夕陽《ゆうひ》の色に染まってきた。

いまだにモンスターにはエンカウントしていない。運が良《い》いのではなく、モモのおかげだ。彼女には《索敵《さくてき》》の能力があるようで、モンスターの気配を敏感《びんかん》に察知すると、音もなく偵察《ていさつ》に飛び、危険を教えてくれる。

ありがたい能力である一方で、逆にとらえれば、シリカとの衝突《しょうとつ》は故意だったのではないかと思えてくる。確かに、件《くだん》の《ビーストテイマー》がモンスターを使役《しえき》する条件のひとつに《同種のモンスターを倒《たお》しすぎていないこと》があるらしく、それとは性質が異なるとはいえ、不気味なアンデッドとの戦闘《せんとう》を避《さ》けてきたシリカが《幽霊《ゆうれい》少女》クエストの発生条件に当てはまっていた可能性はある。

なんにせよ、うれしくはない。

世界に夜の帳《とばり》が降りる。

空は紫《むらさき》から群青《ぐんじょう》に色調を変え、白銀の満月が顔を覗《のぞ》かせる。遊歩道は途切《とぎ》れ、未舗装《みほそう》の砂利道《じゃりみち》になった。鳥の声は聞こえなくなり、姿の見えない小動物がガサガサと茂《しげ》みを揺《ゆ》らす。

ここで一度捜索《そうさく》を切り上げるべきかと考えたけれど、街に戻《もど》っても追《お》い払《はら》われることは目に見えており、モモの《索敵《さくてき》》の性能が良《い》いので、冒険《ぼうけん》の続行を決め、左手に松明《たいまつ》を持つ。

松明《たいまつ》の効果で周囲は明るく照らされても、月光は木々に遮《さえぎ》られてしまい、進行方向は墨《すみ》を塗《ぬ》ったような暗闇《くらやみ》が支配している。人里離《はな》れた森の中、背後の幽霊《ゆうれい》を心強く感じるという、信じがたい状況《じょうきょう》での夜行軍だ。

「モモ、敵はいないよねぇ……」

いくら戦闘《せんとう》を回避《かいひ》できても神経はすり減るし、昼から歩き通しで、さすがに疲《つか》れてきた。

「お腹《なか》空いた……」

視界右下の時刻表示は午後一〇時を回っている。どこか休憩《きゅうけい》できるところはないかと河原を見渡《みわた》すと、ちょうど腰《こし》かけられそうな平たい岩を見つけた。

「ちょっと休んでいい？」

一応、モモに訊《たず》ねると、彼女は「はい」という代わりに岩に向かってスーッと飛び、安全を確かめた。

シリカは岩に腰《こし》かけるとウィンドウを開き、夜営用のランタンをオブジェクト化する。地面に置いて火を灯《とも》すと、柔《やわ》らかな暖色の光がふわっと広がる。

ランタンの熱を利用して携帯食《けいたいしょく》の黒パンを焼き、道中に採取した赤い果実をジャムにして食べる。甘酸《あまず》っぱくて、疲《つか》れがとれる。

「食べる……？」

と、傍《かたわ》らにたたずむモモに差し出してから、幽霊《ゆうれい》がこんなものを口にするわけがないと気づき、シリカはひとりで苦笑《くしょう》する。モモは温かなランタンの光に照らされて、わずかに顔色がよく見える。こうして真っ暗な夜に灯《あか》りを囲んで食事をしていると、小学校の林間学校を思い出す。あの頃《ころ》は楽しかったという記憶《きおく》が脳裏《のうり》をかすめ、胸《むね》の奥がチクリと痛んだ。

空腹感が拭《ぬぐ》われると、眠《ねむ》くなってくる。しかし、ここは《圏外《けんがい》》であり、モンスターが闇《やみ》に潜《ひそ》んでいる危険な場所だ。仮眠《かみん》を取れば、寝《ね》ているあいだに殺されるかもしれない。ただ、心の底には、眠《ねむ》ったまま死ねたら苦しまずに済むという暗い願望もある。でも、死ぬのは怖《こわ》いので、死にたくはない。だからといって、積極的に生きる気持ちもない。プレイヤーと交流せず、攻略《こうりゃく》もせず、目的もなく彷徨《さまよ》い、ただ世界に存在しているだけ。

ある意味、幽霊《ゆうれい》と変わらない。

いや、目的があるだけ、モモの方が人間らしいのかもしれない。

「ねえ、モモ」

返答がないのを承知で、シリカは話しかける。

「……あたしは、化けて出るほど生きることに執着《しゅうちゃく》はないの。生還《せいかん》したいとも思わない」

モモはとくに反応しない。いや、反応を求めてはいないので、それでいい。ただ話を聞いてほしい。

「あたし、現実から逃《に》げるために、SAOにダイブしたんだ。学校でいじめられてて、居場所がなかったから……」

誰《だれ》にも話していない《あのこと》を、気づいたら口にしていた。

「一番の親友だと思ってた子に将来の夢を話したら、なぜか次の日から、急にみんなからいじめられるようになった。原因も理由もわからない。たぶん、自分にも悪いところがあったんだろうけど……ただ、裏切られたと感じた……」

次々に、言葉や思いが溢《あふ》れてくる。

その子が猫《ねこ》のキーホルダーをいっしょに捜《さが》してくれたことは、今は悲しい思い出。

つらい気持ちを誰《だれ》にも話せず、ずっと心に抱《かか》えていたこと。

誰《だれ》かに聞いてほしかったけれど、信頼《しんらい》して話せる人はいなかったこと。

だから、飼《か》い猫《ねこ》のピナに、一方的に話しかけていたこと。

溜《た》まりに溜《た》まった思いを、モモに向けて吐《は》き出《だ》す。話し相手が人間のプレイヤーだったら嫌《いや》がるに違《ちが》いないし、言う気もない。モモは口を一文字に結んだまま、じっと聞いている。彼女の瞳《ひとみ》にはランタンの灯火が映り込み、ゆらゆらと揺《ゆ》れている。その表情に少しばかり哀《あわ》れみを感じるのは、《いじめ》や《裏切り》などのネガティブな単語に、プログラムが反応しているだけだろう。

隠《かく》していた苦悩《くのう》を吐露《とろ》するうちに、不思議と心が軽くなっていく。現実にいた頃《ころ》、SNSの匿名《とくめい》アカウントで悩《なや》みを打ち明けたときは、解決方法を提案されたり応援《おうえん》されたりして、逆に追《お》い詰《つ》められた。それに比べてモモは肯定《こうてい》も否定もなく、気が楽だ。もしかしたら、傍《そば》にいる相手としては猫《ねこ》のピナに――いや、ペット型ロボットに近いのかもしれない。

自分の話ばかりしていると、今度はモモのことが知りたくなってくる。いや、知るも何も、相手はモンスター扱《あつか》いのNPCなのだけれど、キリトの《あの推測》が、もし本当だとしたら……？

思い切って、訊《たず》ねてみる。

「モモは、《プレイヤーの幽霊《ゆうれい》》なの……？」

YESかNOで答えられる質問なら、NPCは答えてくれる。モモは単語も理解もしているはずだ。

しばらく反応を待つも、モモは微動《びどう》だにしない。聞き方が悪かったのか、答えられない質問なのかと考えていると、モモはゆっくりと首を動かし始めたので、シリカは固唾《かたず》を呑《の》んで注目する。

ところが、彼女はピタリと動きを止め、顔をふっと闇《やみ》の方に向けた。

どうしたのだろうとシリカもそちらを向いたところ、ひんやりとした夜気に乗って、鼻をつく腐臭《ふしゅう》が漂《ただよ》ってくる。

「……ん？　この匂《にお》いって……」

――ジュヴヴヴヴヴヴ――

闇《やみ》の奥から、モンスターらしき咆吼《ほうこう》が聞こえた。モモがひゅっと身体《からだ》を縮めて、小刻みに震《ふる》える。この怯《おび》え方《かた》と、異様な匂《にお》いからすると、おそらく《モモの仇《かたき》》が近くにいる。シリカは急いでランタンを消し、短剣《たんけん》を握《にぎ》る。

恐《おそ》ろしいけれど、ひとまず、咆吼《ほうこう》の正体を確かめる。

シリカは極度に緊張《きんちょう》しながら忍《しの》び足《あし》で臭気《しゅうき》をたどり、不安そうに揺《ゆ》れるモモと共に、咆吼《ほうこう》のするあたりを覗《のぞ》く。暗くて視界不良だが、木と木のあいだに、不気味な巨大《きょだい》植物が朧《おぼろげ》気ながら見える。

間違《まちが》いない、ロットン・ネペントだ。

カーソルを確認《かくにん》すると、色は赤よりもわずかに濃《こ》い。つまり、シリカよりもレベルは少し上。戦うなら苦戦が予想される。しかし、カーソルの周囲に黄色の縁取《ふちど》りはないので、クエストのターゲットではない。ようするに《ただのＭｏｂ》だから、戦わずに迂回《うかい》しても攻略《こうりゃく》には何ら影響《えいきょう》はない。

でも、それでいいの？

シリカは自問自答する。モモの怯《おび》え方《かた》からして、タスクやパラメータには表示されない《モモの気持ち》があるように感じる。この気持ちを昇華《しょうか》しなければ、彼女の思いは遂《と》げられない。キリトはそれを見越《みこ》して、戦闘《せんとう》のアドバイスをしてくれたのかもしれない。

すべて勝手な想像だけれど、戦いを避《さ》けて進んだせいでクエスト失敗になったら、絶対に後《こう》悔《かい》する。ここは退いてはダメなところだ。

そう決意しても、戦闘《せんとう》に自信があるわけではないので、おどおどと提案する。

「た、倒《たお》しちゃわない？」

モモはピクッと震《ふる》え、まさかとでも言いたげに目をまん丸くする。

「きょ、強敵のフィールドボスじゃないし、二人ならやれるよ……！　たぶん」

心を強くもち、戸惑《とまど》うモモに再度「いっしょに戦おう」と硬《かた》い笑顔《えがお》で訴《うった》え、くりくりとした瞳《ひとみ》をまっすぐ見つめる。すると、思いが伝わったのか、彼女は小さく頷《うなず》いた。

戦闘《せんとう》を始める前に、シリカは《攻略本《こうりゃくほん》》のデータを思い出す。

ロットン・ネペントは腐《くさ》っているがゆえに柔《やわ》らかく、防御力《ぼうぎょりょく》はないに等しい。その分、攻撃《こうげき》性能がリトル・ネペントよりも強化されている。人間の口に似た巨大《きょだい》な捕食器《ほしょくき》や、体表から噴《ふん》出《しゅつ》する腐蝕液《ふしょくえき》は要注意。毒性があり、継続《けいぞく》ダメージを受けてしまう。また、左右二本のツルにも腐蝕《ふしょく》作用が加えられている。

この敵に対する戦法は、とにかく攻撃《こうげき》をかわし、弱点である《胴体《どうたい》と太い茎《くき》の接合部》に着実にヒットさせること。シリカの武器は短剣《たんけん》なのでリーチが短く、覚悟《かくご》を決めて至近距離《きより》まで詰《つ》めなければいけない。また、夜の森という最悪な環境《かんきょう》を逆に利用しなければ、命が脅《おびや》かされる。

アンデッドのＭｏｂであるモモに指示が通じるのか不明だが、シリカは作戦を伝える。

「あたしが石を投げて、相手の気を引く。モモは木と木のあいだをジグザグに飛んで、ツルを絡《から》めて。その隙《すき》にあたしが攻撃《こうげき》を仕《し》掛《か》ける。いい？」

モモは小さな手を胸の前に上げて、きゅっと軽く拳《こぶし》を握《にぎ》る。戦いの意思表示らしい。

シリカは身を伏《ふ》せ、月明かりを頼《たよ》りに、慎重《しんちょう》に敵に近づく。

これまで細部が見えなかったロットン・ネペントの姿が、くっきりとしてくる。食虫植物のウツボカズラのように膨《ふく》らんだ胴体《どうたい》の上には、腐《くさ》って形の崩《くず》れた捕《ほ》食用《しょくよう》の口が鎮座《ちんざ》している。表皮のただれた左右二本のツルが蠢《うごめ》く。下部には足が無数にあるはずだが、草木に隠《かく》れている。

じりじりと五メートルほどの距離《きより》まで接近したとき、ネペントは突如《とつじょ》、捕《ほ》食器《しょくき》をぱっくりと開けた。

「ジュヴァアアアアアッ！」

粘《ねば》り気《け》のある腐蝕液《ふしょくえき》が飛び散る。左右のツルが突《つ》き上《あ》げられ、獲物《えもの》を探す触手《しょくしゅ》のように揺《ゆ》れる。鼻をつく強烈《きょうれつ》な腐臭《ふしゅう》で気分が悪くなる。本能が危険だとアラートを鳴らし、シリカの手足が震《ふる》える。しかし、キリトと握手《あくしゅ》を交《か》わした右手で、短剣《たんけん》を強く握《にぎ》りしめる。少し強い程度の一体くらいなら倒《たお》せる。こっちは二人なんだから。

「作戦開始っ……！」

シリカは石を手にすると、ネペントの向こうへと高く放り投げる。木にカツンと当たる音。ネペントは惑《まど》わされ、ツルの動きが変わる。今だ。シリカは手を挙げて、モモに合図を送る。

突撃《とつげき》！

恐《おそ》れをかなぐり捨てて大地を蹴《け》る。ネペントが振《ふ》り向《む》いたときには、シリカは初撃《しょげき》を当てている。敵のＨＰバーは一割ほど減り――同時に、斬《き》り口《くち》から粘度《ねんど》の高い腐蝕液《ふしょくえき》がブワッと噴出《ふんしゅつ》する。

「わあぁ⁉」

想定外の反撃《はんげき》機能に不意を打たれ、咄嗟《とっさ》に身体《からだ》をひねってかわすも、防具の裾《すそ》に粘液《ねんえき》が付着し、耐久値《たいきゅうち》が減る。攻撃範囲《こうげきはんい》の狭《せま》い短剣使《たんけんづか》いにとって、最悪の敵だ。

シリカは慌《あわ》てて数歩退くと木の幹を盾《たて》にして、頭上のモモを確認《かくにん》する。闇《やみ》に紛《まぎ》れたモモは不規則に飛行し、ネペントのツルを木に絡《から》めている。

「ジュヴヴヴヴ！」

ネペントが胴体《どうたい》を風船のように膨《ふく》らませ、捕食器《ほしょくき》を天に向ける。

「モモ、下がって！」

シリカが叫《さけ》んだ直後、捕食器《ほしょくき》から薄緑色《うすみどりいろ》の粘液《ねんえき》が噴水状《ふんすいじょう》に射出される。モモはかろうじて避《よ》け、あわあわとしてシリカと合流する。

ネペントは粘液《ねんえき》をまき散らしつづけ、周囲の草木は茶色に腐敗《ふはい》していく。ツルを絡《から》めていた木が腐《くさ》って折れる。シリカとモモが身を隠《かく》している大木も、粘液《ねんえき》を浴びている逆側がジュワジュワと嫌《いや》な音を立てている。恐怖《きょうふ》した子猫《こねこ》のように震《ふる》えるモモは、いつも以上に顔色が青白く見える。

二〇秒はつづいた噴出音《ふんしゅつおん》が途絶《とだ》えた。シリカは木の幹から顔だけ出して、様子を窺《うかが》う。

「え、え、えええええ……」

繁茂《はんも》していた植物は腐《くさ》り果《は》て、ネペントを中心にして円形の空間が出現している。これでは、ツルは絡《から》ませられないし、身を隠《かく》しながらの戦闘《せんとう》も困難だ。ネペントは無数の足を蠢《うごめ》かせ、気味の悪いダンスを踊《おど》っている。

「……逃《に》げないよ、逃《に》げないからね」

シリカは自分に言い聞かせ、湧《わ》き上《あ》がる臆病《おくびょう》さを抑《おさ》え込《こ》み、戦略を練り直す。

頭上の木々が枯《か》れたおかげで、月光が直《じか》に降り注ぎ、視界は多少向上した。しかし予想以上に粘液《ねんえき》が凶悪《きょうあく》なので、時間をかければかけるほど、武具の耐久値《たいきゅうち》は減らされてしまう。ただ、一撃《いちげき》でHPを一割も減らしたのだから、覚悟《かくご》を決めれば早く決着はつけられるはずだ。

「ねえ、モモ。キリトさんは、『小さな身体《からだ》を活《い》かすといい』と言ってたよね。あたしはツルの下を潜《もぐ》るようにして懐《ふところ》に飛び込んで、ソードスキルを使って戦う。でもスキルは使ったあとに硬直《こうちょく》して隙《すき》が生まれちゃうから、モモには、相手の攻撃《こうげき》を引きつけてほしいの。いい？　ツルに捕《つか》まらないでね」

表情の強張《こわば》っているモモと頷《うなず》き合《あ》い、短期決戦に挑《いど》む。

「倒《たお》すよ！」

シリカは短剣《たんけん》を固く握《にぎ》りしめ、木の裏から躍《おど》り出《で》る。獲物《えもの》を見つけたネペントは不気味に吼《ほ》え、ツルを振《ふ》り上《あ》げる。シリカは姿勢を低くして疾走《しっそう》し、振《ふ》り下《お》ろされた右のツルを短剣《たんけん》で薙《な》ぎ払《はら》う。ツルは腐《ふ》蝕《しょくえき》液をまき散らしながら千切れる。シリカは顔を上げ、弱点の接合部に注目する。あそこをソードスキルで狙《ねら》い打《う》つ。突進技《とっしんわざ》《ラピッドバイト》を発動。

「いけぇ！」

勢いを増した刺突《しとつ》は、見事に弱点に直撃《ちょくげき》。HPバーを半分まで減少させる。だがその代償《だいしょう》で、シリカはネペントの懐《ふところ》にとどまったまま硬直《こうちょく》。溢《あふ》れる粘液《ねんえき》がどろどろとシリカに垂れ、左のツルに狙《ねら》いを定められる。

「モモ！　お願い！」

モモは懸命《けんめい》にネペントの左側を浮遊《ふゆう》し、ツルを引きつける。しかし敏捷性《びんしょうせい》が足りず、振《ふ》り上《あ》げられたツルが彼女のワンピースの裾《すそ》をかすめる。腐蝕液《ふしょくえき》が付着し、HPバーがじわりと減少する。ワンピースは防具ではなく、本体として判定されるらしい。

シリカの硬直《こうちょく》が解けた。腐敗《ふはい》の雨粒《あまつぶ》を浴びながらも弱点に狙《ねら》いを定めて、連続技《れんぞくわざ》のソードスキル《ファッドエッジ》を繰《く》り出《だ》す。これで瀕死《ひんし》まで追い込める——はずが、ねとねとと身体《からだ》にまとわりつく粘液《ねんえき》の影響《えいきょう》で、動作が遅《おく》れる。

「え……？」

——粘液《ねんえき》に注意しろ。

そうだ、キリトがそう忠告していた。しかし、もう遅《おそ》い。スキルの連撃《れんげき》は弱点を逸《そ》れる。ダメージは与《あた》えたけれど、敵のHPバーは三割近く残っている。捕食器《ほしょくき》の口が硬直《こうちょく》しているシリカに向き、ツルも左右両側から迫《せま》ってくる。

「——！」

恐怖《きょうふ》に貫《つらぬ》かれて身体《からだ》が動かず、死という言葉が頭をかすめたとき。なぜかツルがグイッと方向転換《てんかん》した。それどころか、ネペントは混乱したようにツルを振《ふ》り回《まわ》し、自分の捕食器《ほしょくき》の中にツルを突《つ》っ込《こ》み、さらには自分の胴体《どうたい》をバチバチ打つという自傷行為《こうい》を始める。

「……な、何？」

突然《とつぜん》ネペントが異常な行動に走ったため、シリカは攻撃《こうげき》を受けることなく硬直《こうちょく》が解けた。よくわからないがとにかく攻《せ》めようと構えたとき、視界に表示されているモモのHPバーが赤くなった。

「え？」

気づけばモモのＨＰは激減しており、今もじわじわと減りつづけている。

「モモ？　大丈夫《だいじょうぶ》？」

見上げても、暗闇《くらやみ》に紛《まぎ》れているのかモモは見当たらない。

いったい何が起きてるの……？

得体の知れない焦燥感《しょうそうかん》に駆《か》られながらネペントに焦点《しょうてん》を絞《しぼ》ると、その胴体《どうたい》から、ひらりと、腐蝕液《ふしょくえき》にまみれたモモのワンピースが飛び出た。

捕食《ほしょく》された？

肝《きも》が冷えたが、違《ちが》う。もし飲み込まれたなら、ワンピースが胴体《どうたい》を突《つ》き抜《ぬ》けるわけはない。

考え得る状況《じょうきょう》は、モモが透過《とうか》する特性を活《い》かし、ネペントの胴体《どうたい》に重なっている。ネペントにしてみたら、捕食《ほしょく》していない獲物《えもの》が己《おのれ》の内側にいるわけで、混乱に陥《おちい》った。そうだとしたら、あまりにも捨て身の作戦だ。

「……もしかして、あたしを助けるため……？」

シリカが愕然《がくぜん》としているあいだにも、モモのＨＰバーは短くなっている。

早く助けないと、死ぬ。

「いやぁぁぁぁ！」

後先を見ずにネペントの懐《ふところ》に駆《か》け込《こ》む。弱点に向けて、何度も短剣《たんけん》を突《つ》き立《た》てる。噴《ふ》き出《だ》す腐蝕液《ふしょくえき》が顔や身体《からだ》にかかる。粘度で攻撃速度が緩慢になる。

暴れるネペントとモモの身体《からだ》がズレた瞬間《しゅんかん》、捕食器《ほしょくき》がパクリとモモを取り込んだ。

「やだやだやだ！」

一心不乱に短剣《たんけん》を振《ふ》り回《まわ》す。土砂《どしゃ》降りの腐蝕液《ふしょくえき》がシリカを打ち、どろりと口に入る。苦みと異臭《いしゅう》で吐《は》き気《け》が込《こ》み上《あ》げる。モモは粘液《ねんえき》でどろどろに汚《よご》れている。苦しそうにもがいている。

「モモ、モモ！」

ネペントの表皮は剝《は》がれ、胴体《どうたい》が崩《くず》れ始《はじ》める。剝《む》き出《だ》しになった茎《くき》に向けて、シリカは渾身《こんしん》の一撃《いちげき》を食らわす。

「これで終わって！」

ネペントのＨＰバーは消滅《しょうめつ》し、破砕音《はさいおん》が響《ひび》く。敵のオブジェクトが弾《はじ》け、捕食《ほしょく》されていたモモがぽとりと地面に落ちる。レベルアップの表示が出たが、それどころではない。助けたはずのモモのＨＰバーが減少しつづけている。おそらく毒性のある腐蝕液《ふしょくえき》が付着しているせいだ。粘液《ねんえき》にまみれたシリカのＨＰも同様に少しずつ減っているけれど、直接攻撃《こうげき》を浴びていた彼女の方が残量は少なく、このままでは一分もたずにゼロになってしまう。

「死んじゃダメぇ！」

付着した粘液《ねんえき》をなんとかしようと、シリカはモモに手を伸《の》ばす。すると、ねばねばした液体うだ。

が手袋にくっついた。モモの身体《からだ》には触《ふ》れられなくても、ネペント由来の粘液《ねんえき》は除去できるよ
「絶対に助けるから！」

必死になって粘液《ねんえき》をこすり取り、川の水で洗い落とす。シリカは自分へのダメージや耐久値《たいきゅうち》
の減少を厭《いと》わず、全力でモモの救助にあたる。

「よし、これで全部落ちたよね……！」

刹那《せつな》、パリンという鋭《するど》い破裂音《はれつおん》。弾《はじ》けたポリゴンがシリカの眼前を舞《ま》う。

「えっ……!?」

ドキリとしたが、それはシリカの手袋《てぶくろ》が壊《こわ》れたエフェクトで、モモのＨＰはぎりぎりのところで留まっている。

「はぁぁぁ……」

力が抜《ぬ》けて、シリカはぺたりと座り込む。モモはゆっくりと浮《う》かび上《あ》がり、シリカの周りを回遊する。どうやらよろこんでいるらしい。クエストのタスクは変わらないけれど、不可視のモモの気持ちは変わったはず。そんなことは全部ただの勘違《かんちが》いだとしても、仇《かたき》を討《う》ててよかったと思うと単純にうれしい。ようやく勝利の実感が湧《わ》き、安堵《あんど》のため息を吐《つ》いた途端《とたん》、シリカは耐《た》えがたい強烈《きょうれつ》な吐《は》き気《け》に襲《おそ》われる。

「うぷっ……！」

気づけばシリカのHPバーも赤くなっている。

「あぁ！　あたしも早く洗わないと！」

小川に飛び込み、全身をきれいにする。水は震《ふる》えるほど冷たいけれど、これまでに味わったことのない高揚感《こうようかん》と達成感に満ちていて、心はぽかぽかと温かい。

モモが川に入ってきて、シリカの横に並ぶ。川面《かわも》から顔だけ出して、とっぷりと浸《つ》かる。満身創痍《そうい》の汚れた身体《からだ》は、清らかな水と、冴《さ》え冴《ざ》えとした月光に浄化《じょうか》される。ゆらゆらと流れてきた枯《か》れ葉《は》がモモの顔を通過すると、何かの攻撃《こうげき》と勘違《かんちが》いしたのか、モモはビクッと震《ふる》えた。

「ふふっ、あたしより怖《こわ》がりだ」

仮にモモがプレイヤーだったとして、生きているときに会えたら、きっと仲良くなれた。そうだったらよかったのにと残念さを感じながら、光の届かない川下に、シリカは目を向ける。この先に目標とする湖がある。まだ距離《きょり》はあるのでモモのHPを回復したいが、RPGゲームの常識を考えると、アンデッドのモモに回復系のアイテムを使うのは御法度《ごはっと》だ。回復の手段がわからない以上、もうモンスターとは戦えない。

「ねえモモ。これまで以上に、しっかり《索敵《さくてき》》してね」

シリカの切実な依頼《いらい》に、モモは静かに頷《うなず》いた。

川から上がると、休憩《きゅうけい》もほどほどに捜索《そうさく》を再開する。松明《たいまつ》を手に、エンカウントを避《さ》けながら、真夜中の河原を歩きつづける。川縁《かわべり》を照らして首飾《くびかざ》りを捜《さが》すも、影《かげ》も形もなく、《消滅《しょうめつ》》という二文字が頭をよぎる。

「このまま首飾《くびかざ》りが見つからなかったら、どうなるの？」

シリカの問いかけに、モモは首をかしげる。もしかしたらクエストは永遠に終わらず、ずっと呪《のろ》われたままという可能性もある。

しかし、それはそれでありかもしれない。モモの行動原理が《プレイヤーのデータ》なのか、《NPCのAI》なのかは不明でも、キリトが言っていた《人間と変わりないもの》を感じる。そしてモモが何であれ、今のシリカにとってはこの世界の誰《だれ》よりも身近で親しく話せる存在なのだから。

四方を闇《やみ》に覆《おお》われた深閑《しんかん》な夜道を歩きつつ、モモと過ごす未来を想《おも》い浮《う》かべる。

不名誉《ふめいよ》な《呪《のろ》われし少女》という名前は捨てて、この広大なアインクラッドでたったひとりの《アンデッドテイマー》を自称《じしょう》する。アンデッドの回復方法を調査して、誰《だれ》も来ない郊外《こうがい》で、モモと穏《おだ》やかなスローライフを送る。それこそが、現実逃避《とうひ》で始めたこのゲームに求めていた癒《い》やしなのだ。他のプレイヤーと仲良くならなくていい。孤独《こどく》の方がいい。

だって人間と親しくなっても、いつかまた裏切られるかもしれないのだから。

「今日見つからなくても、ずっといっしょに捜《さが》すからね」

本心とは異なる偽善《ぎぜん》めいた誓《ちか》いを立てると、モモは何か言いたげに瞳《ひとみ》を揺《ゆ》らし、ふわふわとワンピースをはためかせた。

湖にたどり着いたときには、夜明けになっていた。

深い藍色《あいいろ》の空の下、針葉樹に囲まれた湖面には乳白色の朝霧《あさぎり》が立ち込め、幻想的《げんそうてき》な世界が広がっている。夜通し歩いて疲労困憊《ひろうこんぱい》のシリカは湖畔《こはん》に立ち、静謐《せいひつ》な景色を呆然《ぼうぜん》と見渡《みわた》す。首飾《くびかざ》りを発見するのはもはや不可能だろう。クエストのタスクを確認《かくにん》するも、変化はない。

おそるおそる、モモの反応を窺《うかが》う。

「首飾《くびかざ》り、湖の中に流れていっちゃったのかな……」

シリカは遠回しに、諦《あきら》めを伝えた。するとモモはスーッと河口に飛んでいき、顔を下に向けてうろうろする。

「捜《さが》してるの……？」

手伝いたい気持ちがある一方で、早く諦《あきら》めてほしいとも願ってしまう。もし首飾《くびかざ》りが見つかったら、クエストは終わり、モモはいなくなってしまうかもしれない。いっしょに旅をして、戦って、死にかけて、ようやく心が通じ合えてきたと感じているのに、たった一晩でお別れ。

考えただけで、切なさが胸に満ちて、息苦しくなる。

これまでずっと、仲間と呼べる人はいなかった。学校でもゲームでもひとりで、この世界に閉じ込められて、心が壊《こわ》れそうになりながらも、なんとか耐《た》えてきた。

それでやっと出会えたのが、モモだった。

アンデッドを仲間だと感じるなんて、他人からしたら変だろう。それでもやっぱり自分にはモモしかいない。

白い霧《きり》の中をたゆたう薄桃色《うすももいろ》のワンピースを遠目に眺《なが》めていると、彼女と離《はな》れたくないという気持ちが膨《ふく》らんでゆく。首飾《くびかざ》りを捜《さが》したいけれど、捜《さが》せない。シリカは途方《とほう》に暮れて、湖のほとりで立《た》ち尽《つ》くす。

しばらくすると対岸から朝日が昇《のぼ》り始《はじ》め、湖畔《こはん》の風景は鮮明《せんめい》になってゆく。それでも、モモは諦《あきら》めず、いつまでも河口付近を浮遊《ふゆう》している。その姿があまりにも健気《けなげ》で、寂《さび》しそうで、見ていられなくなる。

もう、やめよ。なくなっちゃったんだよ。

そうやってモモを説得しようと決めると、足を踏《ふ》み出《だ》す。シリカが砂地を踏《ふ》みしめる音だけが聞こえる湖畔《こはん》を、ゆっくりと河口へ向かっていると、視界の端《はし》できらりと、小さな何かが朝日を反射した。

「ん……？　あれは……」

気になって近づき、焦点《しょうてん》を合わせた瞬間《しゅんかん》、シリカは思わず声をあげそうになった。

小さな桃色《ももいろ》の貝がある。

まさかと目を疑いながら、そっと拾い上げる。アイテム名は《桃色貝《ももいろがい》の貝殻《かいがら》》。クエスト用のイベントアイテムではなく、自然の産物だろうか。あたりを見回しても、この一枚以外には見当たらない。

首飾《くびかざ》りではないけれど、これをモモに渡《わた》せば、彼女の思いは遂《と》げられるかもしれない。ただし、未来は望まぬ方向に進んでしまう可能性がある。

どうしたらいいの。

取るべき行動に迷い、貝殻《かいがら》を軽く握《にぎ》って手の中に隠《かく》すと、モモの様子をそっと窺《うかが》う。彼女は湖面を見ており、まだ気づいていない。今なら、貝殻《かいがら》をこっそり破壊《はかい》できる。そして何もなかったふりをして、さっさと湖から立ち去る。そうすれば、彼女はずっと傍《そば》にいてくれる。

それでいい。

「ごめんね……」

ボソッと呟《つぶや》くと、シリカは貝殻《かいがら》を握《にぎ》りしめ、力を込《こ》める。指先が手のひらに食い込む。

しかし、それ以上、力は入らない。

「無理だよ……」

指先から力が抜《ぬ》けてゆく。たとえ首飾《くびかざ》りとは関係なくても、ふたりで捜《さが》した成果なのだから、壊《こわ》せるわけがない。身勝手な嘘《うそ》で縛《しば》りつけても、いつか後ろめたさで耐《た》えられなくなる。それに、渡《わた》したらモモがいなくなると決まったわけではないし、なにより、彼女のよろこぶ姿が見たいと思った。貝殻《かいがら》を渡《わた》したら、きっとうれしそうに飛び上がって、くるくるとワンピースをはためかせて踊《おど》ってくれる。

シリカは貝殻《かいがら》を見つめて、ひとつ頷《うなず》くと、懸命《けんめい》に捜《さが》しているモモに向けて、大きな声で呼びかける。

「見つけたよ！」

モモはハッと振《ふ》り向《む》き、一直線に近づいてくる。シリカは手のひらに貝殻《かいがら》をのせて、ぎこちない笑顔《えがお》で迎《むか》える。

「貝の部分だけなんだけどね。首にかける輪っかは外れちゃったのかな？」

咄嗟《とっさ》の思いつきで、とってつけたような言い方になってしまう。イベントＭｏｂ相手に事実と異なる話をしても無意味かもしれないけれど、気持ちは伝えたかった。

モモは宝物を扱《あつか》うような手つきで貝殻《かいがら》を取ると、スーッと後退してシリカと数メートルの距離《きょり》を取り、浅瀬《あさせ》の上に浮遊《ふゆう》する。そして貝殻《かいがら》を両手で包み込み、胸元《むなもと》に当てる。

あれは、よろこんでくれてるのかな……？

言いようのない不安感にとらわれながら見ていると、モモの半透明《はんとうめい》の身体《からだ》が淡《あわ》く発光し始める。予期せぬイベントの開始にシリカは狼狽《うろた》え、慌《あわ》てる。

「ど、どうしたの？」

声をかけてもモモは反応せず、ゆっくりと瞳《ひとみ》を閉じる。こうなってしまうと、行く末を見守るしかない。

黄金色《こがねいろ》の朝日の輝《かがや》きが彼女の身体《からだ》を透過《とうか》すると、薄桃色《うすももいろ》のワンピースは色濃《いろこ》くなり、肌《はだ》は生気が宿ったように見える。全身を光に包まれたモモは、アンデッドという存在からは遠く離《はな》れ、崇高《すうこう》さすら感じさせる。

このまま生気が増して、まさか復活しないだろうかと、シリカは空想的な期待をいだく。だが、その想《おも》いはすぐに破れた。モモの輪郭《りんかく》は太陽の光や霧《きり》と溶《と》け合《あ》い、薄《うす》れていく。

「消えちゃう……？」

自責と後悔《こうかい》が腹から突《つ》き上《あ》げる。どうして貝殻《かいがら》を渡《わた》したの。すぐに壊《こわ》せばよかった。首飾《くびかざ》りを捜《さが》しに来なければよかった。

やり場のない悲しみが押し寄せても、イベントは自動的に進行し、あらかじめ定められたプログラムは、世界からモモを静かに消してゆく。

「嫌《いや》だよ……ひとりにしないで……」

無意識に泣き言がこぼれる。モモがいなくなったら、話し相手すらいない孤独《こどく》に引《ひ》き戻《もど》される。

「モモ、待って……」

耐《た》えがたい喪失感《そうしつかん》に襲《おそ》われ、浅瀬《あさせ》に浮《う》かぶモモに向かって一歩近づく。くるぶしまで水に浸《ひた》り、バシャリと音がする。

「あたしなんて、ここにいたって……」

戦う目的も、生活を彩《いろど》る楽しみも、何もない。救われることなんてなく、逃《のが》れられない絶望を抱《かか》えたまま、ぐずぐずと腐《くさ》っていく。現実にもここにも居場所はなく、つらい日々の果てに待つのが死だというのなら……もういい。

重い足を引きずり、一歩、もう一歩と、湖に入る。冷たい水に腰《こし》まで沈《しず》み、悲痛な思いがせり上がる。

「生きてたって、いいことないの……！　だから……」

シリカはすがるように、モモに手を伸《の》ばす。

「あたしも連れてってよぉ……！」

すると、モモは厳しい目つきで、はっきりと首を横に振《ふ》る。

――ダメ。

「あっ……」

これまでにない強烈《きょうれつ》な否定に、胸を突き刺される。

「……そうだよね……」

生きたくない、なんていう後ろ向きな思いこそ、モモに対する最大の裏切りだ。シリカは震《ふる》える声を絞《しぼ》り出《だ》す。

「ごめんね……」

しょんぼりと肩《かた》を落とし、愚《おろ》かな自分を呪《のろ》う。きっとこういうところが、現実でも嫌《きら》われた原因だ。生きて戻《もど》れというキリトからのメッセージも蔑《ないがし》ろにしようとした。そんな自分が情けなくて、瞳《ひとみ》が潤《うる》み、視界がじわりと滲《にじ》む。

モモの前から去ろうと思っても、足はぴくりとも動かない。身が切れるような冷たさの中で力なく俯《うつむ》き、鈍《にぶ》く光る湖面をぼんやりと見ている……と、視界の端《はし》に、すーっと細い指先が入ってきた。

顔を上げると、表情を和《やわ》らげたモモが湖に腰《こし》まで浸《ひた》り、貝殻《かいがら》をのせた手を差《さ》し伸《の》べている。

そしてモモは優《やさ》しげに微笑《ほほえ》むと、口をかすかに動かす。

シリカ。

声は聞こえないが、きっとそう言った。

「モモ……！」

たまらず彼女に身を寄せ、その身体《からだ》に両手を回す。しかし、透過《とうか》して抱《だ》きしめられない。モモの伸《の》ばした手はシリカを貫《つらぬ》き、ふたりの顔と身体《からだ》は重なる。最初に衝突《しょうとつ》したときの悪寒《おかん》は感じない。その代わりに、今にも消えそうな儚《はかな》い温《ぬく》もりが、慰《なぐさ》め、励《はげ》ますように、シリカの背中をゆっくりと撫《な》でる。シリカの視界を覆《おお》うぼさぼさの黒髪《くろかみ》は、濃《こ》い灰色から白銀色に変わり、徐々《じょじょ》に色味を失ってゆく。

――もっとお話がしたかったよ――

――でも、さよならだね――

心の奥に、どちらの声ともわからない言葉が響《ひび》いた。そして、温《ぬく》もりは灯火が消えるようにふっとなくなり、髪《かみ》で覆《おお》われていた視界には、鮮《あざ》やかな朝焼けだけが映る。

パリン。

小さな音が弾《はじ》けた。湖上を舞《ま》い散《ち》るポリゴンに陽光が乱反射し、シリカは青と橙《だいだい》の美しい粒《りゅう》子《し》に包まれる。

【Quest Complete!!】

視界中央にクエストクリアを祝福する文字列が出て、報酬《ほうしゅう》の《ポーション》がストレージに入った。

「回復薬《ポーション》……」

アンデッドだからと回復を躊躇《ちゅうちょ》したのはなんだったのか。しかも、大変な目に遭《あ》ったわりに、報酬《ほうしゅう》が質素だ。モモに文句のひとつも言いたくなるけれど、ついさっきまで彼女がいた場所には、しんとした早朝の静けさが横たわっている。視界左側の表示には、モモの名前もＨＰバーもない。

彼女の存在を示すものは、もう何もない。

静寂《せいじゃく》を破り、鳥の羽音が聞こえた。霧《きり》の中に隠《かく》れていた水鳥が真っ白な翼《つばさ》を広げ、朝焼けの彼方《かなた》に消えてゆく。太陽の眩《まぶ》しさに目を細めると、目元に溜《た》まっていた涙《なみだ》がこぼれ、頬《ほお》が濡《ぬ》れる。顎《あご》を伝う雫《しずく》はぽたぽたと湖に落ち、ゆるやかな波紋《はもん》を描《えが》く。

唇《くちびる》を噛《か》みしめ、漏《も》れそうになる嗚咽《おえつ》をこらえ、手の甲《て》《こう》で涙《なみだ》をぬぐう。その手でウィンドウを操作して、ポーションをオブジェクト化する。小瓶《こびん》に入った液体を一気に飲み干すと、ほのかな苦みが喉《のど》を通《とお》り抜《ぬ》け、柑橘系《かんきつけい》の甘酸《あまず》っぱい匂《にお》いがふわりと香り、温かな気力が全身にじんわりと染《し》みわたる。

ねえ、モモ。

シリカは天を仰《あお》ぎ、胸に手を当てる。

あたし、ちゃんと生きるからね。

彼女と共に一夜を戦った短剣《たんけん》を握《にぎ》り、燃えるような朝日に向けて、高く掲《かか》げた。

（終わり）

第八章
Y.A×長浜めぐみ

もしアスナがレストランを開いた場合の、キリトの立ち位置的なお話

Y.A×Megumi Nagahama

「キリト君、私レストランをやろうと思うの」

「えっ？　レストランを？　急にどうして？」


アインクラッド攻略《こうりゃく》を目指し戦いの日々を送る俺とアスナであったが、今はギルド《血盟騎《けつめいき》士団《しだん》》を一時離脱《りだつ》し、自然豊かな二十二層の小さな村で暮らしている。

戦いとは無縁《むえん》な、毎日がゆっくりと過ぎていく心穏《こころおだ》やかな日々。

こんな日々が永遠に続いてもいいのではないかと、俺が心の片隅《かたすみ》で思い始めたのを見透《みす》かしたかのように突然《とつぜん》アスナがレストランをやりたいと言い始め、俺は困惑《こんわく》してしまった。

「(あまりにも突然《とつぜん》すぎるし、なぜレストラン？)」

俺が彼女の真意を見抜《みぬ》けずにいると、アスナはさらに言葉を続けた。

「特に大げさな理由があるわけではなくて、この新しい生活の中でなにか新しいことをやってみたくなったの」

「それがレストランなんだ」

せっかく戦いの日々から一時抜《ぬ》け出《だ》して穏《おだ》やかな日々を過ごしていたのに、飲食店の経営って結構大変だって聞くけどなぁ。

別の意味で戦場だと思うのだけど、これはアスナ自身が決めたことだ。

彼女がレストランをやりたいというのなら、パートナーである俺は心から応援《おうえん》させてもらうよ。

「私、料理スキルを持ってるし、短期間だけこの村にある空き家を借りられることになったの。私たちは職人プレイヤーじゃないから収支には拘《こだわ》らない。お客さんは一日一組限定で決まったメニューもなし。来てくれる人のためにメニューを考え食材もその日に合わせて仕入れし、できる限りのおもてなしをする。楽しそうだと思わない？」

「そういうのっていいかも」

俺とアスナの二人きりで、看板もない知る人ぞ知る小さなレストランを経営する。

お客さんも知り合いだけにして、彼らに俺とアスナが作った料理を振《ふ》る舞《ま》うと、笑顔《えがお》で舌鼓《したつづみ》を打ち、お酒と会話も進む。

うん、悪くないな。

「料理スキルは鍛《きた》えてないけど、俺ができることがあれば喜んで手伝うよ」

「キリト君も手伝ってくれるのね？　ありがとう！」

「どういたしまして」

たまにはこういうのも悪くない。

俺には飲食店でアルバイトをした経験もないけど、未経験だからこその楽しさってものもあるだろう。

「それで早速《さっそく》役割について相談したいんだけど、いいかな……？」

「おう、俺にできることがあればなんでも言ってくれ!」

そう言うとアスナが気まずそうな表情で。

「私がその日来るお客様のためにメニューを決めて、事前に食材を選びたいの。だから仕込み段階から料理にかかりきりになっちゃうと思うから、大変かもしれないけどキリト君にはそれ以外のことを全部任せられたりしないかな……?」

「料理以外全部⁉」

料理以外というと掃除《そうじ》からお店のテーブルセッティング、そして配膳《はいぜん》からお皿洗いまで……飲食店のアルバイト経験がない俺にはやや、いや! かなりハードなオーダーに思わず考え込んでしまった。

「……やっぱ難しいよね。できれば料理は妥協《だきょう》したくないと思ってたんだけど、少し準備期間を調整して――」

「いや! 俺にできることは手伝うって言ったしな。男に二言はない!」

「キリト君……!」

しかし…それってポジション的にはなにになるんだろう。職務範囲《はんい》が広すぎて雑用係……いやいやいや、俺はお店の差配をすべて任された店長に任じられたんだ。

料理長であるアスナと共に、成功に向けて全力を尽《つ》くそうじゃないか。

「ようし、埃《ほこり》一つないな！　完璧《かんぺき》だ！」


いよいよ、アスナが発案した二人だけのレストランがもうすぐオープンする。

彼女は事前にチェックしていた様々な階層のお店、さらには知り合いのプレイヤーから様々な食材や調味料を仕入れ、早速《さっそく》料理を始めた。

俺はというとアスナが借りてきた一軒家《いっけんや》を、ぴかぴかに掃除《そうじ》し、レストランとして飾《かざ》りつけをしていた。椅子《いす》とテーブルを配置、真新しいテーブルクロスをストレージから出す。一日一組だからこそセンスが問われるところだ。

そしてこのお店の中央に置く花瓶《かびん》……花を選ぶなんてしてこなかったから悩《なや》んだんだけど、目についた赤い花を摘《つ》んできた。ストレージから出し、花瓶《かびん》いっぱいに生ける。うん、よし。

「キリト君、準備は順調？」

キッチンから様子を見に来たアスナは、いつの間にか白を基調としたコックコートを着て赤いミドルエプロンをつけており、その色合いは在りし日の《閃光《せんこう》》の姿を彷彿《ほうふつ》とさせた。

さらに長いコック帽《ぼう》を被《かぶ》り、首に赤いネッカチーフを巻き、本格的な装《よそお》いであった。

「どうかな？」

「大変お似合いで見目麗《みめうるわ》しゅうございます」

「なにそれ」

アスナがクスクスと笑う。

「それにしてもその服、どこで手に入れたんだ？」

「友達に作ってもらったの」

「あ……それってもしかして？」

俺たち二人のの共通の友人の姿を思《おも》い浮《う》かべる。

アスナはコック姿がとても気に入ったようで、笑顔《えがお》のままその場を何度かクルクルと回って、俺に披露《ひろう》していた。

「キリト君の分もあるよ」

アスナはそう言うと、俺に実体化された服を渡《わた》してきた。

「わざわざ用意してくれたの？　ありがとう」

お礼を言い、早速《さっそく》もらったものを装備する。

白いウィングカラーシャツと黒いベストとパンツ、そして黒のショートエプロン。

俺の服装は黒が基調となっていて、着慣れない服装に戸惑《とまど》いつつも、どこか落ち着いている自分がいた
「……俺が着るとちょっと変じゃないか？」

「そんなことないよ、大丈夫《だいじょうぶ》。とてもよく似合ってる！」

「そうかなぁ……」

まぁアスナがそう言うならいいか、と思っていたところに――。

「おーっす！　キリの字」

本日のお客さん、クラインが来店してきた。

クラインとはソードアートオンラインサービス初日に知り合った顔なじみであり、現在はギルド《風林火山《ふうりんかざん》》のリーダーで一緒《いっしょ》に攻略組《こうりゃくぐみ》として戦うこともある。

「急にどうしたんだ？　レストランを始めるなんてよ」

「ちょっとした息抜《いきぬ》きさ」

クラインが俺の全身を見て、プッと笑い出す。

「にしてもキリの字、馬子にも衣裳《いしょう》とはまさにこのことだな」

「失礼なこと言うなあ」

アスナさん、やっぱ大丈夫《だいじょうぶ》じゃないです……。

「お前はなんか常に急いでる感じだから、たまにはいいのかもしれないな」

「クライン……」

そこにこのお店のシェフである、アスナがキッチンから出てきた。

「いらっしゃいませ、クラインさん。わざわざ来てくださってありがとうございます」

「おぉ！　その格好はつまりアスナの料理が楽しめるんだな！　キリの字の料理だったらどう

しようと思ってたけど、これはお腹空《なか》かせてきた甲斐《かい》がありそうだな！」

「……今日のクラインさんが好きそうなものはキリト君から聞いているので、喜んでもらえるよう精一杯《せいいっぱい》準備させていただきます」

「おう！　楽しみにしてるぜ」

アスナがそう言うと丁寧《ていねい》にクラインへお辞儀《じぎ》をしてキッチンへ向かう。その姿を見送りながら、俺はクラインを席まで案内する。

「キリト君、最初の料理が完成したよ」

「了解《りょうかい》」

早速《さっそく》一品目の料理が完成したようで、俺はそれをキッチンまで取りに行く。

「キリト君、お願いね」

「任せてくれ」

そう言うとアスナから一皿目を預かる。このレストランの正真正銘《しょうしんしょうめい》の一皿目である。

「お待たせしました。一皿目は、旬《しゅん》の野菜とエディブルフラワーのサラダです」

最初の一品は、前菜として旬《しゅん》の野菜と食べられる花エディブルフラワーを白く大きなお皿の上に絵画のように盛り付け、ジュレ状のドレッシングをかけた芸術的な一品だった。

「（アスナ、気合い入ってるな）」

ただ美味《おい》しさだけを求めるのではなく、料理の美しさにまで拘《こだわ》っているのだから。

クラインはそんな一皿をいろんな角度から覗《のぞ》き込《こ》みながら、第一声——。

「この花って食べられるのか？」

……クラインにはちょっと難しかったかな⁉

「食べられるぞ、まぁ俺も食べたことないけど」

クラインは前菜のサラダより、これから出てくる料理の方が好みだと思ってたけどな。

「キリト君、次の料理もお願い」

キッチンからアスナが俺を呼ぶ。二皿目はテーブルにいてもいい香りがする、クラインの好きなアレだ。

「熱いから気を付けて運んでね」

「任せとけ！」

これは運んでいるだけで食欲がそそられる一皿である。

「お待たせしました、二皿目はドライトマトとバジルのマルゲリータピザになります」

そう言ってピザをテーブルに置くと、クラインは『おぉ！』と目を輝《かがや》かせている。

「あのサービス開始の日、ピザ食《た》べ損《そこ》なってただろ？　だからアスナと相談してピザにしようと決めてたんだよ」

「キリト……そんなこと覚えていてくれたんだな」

お客さんを誰《だれ》にするか相談した時、アスナから、クラインはどういうものが好きなのか聞かれてたんだよな。

そこで、SAOサービス開始当日、クラインは宅配ピザを注文していたがデスゲームと化してしまって食べられなかったことを思い出したわけだ。

「いっただきまーす」

クラインは熱々のピザを一切れ取り、ぱくっとひとくち。するとチーズがみょーんと伸《の》びる。

「んん～！　これは旨《うま》いな！　ドライトマトの濃厚《のうこう》な甘みと酸味がチーズに合うな！」

アスナお手製のピザも気に入ってくれているようだ。

そしてこのピザには――。

「クライン、このピザにはこれが合うだろ？」

俺はクラインにグラスを渡《わた》し、黄金色《こがねいろ》の液体を注ぐ。きめ細かな泡《あわ》が立ち、部屋のライトがキラキラと反射している。

そうエールである。

アスナがクラインなら白ワインじゃなくてエールが好きなんじゃないかと言っていたが、どうやら当たっていたらしい。

「キリの字、さすがわかってるぅ～～！　くぅぅうう！　やっぱ一日の疲《つか》れを癒《いや》すのはこれだよなぁ」

そう言いながらクラインは嬉《うれ》しそうに一気に飲み干す。空いたグラスにおかわりのエールを注いでおく。

美味《おい》しそうにエールを飲みながらピザを頬張《ほおば》るクラインの姿をキッチンからアスナが見守っていた。

次の料理を受け取りにキッチンへ戻《もど》るとアスナを目が合ったので、俺はサムズアップしながら。

「ピザとエールのコンボ技《わざ》は大成功だったぞ！」

「よかったぁ～！」

アスナは心配していたようで、ほっと胸をなでおろす。

「次もできたから、お願いね」

「三品目はパタニスカス・デ・ボアです」

「これはスペインの料理で、本当は塩ダラ（バカリャウ）を使うけど、レアリティの高いボアのお肉を使っています」

アスナから聞いた料理の説明を、そのままクラインに伝える。

それにしても意外な、それも変わったタイミングで出てきたな。

クラインは若い男性だから、こういうガッツリとした料理を加えた方が満足度が高いとアスナは判断したのであろう。

クラインが、熱々の揚《あ》げたボアをひとくち頰張《ほおば》る。

「あっふい！　うんうん、んまいな！　これもエールに合うっ！」

天ぷらとは違《ちが》って、しっかりとしたキツネ色の衣《ころも》がザクッと音を立てる。クラインは、衣《ころも》の中のボア肉の旨味《うまみ》と食感を嚙《か》み締《し》めている。

食べ終わるのと同時に、グラスに入ったエールも飲み干した。

そして、メインディッシュとしてステーキが出てきた。

お皿の中心に上品だけど確かな存在感がある。

お肉も大きめで、食べ応えのある赤身――ヒレ肉かな？

レアリティも高そうで、これにそそられない男はいないだろう。

「こりゃあいい肉だ。焼き方も俺好みのミディアムレア。普段《ふだん》食べている肉とは違《ちが》って、ナイフがすっと入っていくぜ」

そう言いながらステーキをカットしていくクライン。カットするとわかるが表面はしっかり焼き目をつけているのに、中はレアになっていて見ているだけでよだれが出てきそうだ。

「肉もうめぇんだが、このソースが特にうめぇ！　なんだか現実世界で食べたステーキに似た味な気もする！」

ただのステーキではなく、アスナはソース作りに大分手間をかけたみたいだ。

確か隠《かく》し味《あじ》として、例の醬油《しょうゆ》風味の調味料もほんの一滴《てき》入っているとか。

「ステーキにはこれだろ？」

そう言うと俺は新しいグラスと赤ワインとテーブルに置く。鮮《あざ》やかな色味なのにしっかりと深みを感じさせる赤ワインをグラスに注ぐ。グラスに注ぐだけで葡萄《ぶどう》の香りを感じる。

「おぉ！　エール以外のお酒も出してくれるのか！　ステーキに赤ワインなんて俺にはオシャレすぎるかもしれないな」

そう言いながらもグラスを回しながら香りを感じつつ、ひとくち赤ワインを飲む。

「ん〜、いい香りだな！」

パンも一緒《いっしょ》に出すが、これにつけて食べるジャムやバターはアスナの知り合いの知り合いだという、料理スキル持ちプレイヤーのみで構成されたパーティーから入手したそうだ。

彼らが作る手作りのジャムとバターは絶品だと評判だそうで、試食したら本当に美味《おい》しかった。

……それにしても本当に美味《おい》しそうなステーキだ。

あとで賄《まかな》いで出るのかな？

「最後に、デザートのパンナコッタです」

これもアスナが自分で作ったものだ。

紫色《むらさきいろ》のソースがかかっているが、これもベリーを買ってアスナが自分で作っていた。

「うめぇ！　甘さ控《ひか》えめなのもいいな。さっぱりする」

そういえばクラインって、甘い物が苦手かも……なんてこともないようで、デザートも残らず平らげていた。

「実に旨《うま》かった」

「満足していただけましたか？」

調理を終えたアスナが、シェフとしてクラインに挨拶《あいさつ》をした。

「フルコースなんて、このゲームにログインしてから初めて食べたよ。料理もデザートもお酒もとても美味《お》しかった」

「満足していただけてよかったです」

「ご馳走様《ちそうさま》」

お代は俺が出す旨《むね》をすでにアスナには伝えてある。

「にしても〝あの副団長様〟の料理が食べられるなんて、ファンが知ったら押しかけてくるんじゃないか？」

「もう！　そんなことないですよ」

アスナがクラインにからかわれて照れている。

そしてコック帽《ぼう》を取りながら丁寧《ていねい》にお辞儀《じぎ》をする。

「今日開店のお店に来て、美味《お》しいと言ってくださってありがとうございます。これからもキリト君のこと、よろしくお願いいたします」

「アスナ……」

「おう！　アスナもキリの字のことよろしくな！」

最後にそう言うと、今日一番の笑顔《えがお》でクラインは帰っていった。

クラインを見届けた俺はレストランの後片付けを、そしてアスナは明日の仕込みを始める。

それが終わると、そういえばまだ夕食を食べていないことに気がついたが、アスナが賄《まかな》いを用意してくれていた。

「じゃじゃ――ん、今日クラインさんに出したいいお肉を使ったローストビーフでぇ――す」

「本格的で旨《うま》そうだなぁ」

中まで低温でじっくりと火を通してあるローストビーフは、肉の旨味《うまみ》がよく引き出されていてとても美味《おい》しい。

「このソースがまたいいんだよな。さっきのステーキソースとも違《ちが》っていて」

これにも醬油《しょうゆ》風味の調味料が使われているのはわかるけど、ソースの味に旨味《うまみ》と深みを出しているものはなんだろう？

「ローストビーフのソースは、ローストビーフを低温で調理している時に出る肉汁《にくじゅう》を使うととても美味《おい》しくなるのよ」

「それは知らなかった」

「キリト君、明日も頑張《がんば》ろうね」

「開店、閉店準備は任せてくれ」

初日から上手《うま》くいってよかった。

夕食を終えたら、明日に備えて早く寝《ね》るとしようか。


「本日はご招待いただき、ありがとうございます。釣《つ》りを愛する仲間たちで魚を沢山《たくさん》釣《つ》ってきました。これを使って調理していただけるとか。さすがは醬油《しょうゆ》を作り出したアスナさんだ」

「ニシダさん、みなさん。新鮮《しんせん》なお魚をこんなにいっぱいありがとうございます。腕《うで》によりをかけて料理しますから」

「楽しみですよ」

二日目のお客さんは、ニシダさんをはじめとする釣《つ》りを愛するプレイヤーたちだった。

本日の料理はニシダさんたちが持ち込む魚で作る料理がメインで、どんな料理にでも対応できるよう、アスナは事前に色々と準備をしていた。

さすがは、料理スキルをコンプリートしているだけのことはある。

「キリト君、ニシダさんたちをお席に案内して」

「了解《りょうかい》」

俺たちのレストラン二組目は団体客である。

昨日はクラインだったからあまり緊張《きんちょう》しなかったが、今日は気合いを入れて給仕《きゅうじ》に臨《のぞ》まないと。「(ようし、頑張《がんば》るぞ！) ニシダさん、みなさん。お席に案内しますね」

「キリトさん。その格好、とってもよくお似合いですよ」

「ありがとうございます」

ニシダさんたちが着席した瞬間《しゅんかん》から、俺の戦いが始まる。

キッチンに向かうと、ニシダさんたちが持参した大量の魚と格闘《かくとう》するアスナの姿があった。

「お客様を空腹で待たせるのはよくないから、これだけは作ってあったの。キリト君、運んでくれる」

「これは？」

「事前に新鮮《しんせん》なお魚を少し手に入れていて、それで作ったお魚の煮凝《にこご》りよ」

「へえ、いかにも前菜ぽい感じだ」

「このレストランの趣旨《しゅし》どおり、魚好きのニシダさんたちが喜びそうな料理を作ったのよ」

お客さんを喜ばせるためなら、たとえレストランといえど和食を出す。

昨日、レストランをオープンさせたばかりとは思えないプロぶりだ。

「これは煮凝《にこご》りですか。まさかこの世界で煮凝《にこご》りにありつけるなんて！　嬉《うれ》しいですねえ」

「味つけは塩と少量のハーブ。完全な和食なのかと思ったら、こういう煮凝《にこご》りも洒落《しゃれ》てていいな」

「魚の生臭《なまぐさ》さもなく、ハーブのおかげで後味も爽《さわ》やかだから、ますますお腹《なか》が空いてくるようだ。素晴《すば》らしい前菜ですよ」

「次の料理が楽しみになる美味《おい》しさです。お酒にも合うなぁ」

昨日とは違《ちが》って、今日は和食っぽい料理からのスタート……と思いきや、この煮凝《にこご》りはアスナ曰《いわ》く塩とハーブで味つけがしてあるそうで、重くなく後味スッキリで前菜には最適なうえ、お酒にも合うという優《すぐ》れた料理になっていた。

年配者比率が高いニシダさんたちにも大変好評だ。

「キリト君、大皿でいくよ」

「は――――い！」

お酒が進むニシダさんたちに注いで回っていると、キッチンにいるアスナから呼ばれ、何枚もの大皿を運ぶよう頼《たの》まれた。

「これは豪華《ごうか》だ」

「各種お造りと、カルパッチョよ。キリト君、お願い」

「了解《りょうかい》」

今日はコース料理ではなく、大皿で提供して各々《おのおの》好きに小皿に取り分けて食べるスタイルか。

綺麗《きれい》に盛り付けられた刺身《さしみ》やカルパッチョが、まるで大輪の花のようにテーブルの上で咲《さ》いていて、見た目で食べる人たちを楽しませている。

「こんなに綺麗《きれい》に盛り付けられていると、頑張《がんば》って魚を釣《つ》った甲斐《かい》がありますね」

ニシダさんたちは競《きそ》うように、小皿に刺身《さしみ》とカルパッチョを取り分けて食べている。

お酒も進んでおり、俺はグラスが空くと、アスナお薦《すす》めの果実酒を注いで回った。

「やっぱり刺身《さしみ》には醤油《しょうゆ》だよな」

「おっ、皮目に湯をかけた湯霜造《ゆしもづく》りと、皮目を炙《あぶ》った焼《や》き霜造《しもづく》りまである！」

「皮目付近の美味《おい》しさと、炙《あぶ》った際の香《こう》ばしさも再現できるのか。ゲームといえど侮《あなど》れないな」

「カルパッチョも、これはこれで洒落《しゃれ》ててイケるけど。一緒《いっしょ》に盛り付けてある野菜とエディブルフラワーと一緒《いっしょ》に食べるとこれまたオツだねぇ」

アスナはただ生の魚を切っただけでなく、色々と工夫《くふう》していて、みんな大喜びで食べている。

「ところでこの謎《なぞ》の液体は？　ああっ！　これは『煎《い》り酒《ざけ》』だ！　キリトさん、よく煎《い》り酒《ざけ》なんて手に入りましたね」

「その煎《い》り酒《ざけ》は、アスナの知り合いの知り合いから入手したそうです」

煎《い》り酒《ざけ》とは醤油《しょうゆ》が普及《ふきゅう》する前に使われていた調味料で、日本酒、梅干し、カツオ節で作るものらしいけど、これは類似品《るいじひん》といった方が正解だろう。

昨日の美味《おい》しい手作りジャムを作ったパーティーから仕入れたって聞いたけど。

確か、『食の探求団』とかいうパーティー名だったかな。

「この煎《い》り酒《ざけ》は、魚本来の美味《おい》しさがわかりやすいですね」

「酒が進むねぇ」

「煎《い》り酒《ざけ》は塩分が少ないから、最近また作られるようになったって聞くな。俺、血圧が高めだから煎《い》り酒《ざけ》の方が健康にいいかも」

「ゲームの中で塩分濃度《のうど》なんて関係ないだろう」

「しかし、頑張《がんば》って沢山《たくさん》魚を釣《つ》った甲斐《かい》があったな」

今日は人数も多く、みんなでワイワイと楽しそうに話をしながら料理を食べ、果実酒を飲みながら談笑《だんしょう》している。

アスナのレストランは昨日とはまた違《ちが》った光景で、こういうのも悪くない。

「キリト君、次の料理ができたよ」

次は、基本中の基本である焼き魚に、蒸《む》し魚《ざかな》はアスナお手製の醬油《しょうゆ》風味の調味料を使ったポン酢《ず》が添《そ》えてある。

甘辛《あまから》く煮《に》た煮魚《にざかな》に、天ぷら……フリッターに近いかな？……には自家製の天ツユもついていて、さすがはＳＡＯで一番に醬油《しょうゆ》風味の調味料を作ったかもしれないプレイヤーだけのことはある。

俺は、ニシダさんたちにお酒を注いで回るのと、アスナが作った料理をテーブル席に運ぶ作業を続けた。

まるで、人手不足の居酒屋バイトみたいな……俺は居酒屋でアルバイトなんてしたことないから想像でしかないけど。

「ムニエルの焼き加減も実に素晴《すば》らしい。火を通しすぎると身がパサパサになってしまうし、火を通す時間が短いと身が生のままになってしまう。シェフの腕《うで》がいいんだな」

「フリッターの衣《ころも》もサクサクで、この醤油《しょうゆ》ベースの天ツユが泣けるほど美味《おい》しいな」

今日はかなり料理の量が多いけど、ニシダさんたちは残さず食べていた。

よほど気に入ったみたいだ。

「メインは魚をフライにしました」

「おおっ——！」

メインの料理は、アスナが自ら持参した。

普通《ふつう》のレストランなら魚の身のステーキなどにするのだろうが、ここであえてフライとは……。

しかもアスナには、必殺技《ひっさつわざ》……他の料理人では作れない秘伝の味もあった。

「魚のフライには、この自家製のタルタルソースがよく合います。タップリ使ってくださいね」

「フライとタルタルソースの組み合わせが最高だ。もはや懐《なつ》かしさすら感じる」

「熱々サクサクのフライと、コッテリなのに後味の酸味のおかげでサッパリ感のあるタルタルソースの組み合わせといったら！」

「ますますお酒が進みますな」

さすがは料理スキルを極《きわ》め、醤油《しょうゆ》やマヨネーズまで再現してみせただけのことはある。

ニシダさんたち、釣り好《ず》きたちの胃袋《いぶくろ》を完全に摑《つか》んでしまった。

もはやニシダさんたちには、アスナは料理の女神《めがみ》に見えるのだろう。

「〆《しめ》の料理、魚飯です」

最後にご飯を出すことも忘れなかった。

大きな土鍋《どなべ》で、ウロコ、内臓を取った魚ともち米を一緒《いっしょ》に炊《た》いたものだ。

魚の出汁《だし》がもち米に染《し》み込《こ》んでおり、日本を思い出させてくれる料理である。

俺は、骨を取り除いた魚の身ともち米を小鉢《こばち》によそっていく。

この作業は俺の担当だ。

「お好みで、ゴマ、大葉、ワサビをどうぞ」

しかしまぁ、アスナはどこでこんな食材を見つけてきたんだろう？

俺と比べると、本当に交遊関係が広いよな。

などと感心している場合ではなく、魚飯と一緒《いっしょ》に魚の骨やアラで出汁《だし》を取った澄《す》まし汁《じる》も配《はい》膳《ぜん》することを忘れない。

「魚の骨とアラから出た出汁《だし》が、体に沁《し》み入《い》るようです」

「「「「「「「「はあ……」」」」」」」」

ニシダさんたちは一斉《いっせい》にアラ汁《じる》を啜《すす》り、天に昇《のぼ》りそうな表情を浮《う》かべていた。

「魚飯は鯛飯《たいめし》にとても味が似ていて、外の世界を思い出させてくれる」

「あっ、おかわりありますか？」

「ありますよ」

「俺にもください」

「私も！」

揚《あ》げ物《もの》が二種類あって結構ヘビーだったはずなのに、ニシダさんたちは魚飯をおかわりした。

よほど気に入ったのだろう。

「最後にデザートです」

今日のデザートは、カットフルーツの盛り合わせだった。

ここでコッテリとしたデザートを食べると、魚料理の印象が薄《うす》れるというアスナの判断から
かな？

「ニシダさん、みなさん、お味はいかがでしたか？」

「とても美味《おい》しかったですよ」

った。

「苦労して釣《つ》り上《あ》げた魚なので、こんなに美味《おい》しく料理してもらえて嬉《うれ》しかったです」

ニシダさんたちの人柄《ひとがら》や真摯《しんし》に魚料理を楽しむ気持ちもあって、アスナは今日もご機嫌《きげん》だった。

これだけの食べっぷりなら、料理人冥利《みょうり》に尽《つ》きるんだろうな。

ニシダさんたちが釣《つ》り上《あ》げて持ち込んだ魚をアスナが料理して、みんなで談笑《だんしょう》しながらお酒と共に楽しむ。

アスナは、こういうことをやりたかったのだろう。

「本日はありがとうございました」

「ご馳走《ちそう》さま」

「期間限定なのが惜《お》しいくらいだな」

「そうじゃなかったらまた来れるのに」

「魚をいっぱい釣《つ》ってな」

おもてなしの時間は終わり、俺とアスナはお店を出るニシダさんたちを見送る。

彼らはとても満足そうな表情を浮《う》かべていた。

「本日はご馳走《ちそう》さまでした。では、私たちはこれにて」

最後の挨拶《あいさつ》を交《か》わすと、アスナは片付けのためにキッチンへと戻《もど》ったが、果たしてこのままで良いのだろうか？

そんな不安もあり、ついニシダさんを追いかけて話しかけてしまった。

「あの、ニシダさん」

「キリトさん、どうかなさいましたか？」

「実はちょっと、人生の先輩《せんぱい》として、相談に乗ってほしいことがありまして……」

俺はこの二日間、アスナのパートナーとして働いている事情を説明した。

「今日は俺も楽しかったけど、このままでいいのかなって……。別にこの生活が嫌《いや》ってわけでもないんですけど、これまでずっと戦い続けてきたのでこれでいいのかなって」

「なるほど、そういうことですか……」

ニシダさんはコンマ数秒考えたあと、言葉を続けた。

「簡単なことです。今日のアスナさんは実に楽しそうでしたし、レストランは上手《うま》くいっていますよね？」

「はい」

「それなら、キリトさんもこのままでいいんですよ」

ニシダさんは優《やさ》しい眼差《まなざ》しで俺に語りかける。

「きっと今の彼女にはこのひとときが必要なんだと思いますよ。そしてそのひとときにキリトさんも一緒《いっしょ》にいてほしいと、必要としているんじゃないでしょうか」

「ニシダさん……」

ニシダさんはこれまで色々な経験をされてきたのだろう。言葉ひとつひとつに重みを感じる。

「それに世の中ってのはですね。男性が女性の言うことを聞いて上手《うま》くいっていたら、それが最善ですから。みなさんもそう思うでしょう？」

ニシダさんの問いに対応するが如《ごと》く一斉《いっせい》に首を縦に振《ふ》る他の釣《つ》りを愛するプレイヤーたちだけど、俺は彼らにある共通点を見つけた。

「（みんな、妻帯者か彼女持ちっぽい！）」

そして俺は、いつの間にかニシダさんたちが悟《さと》りを開いたかのような表情になっていることに気がついてしまう。

そんなニシダさんたちを見送って店内へ戻《もど》ると、アスナが俺がテーブルに飾《かざ》っていた黄色の花を見つめていた。

「アスナ、ニシダさんたち帰ったぞ。」

「キ、キリト君、いつからいたの？」

アスナは俺に急に話しかけられてびっくりしているようだ。

「もしかして俺が選んだ花、まずかったか？」

「ううん！　そんなことないの！　綺麗《きれい》だなって思って見てただけよ」

そう言うとアスナは俺の背中を押してきて、店の外に追い出そうとしている。

「ちょ、ちょっとアスナどうしたんだ？　片付けだってあるだろ？」

「今日は私がやっておくから、キリト君は先に帰って休んでて」

そう言うとアスナは扉《とびら》を閉めて鍵《かぎ》をかけたようだ。一体なんだったんだ……？

先に家に帰りくつろいでいると、アスナがレストランの片付けを終えて帰宅した。

「キリト君、今日の賄《まかな》いだよ」

「これは？」

「ニシダさんたちが持ってきてくれたお魚の身を、漬《づ》けにしてみたの」

「残った魚の切り身を漬《づ》けにしておくなんて、『ザ・賄《まかな》い！』って感じでいいな」

早速《さっそく》食べてみると、魚飯にも使っていた炊《た》いたもち米の上に、アスナお手製の醤油《しょうゆ》風味の調味料をベースとしたタレが染《し》みた新鮮《しんせん》な魚のお刺身《さしみ》がのっていて実に美味《おい》しい。

「キリト君、全部食べないでね」

「どうして？」

「それはね。こうやって半分残った漬《づ》け丼《どん》に熱々の出汁《だし》をかけると、漬《づ》け茶漬《ちゃづ》けにもなるからよ。お好みでワサビを溶《と》いて食べてね」

ワサビ、和風出汁《だし》と。

似たものなんだろうけど、よく集めてくるなと感心してしまう。

「ふぅ――、体に沁《し》み入《い》る美味《おい》しさだなぁ……」

さっきアスナにお店から追い出された時は一抹《いちまつ》の不安もあったけど、二日目のレストランの営業も無事に終わったし、こうやって夜に夫婦《ふうふ》二人でお茶漬《ちゃづ》けを楽しんでいる。

ニシダさんたちの言うとおり、きっとこれでいいんだと思う。


「あれ？　今日のお客さんは？」

「うんとねぇ」

三日目。

レストランのお客さんは初日だけ俺がクラインを招待したけど、二日目以降はアスナに任せていた。

だけどどういうわけか今日は誰《だれ》も俺たちのレストランに姿を見せず、なぜか俺は自分が綺麗《きれい》にセッティングした席に座らされている。

台所ではアスナが料理をしているが、もうしばらくお客さんが来るまでに時間があるから、それまでは休んでいろってことなのかね？

そんなことを考えていたら料理が一段落したらしく、アスナが台所から出てきた。

「アスナ、今日はどんなお客さんが来るんだ？　一人客か、それとも団体さんか。俺が知っている人かな？」

「あのね。今日のレストランのお客さんは、キリト君と私なの」

ちょっと照れくさそうな表情を浮《う》かべながら、アスナはさらに話を続ける。

「俺たちが客？」

レストランを経営している人間が客って、どういうことなんだろう？

「私ね。あまり深く考えないでレストランを始めたんだ。キリト君とずっと二人だけで静かに暮らし続けてもよかったんだけど、心のどこかで本当にそれでいいのか迷いが生じて……。だからちょっとだけ、人のためになにかをしてみようと思って……」

アスナが始めたレストランだけど、二日間の利益はゼロだった。

むしろ人件費やらを考えると赤字だろう。

確かに商売ではなく、ボランティアみたいではあった。

「最初はどうなるかなって心配だったけど、クラインさんやニシダさんたちが喜んでくれているのを見て、レストランをこのままやり続けるのもありなんじゃないかなって。でも、昨日キリト君がテーブルに飾《かざ》った黄色い花を見ていたら……」

「昨日、俺が飾《かざ》った黄色い花？」

「うん、あの花ってガーベラによく似ているなって思ったの。キリト君は知ってる？　ガーベラの花言葉は『前向き』と『常に前進』だってのを」

「そうだったんだ」

俺は花に詳《くわ》しくないし、ましてや花言葉なんてもっとわからない。

黄色い花はSAOの中ではガーベラではなく別の名前だったはずだけど、アスナにはあの黄色い花がガーベラに見えたんだろう。

俺はただ、初日の赤い花もそうだけど、この花ならアスナに似合いそうだなとか、彼女が作る料理が映《は》えそうだな、くらいにしか考えていなかった。

それでもアスナがそう思うのなら……。

「ずっとこの生活を続けていると、私、後悔《こうかい》してしまうかもしれない。だから今日でこのレストランは終わり。最後のお客さんはキリト君にしたいと思うんだけどどうかな？」

「アスナがそうしたいのであれば、是非《ぜひ》ご馳走《ちそう》になるよ。オーナーシェフ」

「よかったぁ、じゃあ早速《さっそく》お料理を出すから存分に楽しんでね。私もご相伴《しょうばん》させてもらうけど」

「レストランを始める前の生活に戻《もど》ってみたいだ」

三日目にして、料理を提供するレストランの従業員から、料理を食べさせてもらえるお客さんにランクアップか。

それもアスナが腕《うで》によりをかけた手料理、悪くないどころか素晴《すば》らしい。

台所へと戻《もど》ったアスナは、早速《さっそく》作った料理の数々をテーブルの上に置いた。

「まずは前菜とスープ。野菜とクリームのサラダと、ズパ・ポミドロヴァよ」

「サラダと、これはトマトスープか。両方クリームが使ってある」

《クリーム》はクエスト《逆襲《ぎやくしゆう》の雌牛《めうし》》で手に入れられ、空腹を紛《まぎ》らわせるだけの目的で、黒パンを水で喉《のど》の奥に流すように食べていたアスナに初めてご馳走《ちそう》したものだ。甘味《あまみ》もあるクリームなのでサラダやスープに使って大丈夫《だいじようぶ》なのか不安だったけど、さすがは料理上手なアスナ、食べてみると実に美味《おい》しい。

塩とコショウが加えられたクリームはまるでドレッシングのようで、甘味《あまみ》が味に深みを生み出し、酸味が後味をさっぱりさせてくれて、サイコロ状に切ってあるキュウリ、ニンジン、ズッキーニ、トマト、パプリカが美味《おい》しく食べられる。

ズパ・ポミドロヴァもクリーミーで口当たりがよく、どこかホッとさせてくれる味だ。トマトとクリームの酸味のおかげで、さらに食欲が増してくるように感じた。

「メインの料理が楽しみになる前菜だ。ズパ・ポミドロヴァって料理名は初めて聞くけど、ロシアあたりのスープかな？」

「惜《お》しい、ポーランドのスープよ」

「アスナは世界中の料理に詳《くわ》しいんだな」

「知らない料理も多いはずだけど……。メインは二皿よ」

前菜のスープとサラダを食べ終わると次はメインの料理だが、これには見覚えがあった。以前、俺が手に入れたものをアスナが調理してくれたS級食材である《ラグー・ラビットの肉》で作ったシチューと、てりやき風味のサンドイッチだ。シチューとスープは被っているような気がするけど、シチューは具だくさんで食べ応えに重点を置いているようだ。

「サンドイッチはともかく、ラグー・ラビットの肉なんてよく手に入ったな」

「ちょっとしたツテでね。さあ、召《め》し上《あ》がれ」

まさか再びラグー・ラビットの肉が食べられるとは。

以前食べた時の天にも昇《のぼ》る味を思い出しながらシチューを口に入れる。

「うめぇ！」

それしか言葉が出なかった。

だが同時に、二回目なので少し冷静な俺もいて、今日のシチューの方が美味《おい》しい。

ラグー・ラビットの肉自体の味は変えられないので、他の具材やソースをかなり改良してあるのが、あまり料理に詳《くわ》しくない俺でもわかる。

料理スキル熟練度をコンプリートしていたアスナであったが、それにあぐらをかくことなく料理を改良し続けるのが凄《すご》いと思う。

戦闘《せんとう》とはまったく関係ないがゆえに、俺は特に感心してしまうのだ。

「そして、これも前に作ってくれたてりやき風味のサンドイッチ……いや、これは！」

今のところ作れる人はアスナしか知らない醬油《しょうゆ》味《あじ》の調味料を使い、海の向こうのアメリカ人すら虜《とりこ》にしたてりやきを挟《はさ》んだサンドイッチも感動するほど美味《おい》しかったが、なんとこのサンドイッチには、同じくアスナが作ったマヨネーズ味の調味料で粗めにつぶした茹《ゆ》で卵《たまご》を和《あ》えたものも挟《はさ》んであった。

「『てりたまサンド』とは驚《おどろ》いた。こんなの、美味《おい》しくないわけがないものな」

てりやきとマヨたまの組み合わせは、もはや至高の域にあると思う。

「二人だけでマナーなんて関係ないから、手で持ってかぶりつきましょう」

二人で大きなてりたまサンドを持ってそのままかぶりつくと、てりやきソースとマヨたまが相乗効果をなして、濃厚《のうこう》な旨味《うまみ》が脳天を突《つ》き抜《ぬ》ける。

ちょっとレストランには似つかわしくない料理だけど、今日は二人だけだし、これぞまさに『美味《おい》しさは正義』ってやつだと思う。

サンドイッチを頬張《ほおば》り、続けてシチューをスプーンですくい、口の中に流し込む。

この天国のようなローテーションを夢中で続けていたら、俺たちは二つの料理をあっという間に食べ終えてしまった。

「ふう……大満足だ」

「私も。シチューとサンドイッチのアレンジは大成功ね。やっぱり『常に前進』が私には性《しょう》に合《あ》っていると思う」

「俺もそう思うよ」

やっぱり、今日でこのレストランは終わりだな。

「忘れてた。実はデザートもあるのよ」

「そういえばそうだった」

俺はテーブルの端《はし》に、まだ手をつけていない小さな二つのカップが置かれていたのを思い出した。

「お料理は美味《おい》しかったけど、コッテリ、デカ盛《も》りのメニューだったから、デザートはクリームと裏ごししたお豆腐《とうふ》で作ったレアチーズケーキ風にしました。そのまま食べても美味《おい》しいけど、ジャムをのせても美味《おい》しいわよ」

しかし、よく豆腐《とうふ》なんて手に入れられたものだ。

アスナは本当に顔が広いよな。

「さっぱりしていて美味《おい》しいな、これ」

甘さ控《ひか》えめで爽《さわ》やかな酸味が、口の中に残った濃厚《のうこう》なてりやきソースとマヨたまを洗い流してくれる。

半分ほどそのまま食べてから、瓶《びん》に入ったブルーベリージャムっぽいものをのせて一緒《いっしょ》に食べると、また別の美味《おい》しさが楽しめて最高だ。

「キリト君、私この三日間、とても楽しかった」

「俺もだよ」

最後のデザートを食べ、俺たちのレストランは終わりを告げた。

とても楽しかったのでまた時間があれば、再び期間限定でレストランを……などと思いつつ、実はちょっとだけ残念なことがあった。

「(最終日は俺がお客さんだったから、アスナの賄《まかな》いを食《た》べ損《そこ》ねてしまった。実はかなり楽しみにしてたんだけど、さすがに今日の分はないよなぁ)」

「キリト君、どうかした？」

「なんでもないよ。食べ終わったら片付けだな」

「そうね。明日にはこの家を返さないといけないから」

このあと片付けを手伝いながら、アスナが賄《まかな》いを用意していないか念のため探してみたけど、当然そんなものがあるわけがなく。

それだけが唯一《ゆいいつ》の心残りであったことを記しておこうと思う。

終わり

第九章
川原 礫×abec

ソードアート・オンライン
If You Can Smile

Reki Kawahara×abec

※この掌編は、上級修剣士《じょうきゅうしゅうけんし》ライオス・アンティノスとウンベール・ジーゼックが毒ガニに噛まれて入院した結果、キリトとユージオは罪人として連行されず、そのまま北セントリア帝立《ていりつ》修剣学院《しゅうけんがくいん》に在籍し続けた世界を描いたアリシゼーション編のIFストーリーです。

「おお……セントリアのすぐ近くなのに、水がめちゃくちゃ綺麗《きれい》だな……」

きらきら光るルール川の水面《みなも》を眺《なが》めながら、俺は感嘆《かんたん》の声を漏《も》らした。

水際《みずぎわ》に近づいて覗《のぞ》き込《こ》むと、川底を埋《う》める丸っこい砂利《じゃり》や、軽《かろ》やかに泳ぎ回る小魚の群れがくっきりと見て取れる。現実世界の埼玉県《さいたまけん》には長瀞渓谷《ながとろけいこく》という景勝地があり、小学校の遠足で訪《おとず》れた時に「水がきれいだなー」と小学生並みの感想を抱《いだ》いた記憶《きおく》があるが、透明度《とうめいど》ではルール川のほうが数段上だ。

仮想世界では、水の綺麗《きれい》さなどシェーダーの設定一つでどうとでもできる……という常識は、このアンダーワールドでは通用しない。川や湖にゴミを捨てたり排水《はいすい》を流したりすれば、現実世界と同じく水はあっという間に汚染《おせん》されてしまい、容易には浄化《じょうか》できないからだ。ライオスたちが入院する原因になった湖も、そこを私領地とする貴族が屋敷《やしき》で出た生ゴミを野放図に投げ捨てていたせいで水がよどみ、毒ガニの繁殖《はんしょく》を招いた……ということらしい。

つまり、人界最大の都市であるセントリアから何キロルも離《はな》れていないのに川水がこれほど綺麗《きれい》なのは、近隣《きんりん》の住民がミカンの皮一枚たりとも捨てたりしていないからなのだ。アンダーワールド人は決して法を犯《おか》さないので当然と言えば当然だが、だとするとこの川の美しさは、人界を支配する公理《こうり》教会《きょうかい》の絶対的な権威《けんい》を象徴《しょうちょう》しているようにも思えてくる。

そんなことを考えながら、水際《みずぎわ》でぼんやり立《た》ち尽《つ》くしていると——。

「キリト先輩《せんぱい》、何か見つけたんですか？」

背後からそう呼びかけられ、俺はじゃりっと音を立てて振《ふ》り向《む》いた。

笑顔《えがお》で近づいてきたのは、ダークブラウンの髪《かみ》を短めに切《き》り揃《そろ》えた、やや小柄《こがら》な少女だった。灰色のショートジャケットとボックスプリーツのスカートを組み合わせた装《よそお》いは、現実世界の渋谷《しぶや》あたりを歩いている高校生の集団にも違和《いわ》感《かん》なく溶《と》け込《こ》めそうだ。左腰《ひだりこし》に吊《つ》られた小ぶりなロングソードがなければ、だが。

「いや……魚がいるなー、って」

俺がそう答えると、少女は「魚？」と繰《く》り返《かえ》してから、隣《となり》に立って水中を覗《のぞ》き込《こ》んだ。

「あ……ほんとだ。でもこれ、学院の池にもいっぱいいるナナメブナですよ？」

「ありゃ、そうなのか。よく上から見ただけで解《わか》るな」

感心する俺を見上げ、少女——ロニエ・アラベル初等練士《しょとうれんし》は、少し照れたように笑った。

「子供の頃《ころ》、家で飼ってたんです。太陽《ソルス》に照らされると背中が青っぽい銀色に光るから、よく見れば解《わか》ります」

「へえ……魚の他にも、何か飼ってたの？」

「犬がいますよ、そろそろおじいちゃんなんですけどとっても元気です。ウェスダラス特産の《ブルハ旋毛種《せんもうしゅ》》っていう、ノーランガルスではとっても珍《めずら》しい種類なんですよ」

「犬か、いいな」

そう言えば、アスナがかなり本格的な犬好きだったな……と考えてしまってから、俺は強引《ごういん》に思考を遮《さえぎ》った。せっかくのピクニックで、ロニエに涙《なみだ》ぐんでいるところを見られるわけにはいかない。

「なんて名前なんだ？」

やや早口になりつつ質問を重ねると、ロニエは一度瞬《まばた》きしてから答えた。

「チル、っていうんです。あの……よかったら、うちまで見に来ませんか？　もうすぐ夏休みですし、両親もキリト先輩《せんぱい》に挨拶《あいさつ》したがってますし」

負けじと早口でまくし立てるロニエに、俺は思わず苦笑《くしょう》してしまってから頷《うなず》いた。

「うん、俺も一度ご挨拶《あいさつ》しなきゃなーって思ってたし……」

「ほんとですか！」

ロニエがぱあっと顔を輝《かがや》かせたその時、またしても後方から俺を呼ぶ声がした。

「おーいキリト、そろそろこっちを手伝ってくれよ」

振《ふ》り向《む》くと、落ち着いたセルリアンブルーの制服を着た亜麻色《あまいろ》の髪《かみ》の若者が、河原から一段高くなった草地で右手を振《ふ》っていた。左手からは無秩序《むちつじょ》に折り重なった布が垂れ下がっていて、あれを広げるのに苦労しているらしい。

「悪い悪い！」

急いで叫《さけ》び返《かえ》し、俺はロニエと一緒《いっしょ》に若者のところへ戻《もど》った。

草地にはすでにレジャーシート——ではなく厚手の麻布《あさぬの》が敷《し》かれ、ロニエと同じ制服を着た紅葉色《もみじいろ》の髪《かみ》の少女が大型のバスケットから皿やコップを手際《てぎわ》よく取り出している。初等練士《しょとうれんし》のティーゼ・シュトリーネンだ。

そして、鈍《にぶ》い光沢《こうたく》のある薄布《うすぬの》を抱《かか》えている若者が、俺の相棒にして親友でもあるユージオ。出会った時は斧《おの》しか握《にぎ》ったことのない木こりだった彼も、いまや北セントリア帝立修剣学院《ていりつしゅうけんがくいん》に十二人しかいない上級修剣士《じょうきゅうしゅうけんし》の第五位に列せられている。

「ユージオ、移動中から気になってたけど、その布はいったい何なんだ？」

近づきながらそう問いかけると、ユージオはいくらか困ったような顔で答えた。

「ルール川に遊びに行くって言ったら、ヴィートーに押し付けられ……いや、貸してくれたんだ。絶対にあったほうがいいって」

「へえ……？　魚を捕《と》るための投網《とあみ》とかか？」

「違《ちが》うよ、日よけだってさ。そこの棒を地面に立てて、それを支柱にしろって言ってた」

繰《く》り返《かえ》しながらユージオの足許《あしもと》を見ると、革紐《かわひも》で束ねられた木の棒が置かれている。どうやら現実世界で言うタープのようなものを組み立てろということらしいが、それにしては──。

「日よけ……」

「……この棒、ちょっと短《みじか》すぎないか？」

「そうなんだよね」

俺の指摘《してき》に、ユージオも頷《うなず》く。束ねられた五、六本の棒は長さが八十センあるかどうかで、これを地面に突《つ》き刺《さ》してその上に布を張っても、寝転《ねころ》がるのがせいぜいの空間しかできない。

一瞬《いっしゅん》、手の込《こ》んだ嫌《いや》がらせか……？　と考えてしまってからすぐに打ち消す。

ユージオにこの日よけらしきものを貸してくれたというヴィートー・ベルケルは、俺たちと同じ寮《りょう》に住まう上級修剣士《じょうきゅうしゅうけんし》で、剣技《けんぎ》、演武、神聖術の全てに秀《ひい》でた実力者だ。四等爵家《とうしゃくけ》の出身だという話だが、飾《かざ》り気《け》のない実直な人柄《ひとがら》で、一般民《いっぱんみん》を笑いものにしてやろうなどと考える男ではない──と思う。

今年の四月に入寮《にゅうりょう》してからしばらくは俺たちと距離《きょり》を置いていたが、それは三等爵家《とうしゃくけ》の嫡男《ちゃくなん》にして主席上級修剣士《しゅせきじょうきゅうしゅうけんし》でもあるライオス・アンティノスが、寮生全員《りょうせい》に圧力を掛《か》けていたせいだったらしい。奴《やつ》とウンベールが入院してからは、寮生《りょうせい》たちから話しかけられる場面も徐々《じょじょ》に増えてきているし、ヴィートーとは何度か一緒《いっしょ》に稽古《けいこ》したことすらある。

たぶん、俺たちが何か勘違《かんちが》いしているのだ。実際に少し前から日差しがきつくなってきているし、ルール川東岸のこのあたりには日陰《ひかげ》ができるほど大きな木がないので、日よけがあればありがたい。

「ふーむむ……」

唸《うな》りながら、俺はユージオの足許《あしもと》から棒の束を拾い上げた。しげしげと眺《なが》め回《まわ》しているうちに、あることに気付く。

「……あ」

手早く革紐《かわひも》を解《ほど》き、二本だけ残して他の棒を再び地面に置く。左手に持った棒のお尻《しり》部分には丸い穴が穿《うが》たれ、右手に持った棒の先端《せんたん》は細く旋削加工《せんさくかこう》されている。その細くなった部分を左手の棒の穴にあてがって慎重《しんちょう》に力を込《こ》めると、キュッと心地《ここち》よい手応えとともに吸い込まれ、二本が一体化する。

「すごい細工ですね……」

傍《かたわ》らで見ていたロニエが、感心したような声を出した。現実世界ならよくある接合方法だが、この手の加工を行うための旋盤《せんばん》が、水車や風車動力の馬鹿でかいやつしか存在しないアンダーワールドでは、これほど高精度な木工細工は珍《めずら》しい。

当然、それなりの値段がするのだろうから、壊《こわ》さないようにしないと……と自分に言い聞かせつつ棒を繋《つな》いでいく。作業が終わると、六本の短い棒は、俺の背丈《せたけ》より長い二本の支柱へと生まれ変わった。

それを、敷布《しきふ》の前と後ろの地面にしっかりと突《つ》き立《た》てる。ユージオと協力して薄布《うすぬの》を広げ、二箇所《かしょ》のハトメ金具に棒の先端《せんたん》を引っかける。最後に、薄布《うすぬの》の四隅《よすみ》に縫《ぬ》い付《つ》けられた長い紐《ひも》をぴんと引っ張り、付属していた小さな鉄杭《てつぐい》で固定する。

完成した山型のタープ、ではなく天幕を見上げて、今度はティーゼが歓声《かんせい》を上げた。

「わあ、ソルスの光が透《す》けてとっても綺麗《きれい》！」

確かに、生成《きな》り色《いろ》の薄布《うすぬの》は陽光を半ば透過《とうか》させてしまっているが、むしろ完全に遮断《しゃだん》すると内部が暗くなりすぎるだろう。ノーランガルス北帝国《きたていこく》の夏は現実世界の埼玉県《さいたまけん》ほど過酷《かこく》ではないので、日よけとしてはこれで充分《じゅうぶん》にこと足りる。

「ヴィートーの奴《やつ》、いいもの貸してくれたな」

俺が両手の砂埃《すなほこり》を払《はら》いながら言うと、ユージオも微笑《ほほえ》みながら応じた。

「帰ったらちゃんとお礼を言わないとね。もちろん、キリトも行くんだよ」

「へいへい」

肩《かた》をすくめ、俺はブーツを脱《ぬ》いで天幕の中に潜《もぐ》り込《こ》んだ。

前後が大きく開口しているので、川面《かわも》を渡《わた》ってきた風が涼《すず》やかに吹《ふ》き抜《ぬ》けていく。麻《あさ》の敷布《しきふ》の肌触《はだざわ》りも心地《ここち》よく、このまま寝転《ねころ》がってしまいたくなるが、食事の準備をしてくれているロニエとティーゼの前でそれはさすがに憚《はばか》られる。

「手伝うよ」

膝立《ひざだ》ちでそう声を掛《か》けたが、二人は即座《そくざ》にかぶりを振《ふ》った。

「お食事の支度《したく》も傍付《そばづ》きの仕事ですから！」

「先輩《せんぱい》たちはこれでも飲みながら待っててください！」

そう言ってロニエが差し出した二つのカップを受け取ると、俺はおとなしく引き下がった。天幕に入ってきたユージオに片方を手渡《てわた》し、あぐらをかいて座る。

木製のカップには、シラル水がなみなみと注がれている。レモンとミントを合わせたような香りがする夏の定番飲料だが、残念ながら冷えてはいない。央都セントリアは、ルーリッドの村やザッカリアの町とは時代が違《ちが》うというくらい発展しているが、さすがにクーラーボックスは手に入らないので、真夏のピクニックでキンキンに冷えた飲み物を味わえるのは氷を贅沢《ぜいたく》に使える上級貴族や皇帝家《こうていけ》くらいのもの……いや、公理《こうり》教会《きょうかい》の整合騎士《せいごうきし》様《さま》とやらにアウトドア趣《しゅ》味《み》があれば、彼らも特権を享受《きょうじゅ》しているに違《ちが》いない。

ぬるいシラル水を一口すすってから、ふとユージオがぼんやりカップに見入っていることに気付《き》く。小声で「どうかしたか？」と訊《き》くと、相棒は瞬《まばた》きしてから顔を上げた。

「いや……ちょっと、昔のことを思い出してたんだ」

「昔？　央都を目指してた頃《ころ》とか？」

「もっとずっと昔……まだほんの子供だった頃《ころ》だよ。真夏に冷たいミルクが飲みたくて、果ての山脈まで氷を探しに行ったんだ」

「………アリスが、禁忌《きんき》に触《ふ》れてしまった時のことか」

いっそう声を低める俺に、ユージオがごく小さく頷《うなず》き返《かえ》す。

「最近……たまに思うんだ。あの頃《ころ》、僕がいまと同じくらい凍素《とうそ》術《じゅつ》を使えれば、氷を探す必要なんかなかったのに、って……」

そこまで呟《つぶや》いてから、相棒はかすかな苦みを帯びた笑《え》みを滲《にじ》ませた。

「いや、無理か。ミルクは一度でも凍《こお》らせちゃうと、すごくまずくなるからね」

「へえ……」

それもアンダーワールドならではの現象か……と思ったが、現実世界でもうっかり凍《こお》らせてしまった牛乳は、解凍《かいとう》しても成分が分離《ぶんり》してとても飲めたものではなかったことを思い出す。凍素《とうそ》は熱素《ねつそ》ほどではないが扱《あつか》いの難しい素因《エレメント》で、何かに触《ふ》れると内包した冷気を全放出し、一リル程度の水なら瞬時《しゅんじ》に凍《こお》らせてしまう。バスケットの内部に生成した目視できない凍素《とうそ》を何にも接触《せっしょく》しないよう浮遊《ふゆう》させ続け、うまい具合に飲み物や食べ物を冷やすようなことは基本的には不可能なのだ。

──しかし。

俯《うつむ》いたままカップを口に運ぼうとするユージオの肩《かた》を、俺は軽く叩《たた》いた。

「……？」

首を傾《かし》げる相棒に、にやっと笑いかける。

「なあ、バスケットの内側を長時間冷やし続けるのは無理でも、このシラル水を凍《こお》る寸前まで冷やすことは、いまのお前だったらできるだろ？」

「ええ……？」

眉《まゆ》をひそめ、しばしカップを眺《なが》めてから、ユージオは呟《つぶや》いた。

「……最近、ちょっと研究してる術式があるんだ。それを使えば、もしかしたら……」

言葉が終わる前に、俺は右手の指をパチンと鳴らした。

「よっしゃ、そうこなくちゃ。ロニエ、ティーゼ、二人のぶんのシラル水も用意してくれ！」

後半は振《ふ》り向《む》きながら言う。ロニエたちは揃《そろ》ってきょとんと瞬《まばた》きしたが、すぐにカップを二つトレイに並べ、ブリキの水筒《すいとう》からシラル水を注ぐ。

「あの、用意しましたけど……お食事の準備がまだ……」

なおも怪訝《けげん》そうなロニエを笑顔《えがお》で黙《だま》らせ、ユージオから奪《うば》い取《と》ったカップと自分のカップもトレイに置く。

俺が少し離《はな》れると、膝立《ひざだ》ちで近づいてきたユージオが、軽く咳払《せきばら》いしてから右手を持ち上げた。

「システム・コール……ジェネレート・クライオゼニック・エレメント」

伸《の》ばした人差し指と中指の先に、青く輝《かがや》く二つの光点が生まれる。八種類ある素因《エレメント》のひとつ、凍素《とうそ》……ここまでは俺にも、もちろんティーゼとロニエにもできる。

この状態でも凍素《とうそ》は少しずつ冷気を放出しているので、カップに近づけたまま保持し続ければシラル水の温度をいくらか下げられるが、とても凍《こお》る直前まで冷やすのは無理だ。と言って、接触《せっしょく》させればバキバキに凍《こお》らせてしまうし、《フォーム・エレメント》コマンドで矢やナイフに変形させれば、落下してカップやトレイを粉々にしてしまう。

いったいユージオはどうするつもりなのかと思いながら見守っていると。

いちど深呼吸してから、ユージオはさらなる術式を唱えた。

「フォーム・エレメント……フレーク・シェイプ」

──フレークって、チョコフレークのフレーク？

俺が眉《まゆ》を寄せた時にはもう、凍素《とうそ》は変化を開始していた。

二つの光点が、互《たが》いを取り巻くようにゆっくり回転しながら、しゃく、しゃく、と硬《かた》いものを削《けず》るような音を響《ひび》かせる。目を凝《こ》らすと、凍素《とうそ》の下からごく薄《うす》い花びらに似た切片《せっぺん》が音もなく舞《ま》い落《お》ちて、四つのグラスに降り注いでいく。

見た目は地味だが、これが相当に高度な術式であることは俺にも解《わか》った。素因《エレメント》の操作で最も簡単なのは解放《バースト》することで、発射《ディスチャージ》、変形《フォーム》、付着《アドヒア》と、現象としてはおとなしくなるにつれて確固たるイメージ力を要求される。いまユージオが使っているのは変形術式の一種だろうが、解放されたがっている素因《エレメント》を保持しつつ、少しずつ薄片《はくへん》に変えていくのは、俺のようなガサツな術者には不可能な技《わざ》だ。

「……まるで、冬の初めに降る雪みたい……」

目を丸くしたティーゼが、かすかな声で囁《ささや》いた。

俺は、口に出す寸前だった「まるで高級かき氷だな」という感想を呑《の》み込《こ》んだ。「初冬の雪」のほうが表現としては十倍くらい詩的だ。

はらはらと降り注ぐ雪は、シラル水の表面に触《ふ》れるそばから儚《はかな》く消えていく。やがて、カップの側面に、細かな水滴《すいてき》が付着し始める。

この術式のいいところは見た目の美しさだけではない。生成される薄片《はくへん》は本物の氷ではなく、冷気という概念《がいねん》が可視化されたものなので、溶《と》けてもシラル水を薄《うす》めないのだ。しかしたぶん、ユージオは飲み物を冷やすために《フレーク・シェイプ》術式を研究したわけではあるまい。これはあくまで、神聖術の修業《しゅぎょう》の一環《いっかん》……つまり、来年の春までに上級修剣士《じょうきゅうしゅうけんし》のトップに立ち、学院代表剣士《けんし》としてノーランガルス剣武《けんぶ》大会に出場し、さらに四帝国《よんていこく》統一大会をも勝《か》ち抜《ぬ》いて、セントラル・カセドラルの門をくぐる……そして幼き日に連れ去られたアリスと再会するのだという、ユージオの決意のあらわれに他ならない。

二つの凍素《とうそ》は、一分近くもかかって全てのエネルギーを細雪《ささめゆき》に変え、消失した。

「……ふう……」

深く息を吐《は》くユージオの背中を軽くさすると、俺は自分のカップに指先を触《ふ》れさせた。

「つべっ……」

途端《とたん》、声を上げてしまう。凍《こお》る寸前まで冷やせと言ったのは俺だが、指が貼《は》り付《つ》いてしまいそうな氷温には驚《おどろ》かずにはいられない。

ロニエとティーゼも我先にとカップを両手で包み込み、異口同音に「冷たい！」と叫《さけ》んだ。

俺は左手で最後のカップを取ると、ユージオに渡《わた》した。

天幕をすり抜《ぬ》けてきた陽光の粒《つぶ》が、カップの中のシラル水を宝石のように輝《かがや》かせる。支柱に止まった小鳥が賑《にぎ》やかにさえずり、夏の訪《おとず》れを告げる。

右手のカップを顔の高さに掲《かか》げ、俺は言った。

「それじゃ、学期末総合試験の終了《しゅうりょう》を祝って……乾杯《かんぱい》！」

ユージオ、ティーゼ、ロニエは一瞬《いっしゅん》だけ苦笑いを浮《う》かべたものの、すぐに輝《かがや》くような笑顔《えがお》で声を揃《そろ》えた。

「かんぱーい！」

（終わり）

あとがき

時雨沢恵一

そうです時雨沢です。SAOオルタナティブ（GGOですね）を書かせてもらっている上にさらにifとか書いちゃっていいのかなと思いつつ、いいのだと勝手に判断して書かせていただきました。

ifの世界は広大なので、多少のことは笑って許される、あるいは川原さんに怒られないと思っての狼藉ですが、必要以上にヤバかった場合、全力で逃げるウォーミングアップは済んでいます。

他の人の暴走を読むのが楽しみです。この本を読んだ皆様も、脳内妄想を炸裂させて、皆様だけのifを考えてみては如何でしょうか？　たのしいに決まってる。

香坂マト

こんにちは、香坂マトです。普段は“残業まみれの受付嬢が物騒なハンマーで大暴れするお話”を書いております。しかしまさか『SAO《ソードアート・オンライン》』のアンソロジーを書かせていただけるなんて……！　感激です！

実は序盤のバイクシーン、描写にかなり苦戦しました。なぜなら私……バイクの免許、持ってない‼　人生での二輪運転経験はママチャリのみ！　どこをいじればエンジンがかかるのか？　しかもこれ……MT《マニュアル》だよね？（汗）　必死にバイクについて調べ、車に詳しい作家仲間にアドバイスいただき書くことができました。大変お世話になりました。

さて。今回の企画、提案した時は「バールとかふざけてるのか」と怒られるのも覚悟していたのですが、むしろご快諾いただいたSAOチームの皆様、そして川原礫先生には感謝しかありません。超かわいくて緊迫感あるイラストを描いてくださったあるみっく先生、読者の皆様、本当にありがとうございます！

佐島 勤

SAOアンソロジーに『魔法科高校の劣等生』のクロスオーバー短編で参加させていただきました佐《さ》島《とう》勤《つとむ》です。もしかしてSAOとは無関係な作品のクロスオーバーで参加しているのは私だけでしょうか？　だとすれば場違い感が半端ないですね。

本作品は電撃文庫マガジン二〇一四年九月号にコラボ小説として掲載↖

していただいた物です。SAO自体は企画をいただく前から読んでいましたので、舞台をALOにしてモチーフに北欧神話を使うというところまでは迷いませんでした。ただALOで使われている呪文が分からなくて……。川原先生に態々《わざわざ》お手間を取らせてしまいました。申し訳ございませんでした。

今でも呪文関係の知識がネックになっていて、ハイファンタジーを書けません。なんちゃってハイファンタジーですら難しそうです。生成AIで何とかなりますでしょうか？　既にそういうサイトもあるみたいですが、AIを商業作品に利用する場合、権利関係の問題が出て来そうです。

肝腎《かんじん》の内容は、お読みいただいたとおり魔法科サイドがメインになっております。SAOアンソロジーに収録するお話としてはどうか、と思わないでもありませんが、私としてはこの作品を文庫の形で残すことができてありがたく感じております。コラボ作品という性質上、魔法科の文庫には収録できませんから。

それにしても、VRゲーム世界とファンタジー的題材の相性の良さには改めて感服いたします。世界的に有名な某映画シリーズよりも親和性（神話性？）が高いのではないでしょうか。我が国の娯楽小説の世界ではVR+MMORPG+ファンタジーが「ザ・シード」のように、一つのプラットフォームになっている感まであリますね。

SAOで示された世界観が種《ザ・シード》となってこれからも多くの作品が芽吹いていくことでしょう。……残念ながら私は、そのビッグウェーブに乗れなさそうですが。

それでは、雑談はこの辺りでお開きにいたしましょう。ここまでお付き合いくださり、ありがとうございました。

周藤 蓮

お読みいただいた皆様ありがとうございました。周藤蓮です。

まさか昔から楽しませていただいていたSAOの世界観で小説を書ける機会があるとは……！

アンソロのお話がきてすぐにいくつかプロットを考え、その中で「せっかくのif企画だし一番ギリギリそうなネタを投げてみよう」とやってみた結果、大体そのまま通って完成したのがこの短編です。

SAOの世界観の懐の深さを感じるばかりの執筆期間でした。

渡瀬草一郎

楽しいアンソロ企画へのお誘い、ありがとうございました!

今回は「もしもクロリグが館モノミステリーだったら」という体裁だったのですが、他の案として「離島or雪山で遭難」「海水浴で深きものどもと遭遇」「ナユタがリリカにいらんことを吹き込まれる」「探偵さんの実家に行く」なども検討していました。探偵さんの胃に配慮して封印したものの、後から皆様の素晴らしいはっちゃけぶりを見て「こちらももうちょっと探偵さんを(条例的な意味で)追い込むべきだったのでは」と反省している次第です。いっそR18……ごめんなさいうそですそんな度胸はないですすみません。

高野小鹿

「ただのアンソロではなく、IFアンソロを……」ということで、何を改変しようかと思って頭を捻っていたところ、気が付くとキリトがショタになっていました。

自分はSAOの独特な構造のハーレムが好きで、それについて書くためにはキリトに少しだけ幼くなってもらう必要があったのでした。

本文ではキリトの服装についてまでは気が回らなかったのですが、需要を察して半ズボンにしてくれたrinさんに大感謝です。

牧野圭祐

電撃文庫でははじめまして、牧野圭祐です。

《かわいいピナを生き返らせる》の逆をIFにしたとき、少女ふたりの一夜の冒険が思い浮かび、今回の話になりました。

ところで、じつは提出しなかったプロットがもうひとつ存在します。

それは《腐った触手モンスターが仲間になる》。どんな話だったと思いますか?

読者の皆様も、いろいろなテイミングIFを想像して楽しみましょう(シリカの悲鳴が聞こえる)

Y.A

はじめまして、Y.Aと申します。

世間では『なろう作家』などと呼ばれ、運よく作家生活十年目を迎えたこの私ですが、まさかSAOの公式アンソロジーを書かせていただくことになるとは、人生なにがあるかわからないものです。

このような機会をいただけて感謝の言葉しかありません。

最後に、私はSAOのグルメ物のスピンオフ作品「ソードアート・オンライン　オルタナティブ　グルメ・シーカーズ」の執筆も担当させていただいております。こちらも書店で手に取っていただけたら嬉しいです。

川原 礫

《SAOのIFアンソロジー》なる企画を編集者さんからうかがった時、真っ先に思ったのは「書いて下さる作家さんいるのかな〜〜」ということでした。なぜならSAOというお話は、ゲームの設定が死ぬほどややこしいくせにちゃんとした設定資料が存在しない(私のせい)、非常にめんどくさい作品だからです。しかし確定版の企画書を開いてみたら、大ベテランの方から新進気鋭の方まで、錚々たる作家さまとイラストレーターさまのお名前が並んでいて、恐れ多さのあまり背筋がぴーんとなってしまうほどでした。

このあとがきページまで辿り着かれた読者諸氏は、すでに八人の作家さまがたが創造して下さったIFの世界を心ゆくまで堪能されたことと思います。どの作品も、SAO世界をしっかりと咀嚼したうえで自由自在に想像の翼を羽ばたかせていて、私も一人の読者としてワクワクしながら読むことができました。改めて、寄稿して下さった作家さまとイラストレーターさま、そしてこの本をお読み下さった皆さまに、心から感謝致します。本当にありがとうございました!　私も頑張ってカニ時空編を完結させます!

◉著者・原作：川原　礫著作リスト

「アクセル・ワールド1〜26」（電撃文庫）
「ソードアート・オンライン1〜27」（同）
「ソードアート・オンライン　プログレッシブ1〜8」（同）
「ソードアート・オンライン　IF　公式小説アンソロジー」（同）
「絶対ナル孤独者《アイソレータ》1〜5」（同）
「デモンズ・クレスト1〜2」（同）

本書に対するご意見、ご感想をお寄せください。

ファンレターあて先
〒102-8177　東京都千代田区富士見2-13-3
電撃文庫編集部
「川原 礫先生」係　「abec先生」係
「時雨沢恵一先生」係　「黒星紅白先生」係
「佐島 勤先生」係　「石田可奈先生」係
「渡瀬草一郎先生」係　「ぎん太先生」係
「牧野圭祐先生」係　「かれい先生」係
「高野小鹿先生」係　「rin先生」係
「Y.A先生」係　「長浜めぐみ先生」係
「周藤 蓮先生」係　「星河シワス先生」係
「香坂マト先生」係　「あるみっく先生」係
（順不同）

『ドリームゲーム——くろすおーばー——』／「電撃文庫MAGAZINE Vol.39」（2014年9月号）
文庫収録にあたり、加筆・修正しています。

上記以外は全て書き下ろしです。

電撃文庫

ソードアート・オンライン IF

公式小説《こうしきしょうせつ》アンソロジー

原作・監修：川原《かわはら》 礫《れき》

著：川原《かわはら》 礫《れき》 他

◇◇◇

2023年11月10日　初版発行

発行者　山下直久

発行　株式会社KADOKAWA

〒102-8177　東京都千代田区富士見2-13-3

0570-002-301（ナビダイヤル）

装丁者　荻窪裕司（META＋MANIERA）

印刷　株式会社暁印刷

製本　株式会社暁印刷

●お問い合わせ

https://www.kadokawa.co.jp/（「お問い合わせ」へお進みください）

※内容によっては、お答えできない場合があります。

※サポートは日本国内のみとさせていただきます。

※ Japanese text only

※定価はカバーに表示してあります。

ISBN978-4-04-915348-4　C0193　Printed in Japan

電撃文庫　https://dengekibunko.jp/

電撃文庫DIGEST　11月の新刊

発売日2023年11月10日

春夏秋冬代行者
秋の舞 上

著／暁 佳奈　イラスト／スオウ

時に黎明二十一年仲春。大和国の秋の代行者を担う祝月撫子とその護衛官阿左美竜胆は、異郷の地「橋国」と大和を巡る外交問題の煽りを食う。陰謀蠢く橋国からの要求は秋陣営をかつてない窮地へと追い込んでいき……。

春夏秋冬代行者
秋の舞 下

著／暁 佳奈　イラスト／スオウ

大和の秋である祝月撫子。橋国佳州の秋であるリアム。幼き秋達は過酷な運命に翻弄されていく。やがて暴かれる巨悪の存在と陰謀。数多の勢力が交錯する中、主を救わんと秋の代行者護衛官、阿左美竜胆は奮起する。

ソードアート・オンライン IF
公式小説アンソロジー

著／川原 礫、時雨沢恵一、佐島 勤、渡瀬草一郎、牧野圭祐、高野小鹿、Y．A、周藤 蓮、香坂マト
イラスト／abec、黒星紅白、石田可奈、ぎん太、かれい、rin、長浜めぐみ、星河シワス、あるみっく

“もしも”をテーマに『ＳＡＯ』の世界を自由に描く、公式アンソロジー小説！
『ガンゲイル・オンライン』や『クローバーズ・リグレット』だけじゃない。グルメありゾンビありの完全ＩＦな一冊！

灼眼のシャナSⅣ

著／高橋弥七郎　イラスト／いとうのいぢ

本編エンディング後、新世界「無何有鏡（ザナドゥ）」へと旅立ったシャナと坂井悠二の物語を描く、『アンフィシアター』『クイディティ』（電撃文庫MAGAZINE掲載）に加えて、書下ろし新作小説2編を収録。

安達としまむらSS

著／入間人間　イラスト／raemz
キャラクターデザイン／のん

卓球場から、マンションまで。女子高生からＯＬまで。サボり仲間から、恋人まで。長いようで短い二人の時間。そのこぼれ話を拾った書き下ろし多数の短編集。

安達としまむら99.9

著／入間人間　イラスト／raemz
キャラクターデザイン／のん

「おかえり。仕事疲れたでしょ」「うん。あ、でもしまむらの顔見たから。げ、げんきー……みたいな」　こんな調子で私たちは続いてくんだろうな。おばあちゃんになっても。ひょっとすると三千七百年くらい経っても。

ネトゲの嫁は女の子じゃないと思った？　Lv.22

著／聴猫芝居　イラスト／Hisasi

ネトゲのサービス終了は嘘だと思った？　……残念！　本当に終わってしまいます……。動揺するネトゲ部、特にアコは現実を受け止められず……。アコのため、そして悔いを残さないために──『終活』をはじめよう！

妹はカノジョにできないのに 5

著／鏡 遊　イラスト／三九呂

春太の“妹”となることを決めた晶穂。一方、中学卒業を区切りに雪季が「妹を卒業」する日も近づいてきて……。世界一カワイイ妹と“絶対に”結ばれるラブコメ、ついにシリーズ完結！

魔法史に載らない偉人3
～無益な研究だと魔法省を解雇されたため、新魔法の権利は独占だった～

著／秋　イラスト／にもし

歯車体系を開発して以降、目覚ましい活躍を続けるアインに学位を授与する話が！？　その最中に明かされるシャノン出生の秘密とは！？　『魔王学院』著者が贈る痛快魔法学ファンタジー最終章!!

新作　君の先生でもヒロインになれますか？

著／羽場楽人　イラスト／塩こうじ

誰からも人気の新任担当教師・天条レイユと主人公・錦悠凪は、実はお隣さん同士だったことが発覚！　他の生徒たちにバレてはいけない、二人だけの秘密の青春デイズがスタート！

新作　さんかくのアステリズム
俺を置いて大人になった幼馴染の代わりに、隣にいるのは同い年になった妹分

著／葉月 文　イラスト／U35

七年の眠りから目覚めたら、両片思いだった幼馴染が年上の教師に、子ども扱いしていた妹分は魅力的なクラスメイトになっていた。流れた長い歳月は、全てを変えてしまう。──俺たち三人の関係さえも。

新作　勇者になりたい少女《ボク》と、勇者になるべき彼女《キミ》

著／いのり。　イラスト／あかもく

「キミ、ボクと番〈つがい〉にならない？」　魔族の娘ルチカは、勇者学校へ入学しようと訪れた都で、魔王を倒した勇者の娘レオニーと出会う。入学試験の最中、ルチカはレオニーに突如結婚を申し込むのだが──。

SWORD ART ONLINE
ソードアート・オンライン
川原 礫
イラスト／abec
「これは、ゲームであっても遊びではない」
《黒の剣士》キリトの活躍を描く
究極のヒロイック・サーガ!
電撃文庫

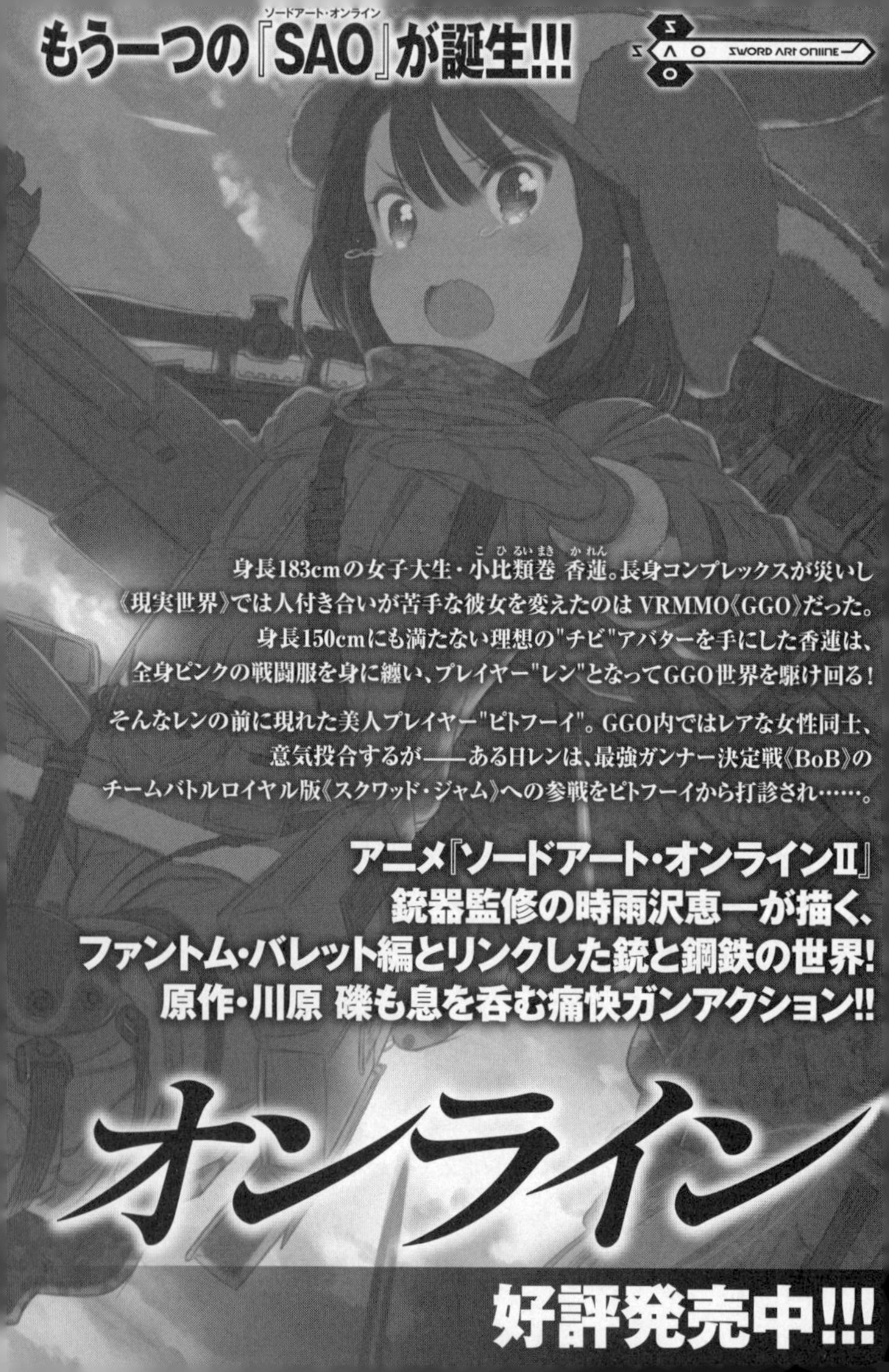
もう一つの『SAO《ソードアート・オンライン》』が誕生!!!
身長183cmの女子大生・小比類巻《こひるいまき》 香蓮《かれん》。長身コンプレックスが災いし《現実世界》では人付き合いが苦手な彼女を変えたのは VRMMO《GGO》だった。
身長150cmにも満たない理想の"チビ"アバターを手にした香蓮は、全身ピンクの戦闘服を身に纏い、プレイヤー"レン"となってGGO世界を駆け回る!
そんなレンの前に現れた美人プレイヤー"ピトフーイ"。GGO内ではレアな女性同士、意気投合するが——ある日レンは、最強ガンナー決定戦《BoB》のチームバトルロイヤル版《スクワッド・ジャム》への参戦をピトフーイから打診され……。
アニメ『ソードアート・オンラインII』
銃器監修の時雨沢恵一が描く、
ファントム・バレット編とリンクした銃と鋼鉄の世界!
原作・川原 礫も息を呑む痛快ガンアクション!!
オンライン
好評発売中!!!

高校生活に幕が下り——
物語は新たな舞台へと移り変わる!
新・魔法科高校の劣等生
キグナスの乙女たち
佐島 勤
OFFICIAL WEB SITE にて
前日譚掲載中!
電撃文庫
新規2シリーズ展開決定!!
イラスト/石田可奈

劣等生の兄と優等生の妹の波乱の
続・魔法科高校の劣等生
メイジアン・カンパニー
『魔法科高校の劣等生』

ソードアート・オンライン オルタナティブ
クローバーズ・リグレット
渡瀬草一郎
イラスト ぎん太
原案・監修 川原 礫
《アスカ・エンパイア》。
茅場晶彦によるＶＲ制作プログラム《ザ・シード》から
開発された和風ＶＲＭＭＯである。
《スリーピング・ナイツ》のユウキとラン、メリダが
遊んでいたこのゲームにも、秘められたエピソードがあった――。
電撃文庫

第28回電撃小説大賞
銀賞
受賞作
愛が、二人を引き裂いた。
BRUNHILD
竜殺しのブリュンヒルド
THE DRAGONSLAYER
東崎惟子
[絵]あおあそ
最新情報は作品特設サイトをCHECK!
https://dengekibunko.jp/special/ryugoroshi_brunhild/
電撃文庫

《荒覇吐》の謎、蘇った死者
複雑怪奇な事件の真相は、
果たして――。
第②巻 絶賛発売中！
2
文豪ストレイドッグス
Kadokawa Comics A
太宰、中也、十五歳
文豪ストレイドッグス
太宰、中也、十五歳